AF219615

Reiner A. Hampusch, geboren 1949 in Leipzig, aufgewachsen in Berlin, inmitten schöngeistiger Literatur und Kunst, frei erzogen (von seinen Eltern) entdeckte er als Kind zuerst die Welt der Märchen, Sagen und fantastischen Geschichten. Die Schule musste überstanden werden, und auch die Lehre zum Tischler.

Nach einem Abendstudium der Malerei an der Kunsthochschule Weissensee in Berlin, entschloss er sich dann doch Werbekaufmann (Ökonom) zu werden. Nebenberuflich fotografierte, malte und schrieb R.H., doch literarisch blieben immer nur Fragmente liegen (1972 – 1975, Gedichte, Fragmente SiFi-Geschichten). Erst 2014 verfasste er seinen ersten Fantasieroman, "Nacht über Ralli", den er kurzfristig als e-book veröffentlichte. Da ihm aber diese Ausgabe nicht gefiel, nahm er sie wieder aus dem Angebot.

Dafür erschienen in kurzer Folge vier Liebesromane: "Grüne Augen", 4 Romane in einem Buch: Clarisse, Clarisse 2, Therese, Anne, "Marga", "Berlin, Venedig und anderswo" und "Rheinsberg und anderswo", alles kostenlose e-books. Es waren (Originalton), sozusagen "Fingerübungen". Mit der dreiteiligen Krimireihe "Mellerts Fälle", die zwischen 2018 und 2020 entstanden, "Der Tote von Neuendorf", "Paradis perdu" und "Der weiße Wal" begab sich R.H. in das Metier des Krimischreibers; der Leser erlebt die Entwicklung der Ermittlungsarbeit der Kriminalpolizei in den Zwanziger, Dreißiger und End-Vierziger Jahren in Berlin und Preußen.

Mit diesem Roman kehrt R. A. Hampusch zurück zu den Wurzeln, der Fantasie.

Bisher über BoD erschienen:

DIE NEUE KAISERIN, Drakenland 4
DRAKENLAND, Die neue Kaiserin, Teil 1 DER FEIND
DRAKENLAND, Die neue Kaiserin, Teil 2, KRIEG
DRAKENLAND, Die neue Kaiserin ,Teil 3, TABUBRUCH

In Vorbereitung
DER PREIS DER MACHT, Drakenland 5
NACHT ÜBER RALLI, Drakenland 1

Reiner A. Hampusch

DRAKENLAND

Die neue Kaiserin
Teil 3 TABUBRUCH

Die Geadir-Saga
Episode 4

Fantastischer Roman

Bibliografische Information der Deutschen Nationalbibliothek:
Die Deutsche Nationalbibliothek verzeichnet diese Publikation in
der Deutschen Nationalbibliografie; detaillierte bibliografische
Daten sind im Internet über http://dnb.dnb.de abrufbar.
© 2021-Reiner A. Hampusch
Titelbild: Hironymus Bosh, Ausschnitt aus "Einblick in die Hölle
Karten im Inhalt: Reiner A. Hampusch
Texttrenner von Gordon Johnson auf pixabay.com
Typografie: Times New Roman

Herstellung und Verlag: BoD – Books on Demand, Norderstedt
ISBN: 978-3-7557-7037-4

KARTE VON SÜDERLAND

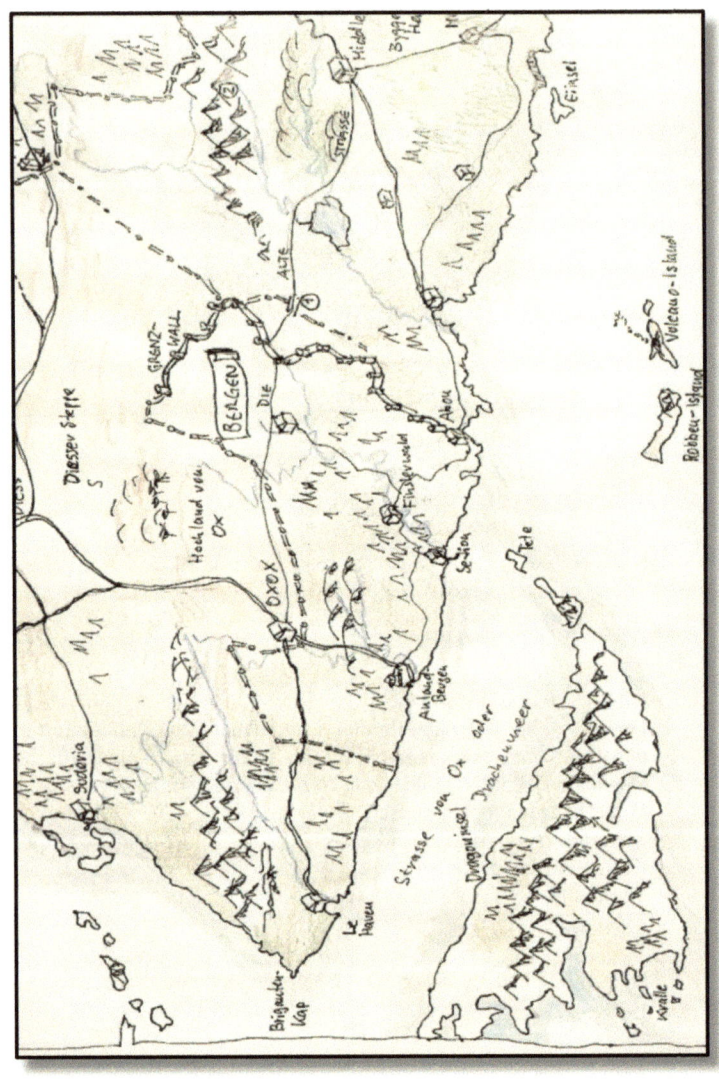

DRITTES BUCH - TABUBRUCH

"... Der Mensch, welcher euch bändigt und überwältiget, hat nur zwei Augen, hat nur zwei Hände, hat nur einen Leib und hat nichts anderes an sich als der geringste Mann aus der ungezählten Masse eurer Städte; alles, was er vor euch allen voraushat, ist der Vorteil, den ihr ihm gönnet, damit er euch verderbe. Woher nimmt er so viele Augen, euch zu bewachen, wenn ihr sie ihm nicht leiht? Wieso hat er so viele Hände, euch zu schlagen, wenn er sie nicht von euch bekommt? Die Füße, mit denen er eure Städte niedertritt, woher hat er sie, wenn es nicht eure sind? Wie hat er irgend Gewalt über euch, wenn nicht durch euch selbst?"

Etienne de la Boite - 16.Jhd. - Woher kommt Macht?

YUBIGO – IM LAND DER UNSTERBLICHEN

"Ich bin dagegen!" Korogas verschränkte die Arme vor der breiten Brust.

"Aber unser Bruder bittet um Unterstützung!" Mit großer Geste wandte sich Hagoras an die Versammlung der Kommandeure der ‚Unsterblichen'. "Er bittet ja nur um zweitausend unserer Brüder, die ihm helfen sollen. Fragen wir, wer freiwillig mitgehen will. Ich für meinen Teil werde es tun." Korogas schnaufte. "Bei den Göttern, dann tu es." Er sah in die Runde. "Einverstanden?" Die Dragune nickten. Sofort sprang Hagoras auf. An der Tür blieb er stehen. Langsam drehte er sich um. "Und wenn es mehr werden?"

"Nicht mehr als dreitausend!"

"Geht klar." Hagoras grüßte.

"Sie sind angetreten, Korogas!", meldete Hagoras.

"Was grinst Du dabei, he?" Gouverneur Korogas stand unwillig auf. "Na gut. Lass uns gehen." Er öffnete die Tür der großen Halle und trat auf die Terrasse. "Was soll das? Ich habe gesagt, nicht mehr als dreitausend." Vor der Burg standen fünftausend Dragune in voller Rüstung. Er musste nicht rechnen, denn dort standen fünf Kohorten zu je tausend Mann, darunter zweitausend Berittene. Hagoras zuckte mit den Schultern. "Was soll's. Dir bleiben immer noch zehntausend, um unser Gebiet zu schützen."

"Aber fünftausend Kämpfer!", monierte Korogas, "das war nicht vereinbart!"

"Sechstausend, Hagoras." Die beiden Dragune fuhren herum. "Medura?"

"Genau. Meine tausend Dragunas treten soeben an." Sie grüßte den Gouverneur. "Tausend Bögen und Schwerter für unseren König und Bruder."

"Das ist – das ist…!" Korogas war sprachlos.

"Komm, lass es gut sein. Du wolltest Freiwillige zulassen. Dort sind sie."

Korogas schnappte nach Luft. Dann winkte er resigniert ab: "Da kann man nichts machen. Marschiert los." Er stapfte zu seinem Quartier. Plötzlich blieb er stehen. "Ach ja." Korogas griff in seine Gürteltasche. Er zog einen winzigen Zettel hervor und reichte ihm Hagoras: "Ist vor kurzem gekommen."

Hagoras entfaltete den Zettel Es standen nur zwei Worte darauf. "Eilt euch!"

Der Angriff der Unsterblichen begann bei Sonnenaufgang und war nur kurz. Er erfolgte in den Rücken des Heeres, das sich bereit machte, das *Tote Land* zu betreten, und sich gen Hita zu wenden. Hidaro-Higishi wollte nicht mehr warten. Den ständigen nächtlichen Überfällen musste ein Ende bereitet werden. Und den Verursacher sah er drüben, hinter der schwarzen Fläche in Hita!

Niemand kannte das schwarze Heer, das sich zu Pferd und zu Fuß auf das Lager stürzte und wie ein Keil hindurchfuhr. Niemand hatte Higishi gewarnt! Es war, als wäre der Feind aus heiterem Himmel auf sie gefallen. "Dämonen!", riefen die Kämpfer und flohen, wenn es möglich war. Doch viele, die in den Keil des Angriffs geraten waren, starben. Fürst Hidaro-Higishi Mikiri gelang es in letzter Sekunde, geschützt von seiner Leibgarde, auf seinen Drachen zu springen und nach Nordosten, zurück zur Burg, zu fliehen. Von oben sah er den langen Zug der feindlichen Krieger nach Hita ziehen und war sich nicht im Klaren, ob es nur ihn treffen sollte, oder auch Hita Sabu?

Wieder zur Ruhe gekommen, schwor er sich – da lag er mit drei seiner Lieblings-Kurtisanen im Bad in der Burg Kogo – die Finger von Yukokoshima zu lassen. In alle Ewigkeit! Das war zuvial des Blutzolls, mit dem er nicht gerechnet hatte! Zweien seiner Berater hatte er persönlich den Kopf abgeschlagen und die Familien in die Sklaverei geschickt. Der Rest seiner Ratgeber hockte verschreckt in der Nähe und hoffte, dass der Kelch der Wut des Fürsten an ihnen vorbeigehen möge. Und mit Hoboke und Komo hatte er auch noch ein Hühnchen – nein, einen ganzen Hühnerhof, zu rupfen!

Ein Melder wurde angekündigt. Wieder eine Hiobsbotschaft? "Lasst ihn ein." Was soll's. Schlimmer kann es ja nicht mehr kommen! Der Melder fiel auf die Knie. Mit gebührender Vorsicht reichte er seinem Fürsten eine Nachricht. "Vom Heerführer Jogo Kawase, mein Fürst."

"Gib her." Der Melder kroch näher an das Badebecken und ließ sich die Schriftrolle aus der Hand reißen. "Nun verschwinde", brummte Mikiri ungehalten und rollte das feine Pergament auf.

"An Hidaro-Higishi Mikiri, Fürst von Minoru, Herr der Burg Kogo usw., Grüße. Dein Heerführer Jogo Kawase meldet untertänigst: Die guten Götter und die kami Eurer Familie sind mit uns. Es ist mir gelungen, die zerstreuten Heeresteile wieder zu sammeln und auf die alten Stellungen zurückzuführen. Zweitausend Krieger sind gefallen, viele schwer oder leicht verwundet.

Der feindliche Heereszug ist weiter nach Hita gezogen. Ich kann nicht sagen, ob er gegen die Stadt vorgehen wird. Einige Offiziere und Unterführer der Späher habe ich hinrichten lassen und neue eingesetzt. Dein Heer, mein Fürst ist noch bereit, den Krieg gegen das Weib Sabu fortzusetzen." Nana! Weib Sabu! Mikiri schnalzte mit der Zunge. Er hat sie wohl noch nie gesehen? Vielleicht ganz gut so! *"Deine Erlaubnis vorausgesetzt, habe ich einige Umstellungen vorgenommen, die unseren Angriff auf Hita effektiver werden lassen."* Schau an, kaum ist man nicht dabei, tanzen die mousu auf dem Tisch. Mikiri griff nach einer Sklavin und setzte sie sich auf dem Schoß. *"Ich werde Hita mit einer halben Streitmacht einkesseln und belagern, während der andere Teil das Land verwüstet."* Moment! Weiß er denn nicht, dass das Umland von Hita völlig vernichtet ist? *"Damit nehmen wir dem Feind die Nachschublinien und haben bald Hita in unserer Hand. Heil Dir, mein Fürst, Heerführer Joga Kawase."*

Mikiri musste nachdenken. *Der Kerl ist verrückt! Nie mehr werden wir etwas gegen Sabu unternehmen! Sie scheint über schwarze Magie zu verfügen. Ein triftiger Grund, sie beim hikoshu-sham anzuschwärzen. Ja, das werde ich tun!* Und während ihn die Sklavin verwöhnte, grübelte

Mikiri über einen diesbezüglichen Plan, den er sogleich wieder verwarf. Er war einfach noch zu verwirrt.

Die Wachen auf den Mauern Hitas gaben fast gleichzeitig Alarm. Im Osten erhob sich eine mächtige Staubwolke, die breit und scheinbar unaufhaltsam auf Hita zurollte. Duron erstieg eilig die steile Treppe zur Mauerkrone. Er spähte zwischen den Schießscharten hindurch. Dann atmete er auf. "Unsere", verkündete er, worauf ein heller Jubel ertönte. Inzwischen waren beinahe alle Bewohner der Burg auf den Beinen. Duron sah sich suchend nach seiner Herrin um. Da sah er sie aus ihrem Haus kommen. In der goldenen Rüstung mit den Schwanenflügeln. Sie winkte ihm zu, er konnte sehen, wie sie lächelte. Dann befahl sie ihren Begleitern etwas, die wie die Kaninchen auseinanderspritzen, um die Befehle unverzüglich zu erledigen.

Duron winkte Hagor, seinem Adjutanten: "Mach mein Pferd fertig und stell eine Ehrengarde zusammen. Wir wollen unsere Brüder angemessen empfangen!"

Nicht lange, dann ritten Duron mit der Ehrengarde vor Sabu und ihren Rittern aus dem großen Osttor. Aus der Staubwolke schälten sich nach und nach drei große Heerhaufen heraus. An den Spitzen ritten Bannerträger, über den Köpfen der Reiter und des Fußvolkes wogten die Flaggen der Truppenteile.

"Seht, meine Fürstin", rief Duron, "Da sind unsere Amazonen!"

Sabu schloss zu Duron auf. "Was sind Amazonen?"

"Kriegerinnen, Dragunas. Sie kämpfen wie meine Brüder! Sie werden von Medura, der Tapferen, geführt. "

Die Dragunas hatten die Spitze des Heerzuges übernommen. Ganz vorn, erkannte Sabu, ritt eine riesige Draguna in silberner Rüstung und schwarzen Adlerschwingen auf dem Rücken. Dann schlossen noch andere Reiter auf. "Ich erkenne Kogon, und Hagoras. Sie führen die Reiterheere an. Und da reitet auch schon Trugo an. Er ist der Befehlshaber der Fußtruppen." Duron richtete sich in seinem Sattel auf. "Das sind mehr als nur dreitausend!" Er sah Sabu begeistert an. "Wir sind gerettet, meine Herrin." Er zügelte sein Pferd. Sabu ritt eine Länge vor und wartete ebenfalls.

Und dann standen sich beide Gruppen gegenüber. Das Heer war zum Stehen gekommen.

Hagoras sprang von seinem Pferd, ließ sich eine Flagge reichen, dunkelgrün mit einer weißen Hand darauf; Das Banner derer von Yubigo. Die

Hand mit dem halben kleinen Finger auf der Flagge symbolisierte das *Fünf-Finger-Land*, die Heimat der Unsterblichen. Nach wenigen Schritten ließ sich Hagoras auf ein Knie nieder. "Hagoras, Heerführer des zweiten Reiterheeres der Unsterblichen meldet Euch, Fürstin Hita Sabu: Erhabene, sechstausend Unsterbliche stehen bereit, Euer Land zu verteidigen und zurückzuerobern als wäre es ihr eigenes." Und aus den Reihen der Unsterblichen scholl der Ruf: "Uuuraaa, Uuuraaa!"

Sabu musste schlucken. Sie sah Duron an, der mit großen Augen auf das Riesenheer blickte. Doch nur kurz, dann schlich sich auf sein Antlitz das berühmte Grinsen, das Sabu an Kamino erinnerte. Er nickte Sabu zu, wie wenn er sagen wollte, ich habe es Euch doch gesagt!

"Danke, Hagoras, Heerführer des zweiten Reiterheeres. Ihr und alle mit Euch sind herzlich willkommen und sehnsüchtig erwartet!" Mit einer Geste forderte sie Hagoras auf sich zu erheben. "Steht auf, Hagoras. Es ist in unserem Heer nicht üblich, niederzuknieen." Sie dachte einen Moment nach. "Duron?"

"Durchlaucht?"

"Haben wir denn genügend Platz und Verpflegung für so viele Soldaten?"

"Fürstin, wir haben einen langen Tross

mitgebracht", mischte Hagoras sich ein, "der uns eine geraume Zeit ernähren kann. Der Feind, den wir nebenbei überrannten, hat ein Übriges dazu beigetragen, unseren Tross noch umfangreicher zu machen – wenn auch nicht freiwillig." Hagoras grinste breit, wie Duron, als wären sie Brüder.

"Habt Ihr etwa Mikiri verjagt?"

"Vorläufig, Fürstin. Wir sind wie ein Orkan auf dem Meer durch sein Lager gefahren und haben sein Heer empfindlich getroffen. Leider konnte Mikiri rechtzeitig fliehen, sonst hätten wir ihn bei uns. Und ein Teil seines Heeres befindet sich noch an Ort und Stelle."

"Nun ja, vielleicht ergibt sich die Gelegenheit, auch den Rest zu verjagen." Sabu lächelte ihr gewinnendes Lächeln. "Vorläufig, nehmt Quartier. Dann treffen wir uns im ‚Garten der süßen Früchte‘." Sie sah zum Himmel. "in der vierten Stunde nach dem Mittag." Sie wendete ihr Pferd, drückte ihm die Hacken in die Seiten und ritt im Schritt voraus. Und das ganze Heer setzte sich in Bewegung, eine gewaltige Staubwolke aus Asche aufwirbelnd.

Wenn Yolo Haare gehabt hätte, würde er sie sich ausgerauft haben. So aber rannte er durch die Burg und trieb Diener und Helfer an, einen Platz für die Gäste im ‚Garten der süßen Früchte‘ zu schaffen. Der Garten trug seinen Namen zu Recht; Eine Ginsterhecke schloss ein mächtiges Areal ein, in dem Obstbäume, wie zufällig wuchsen. Manche blühten eben noch, andere trugen Früchte. Es war das Werk des berühmten Gärtners *Imikago Gensò*, den Yolo aus Shoushima abgeworben hatte. Zwischen den Bäumen wuchsen niedrige Obststräucher, farbige Felssteine lagen wie zufällig hingeworfen dazwischen, ein kleiner Bach mäanderte um das Gehölz und Statuen verschiedener guter Geister begleiteten seinen Lauf. In der Mitte gab es einen freien Bereich mit sattgrünem Gras, gedacht eigentlich, um den Besuchern ein Plätzchen zur Einkehr und Ruhe zu bieten, nun gerade groß genug, um die Versammlung der Heerführer, Centurionen und Truppführer aufzunehmen. Yolo ließ Decken auslegen, darauf Kissen. Naeg half ihm, indem er niedrige Tischchen heranzauberte, fertigt gedeckt mit Trinkbechern und Geschirr für einen kleinen Imbiss. Getränke standen bereit und auf mehreren Spießen brieten junge ricomas. Naeg musste mit seiner Zauberei noch für Nachschub an Brot und Gemüse sorgen.

Entgegen aller Tradition saß Sabu schon auf einem Podest und erwartete ihre Gäste. Masuro spielte den Zeremonienmeister und dirigierte die Unsterblichen auf ihre Plätze. Sie verneigten sich unbeholfen vor Sabu, nahmen Platz und warteten schweigend. Als letzte tauchten Duron und Hagoras auf. Duron verneigte sich zeremoniell und wollte zu einer Entschuldigung ansetzen, doch Sabu winkte ab. "Ich verstehe Duron-oiyii, hoffe nur, dass alle die Euch gefolgt sind auch ausreichend Platz und Nahrung gefunden haben."

"Danke, Fürstin. Und ja. Sie sind zufrieden."

"Nun denn. Nehmen wir einen Imbiss und dann lasst uns über die Zukunft reden." Und irgendwo im Unterbewusstsein klang in Sabu der Spruch des Orakels von Monmontma: ‚Nicht durch das Schwert, geführt von einem Mann, nicht durch ein Heer, geführt von einem Helden, nicht durch Magie, gewebt von einem Zauberer.' *Wer aber wird das sein, der den FEIND vernichten wird? Wer und wo, ihr Götter, sind meine Helfer?*

Und wann werde ich sie treffen?

Oder sind sie schon hier?

Schweigen.

LUBOMIR

Die Blase, die Lubomir um sich gebildet hatte,

rettete auch Margur das Leben. Lubomir sah noch, wie sich die Krulls um Margur in Rauch auflösten und wie Margur ihn mit großen Augen ansah. Er hatte den Mund zu einem Schrei aufgerissen, doch es kam kein Ton heraus. Die Explosion schleuderte sie aus dem Loch. Sie rasten inmitten einer gewaltigen Feuer- und Rauchsäule, Trümmern, zerrissenen Zelten, Waffen und toten Krulls, taumelnd in den Himmel. Beide lagen sie auf dem Rücken und konnten sich nicht bewegen. *Gut gemacht, Lubomir*, gratulierte er sich zu dem selbst entfachten Chaos, das er mit Ach und Krach überlebt hatte. *Bis jetzt. Dank auch an Baldur dem Grauen, der uns diese gewaltige Zauberkunst beigebracht hat.* Lubomir war viel zu bescheiden. Was die Magie betraf war er ebenso gut, wie die Meister der Insel der Magier in Geadir. Aber er wandte so wenig wie möglich davon an. Denn jedes Mal wurden kostbare Ressourcen der Natur verbraucht.

Die Blase hatte jetzt ihren Höhepunkt erreicht. Sie war aus dem Rauchpilz herausgetreten. Lubomir sah einen großen Teil Yukokoshimas zwischen dem Meer der Vulkane im Westen und Minoru im Osten. "Wir fallen", bemerkte Margur, der sich wohl schnell gefangen hatte, "Wir sollten uns auf unsere Landung vorbereiten."

,DU wohl kaum, mein Freund. Du warst nicht

eingeplant.' Lubomir schnippte mit den Fingern. Die Blase teilte sich, hielt jedoch zusammen. Er sah Margur in der anderen, der ebenfalls Magie anwandte und die Blasen weiterhin miteinander verband. Der junge Magier verlangsamte ihren Sturz. Jetzt konnte er sich umsehen und war erschüttert über das Ausmaß seiner Magie. Das, was einmal ein Riesenloch gewesen war, und von dem immer noch Feuer und Rauch aufstieg, war nur noch ein flacher Krater. Der Ring der Palisaden aus lebenden Dragunen verschwunden, dafür erhob sich ein mächtiger Kraterrand aus Felsbrocken, Dreck und geschmolzenem Sand. Das Lager des Feindes war in der näheren Umgebung des Loches vollständig vernichtet. Weiter entfernt sah er Zerstörung und Verwirrung. Und hatte er auch Margorokk erwischt, den schwarzen Zauberer?

Er musste sich von diesem Margur trennen, denn sie kamen dem Boden immer näher. Im Augenwinkel sah er, dass Margur die Augen schloss und mit den Händen gestikulierte.

Bevor sie den Boden erreichten, lösten sich die Blasen auf. Lubomir und Margur plumpsten auf den Boden. Staub wölkte auf, Margur hustete, während Lubomir auf die Knie rollte, um schnell aufzustehen.

"Denkt ja nicht, dass Ihr gewonnen habt, Magier." Margur stand jetzt dicht vor Lubomir. Er war ein wenig kleiner, so dass er zu Lubomir aufsehen musste. "Ihr erlaubt?" Er machte eine alberne Verbeugung, wedelte mit den Händen vor Lubomirs Nase, und bevor der reagieren konnte, verschwand er mit einem gewaltigen Knall und hinterließ, außer eines Tinnitus in Lubomirs Ohren, einen unangenehmen Gestank nach Schwefel und noch etwas anderem, das Lubomir nicht erklären konnte.

"Bei den Göttern!" Lubomir rümpfte die Nase. Er versuchte den widerlichen Gestank mit der rechten Hand wegzuwedeln. Schnell sprach er einen Spruch und erreichte damit, dass der Gestank verschwunden, dafür aber Margur wieder vor ihm stand und ihn mit großen Augen ansah.

"Was …?"

"So einfach kommt Ihr mir nicht davon!" Lubomir grinste sardonisch. "Ihr seid mir noch ein paar Erklärungen schuldig."

ASAMOTO

Der Morgen kündigte sich mit einer blutrot aufgehenden Sonne an. Asamoto lehnte lässig an einem Baum und sah zum Himmel. Keine Wolken, kein Regen in Sicht. Das richtige Wetter für einen Krieg! Alles schien bedacht, alle Risiken bewertet und die Truppen bereit. Nur der Anmarsch hatte sich wegen der umfangreichen Tarnungs- und Irreführungsmaßnahmen erheblich verzögert. Sie waren einen ganzen Tag später, erst nachmittags vollständig eingetroffen. Asamoto hatte verboten, Befestigungen zu bauen oder sich für längere Zeit einzurichten. "Morgen, in aller Frühe, greifen wir an!" Und er hatte verboten, Wein zu trinken, zu singen oder irgendwie anders Lärm zu machen. Überhaupt forderte er absolute Stille!

Blieb noch der Feind. Aber der ahnte ja nichts. Er hatte dieser Sabu, dieser hochnäsigen Schlampe, die die Frechheit besaß, sein ‚Angebot' brüsk abzulehnen, eine Frist von drei Wochen eingeräumt. Ihm hätte eine Nacht mit ihr genügt. Oder auch zwei! Dann wäre die "Sache" erledigt gewesen. Eventuell hätte er auf einen Überfall verzichtet. Oder doch nicht? Um ehrlich zu sein – nie und nimmer! Jetzt war der richtige Zeitpunkt, jetzt war es so weit! Er wird sie sich nehmen und zwingen, ihm gefügig zu sein! Und wehe, sie leistet Widerstand! Dann fliegt sie in die Grube und wird anschließend in einem der Häuser der Weidenruten dienen. Als niedrigste Sklavin!

Zehn Tage waren erst vergangen. Er konnte, durfte nicht länger warten, sonst ist die Chance, weit in Yukokoshima hineinzustoßen und einen Großteil zu erobern, vertan. Dann ist Sabu auf einen Angriff gefasst und wird Gegenmaßnahmen ergreifen. Was sie auch tun wird, aber zu spät! Asamoto rieb sich die klammen Hände. Er sah zum Himmel. Noch ist ein wenig Zeit.

Sabu! Was sollte man von diesem Mädchen halten? Sie sprengte den hikoshu-ugoku, brüskierte den Hikoshu-sham (Asamoto grinste breit vor Schadenfreude), legte sich mit den Herren der Familien an (Nicht mit allen, das ist wahr!) und tat, als sei SIE der Herr der Herren! Unglaublich! Und immer standen diese saru in ihren schwarzen Kitteln herum und beobachteten ihn. Zauberer aus Higashima! Mit dem Erzfeind verkuppelt! Ja geht's denn noch?!

Andererseits ist Sabu ein verdammt verführerisches Wesen. Wie sie ihre Vertrauten an sich band, die sie mit verliebten Blicken regelrecht auffraßen. Ganz zu schweigen von seinem fetten Sohn! Asamoto sah zufrieden an sich herunter. Ja, er war schlanker und muskulöser geworden - Sein Arzt hatte ihm empfohlen, Waffenübungen zu machen, die er seit nunmehr drei Monaten mit immer besseren Ergebnissen absolvierte. Der Waffenmeister und die Mönche im *Kloster des glücklichen Drachen* waren mit ihm zufrieden. Jedenfalls murrte der Meister weniger als zuvor. Und was früher Fett gewesen war, war inzwischen Muskelfleisch gewichen. Tatsächlich! Trotz der dicken Rüstung konnte er seine Stiefelspitzen sehen. Sein fauler, fetter Sohn aber war dem Mädchen ganz und gar verfallen. "Heute hole ich mir meine Beute", verkündete er im Vorbeigehen. *Irrtum Sohn! Erst bin ich dran. Dann kannst Du sie haben.* Asamoto sah seinem Sohn hinterher, der schwabbelnd, klirrend und schwitzend vorbeiwatschelte; Eine Kugel in einer seltsamen Rüstung. *Will Ymomaki den Feind erdrücken, indem er über das Schlachtfeld rollt? Hoffentlich geht das gut.* Asamoto seufzte. Ymomaki war sein einziger Sohn – noch! Und damit in direkter Linie auch die einzige Wahl. Wenn Ymomaki fiel, würde ein Neffe das Haus Hikoku übernehmen. Asamoto wusste auch schon wer: Hikoku Eso, der Sohn seines ältesten

Bruders, Daimio Hikoku Esoderu. Asamotos Bruder war der Wächter des Nordens von Shoushima. Asamoto selbst hatte Eso zu einem Krieger ausgebildet. Zusammen mit Ymomaki. Aber sein Sohn fand es nicht für nötig, sich anzustrengen. Er war und ist immer noch der Überzeugung, dass er einmal Fürst von Yukokoshima wird. Wenn er sich da nicht irrt! Ymomaki ist faul und dumm. Ja dumm! Eso dagegen stark, intelligent, verschlagen, rücksichtslos und vor allem ehrgeizig. Eigenschaften, die ein zukünftiger Herrscher besitzen muss! Solch einen Sohn hatte er sich gewünscht!

Überhaupt war es Asamoto gelungen, die mächtigsten Verwandten seiner Familie als Daimios einzusetzen, die sein Land in seinem Sinne beherrschten. Das konnte gefährlich sein, wie er aus der Geschichte Sagoshimas wusste: Als nach der Eroberung Sinis, der Herr des Hauses Nyoko, Kenoichi, von einen Verwandten vom Thron des Hauses gestürzt wurde, gab es grausame Kämpfe um die Macht in der Familie. Das Blut floss in Strömen und nicht nur die Schwerter sprachen, sondern auch Verrat und Gift waren beteiligt. Heerführer Lano Dami, ein weitläufiger Verwandter aus der Familie, usurpierte das Haus und vernichtete die gesamte

Familie Nyoko, bis auf die jüngste Tochter. Er nahm sie zur Frau und übernahm den Namen Nyoko. Von da an nannte er sich Nyoko Dami. Er schwor auf den *kano-i'iyo* der Nyokos und setzte damit die Tradition der Familie fort. Sini stand damals kurz vor einem Bürgerkrieg. Doch durch diesen geschickten Schachzug konnte er im letzten Moment abgewendet werden. Den ehrenwerten *kami* der Familie schien das recht gewesen zu sein, denn von da an wurden die Nyokos immer reicher und mächtiger. Das sollte man beachten! Doch jetzt hatte er einen Krieg zu führen, ob der *hikoshu-sham* etwas dagegen hatte oder nicht! Asamoto waren sämtliche Axiome der Dragungesellschaft herzlich egal. Es wurde Zeit, dass jemand etwas änderte. Und er fühlte sich dazu berufen! Erst Yukokoshima erobern und dann den Thron des Tenno!

Asamoto sah sich um. Wie sollte er vorgehen, wenn sein Heer den Hirotago überschritt? Er hatte sich bisher nicht die Zeit nehmen können, darüber nachzudenken. Sollte er an der Spitze reiten? Nein, diese Ehre gebührte dem Heerführer! Und seinem Sohn, der ja behauptete ein großer Krieger zu sein. Er, Asamoto, war der Fürst!

"Higato!"

"Herr?" Sein Adjutant Hikoku Higato sah aus dem Zelt, einen Stapel Schriftrollen unterm Arm.

"Wenn Du fertig bist, lass meinen Drachen satteln. Und mach Dich bereit. Wir gehen in der Mitte des Heeres über den Fluss." An der Grenze zu Yukokoshima, etwa auf der Höhe von *Jumishima*, war der Hirotago etwas flacher. Ansonsten war er ein breiter Strom, der nur über wenige Furten verfügte, über die ein Heer wie seines das Wasser durchschreiten konnte. Strategisch ungünstig, wenn der Gegner auf einen Angriff gefasst war. Aber es ging nicht anders. Ihm fehlten in der kurzen Zeit der Vorbereitung genügend Mittel zum Übersetzen über den Fluss an einer anderen Stelle. Asamoto hoffte, dass Sabu mit anderen Dingen beschäftigt war, als sich auf einen Angriff aus dem Norden vorzubereiten. Wahrscheinlich machte sie mit einem ihrer Berater *ai'yshi* (herablassend für Liebe machen), dachte er giftig. Und obwohl sie noch in Tomichi mit Handschlag den Frieden zwischen ihnen bekräftigt hatten, griff er jetzt an. Alle Zeichen standen auf Angriff; Das Wetter, die Bereitschaft seiner Truppen und die Zeichen der Götter – jedenfalls der meisten. Was kümmert mich mein Geschwätz von gestern, dachte Asamoto. Er sah nach Osten. Wenn die Sonne die Spitzen der Eisenbäume erreicht hat, wird er das Signal geben. Es waren nur noch wenige Augenblicke.

Higato war neben seinen Herrn getreten.

"Fertig, Herr. Euer Drachen ist gesattelt."

"Dann lasst die Truppen marschieren. Mögen uns die Götter einen leichten Sieg bescheren."

Die Götter waren ihm gewogen und in Spendierlaune. Nachdem Asamotos Drachen Höhe gewonnen hatte, sah er, wie seine Fußtruppen über den Fluss gingen. Sein Heer trat aus einem gut gedecktem Wald heraus und über ein kurzes, steiniges Ufer überquerte es den Fluss. Das heißt, es begann mit dem Übergang. Wieder ein strategischer Vorteil, denn sie hatten sich ungesehen über Nacht an die Grenze heranarbeiten können. Alles verlief genau laut Plan. Weit und breit war kein Feind zu sehen. Genau, wie seine Späher gemeldet hatten – jedenfalls diejenigen, die wiedergekommen waren. Was mit den anderen geschehen war, interessierte ihn nicht. Vielleicht waren sie noch auf dem Wege, aber er konnte nicht länger warten.

Zwei Hundertschaften bildeten auf dem anderen Flussufer Brückenköpfe, die den Übergang sichern sollten. Die folgenden würden sich zu viereckigen Kohorten zu ein- oder zweitausend Mann, je nach Bewaffnung, sammeln und vormarschieren. Asamoto sah aus großer Höhe das feindliche Land und war sehr zufrieden. Neben den Fußtruppen setzten die

Reiter über den Fluß, Drachenreiter umkreisen das Gebiet und spähten nach feindlichen Bewegungen. Der Übergang war wirklich gut gewählt. Gleich dahinter begann freies Feld aus Grasland und seitlich davon eine mit Strauchwerk und niedrigen Bäumen bestandene Ebene. Erst in einer Meile Entfernung im Nordosten wuchs ein finsterer Wald aus riesigen Eisenbäumen, der halbbogenförmig das Grasland umschloss und den geraden Durchmarsch nach Hita verhinderte. Sie mussten seitlich daran vorbei. Die Einheimischen nannten ihn den *kami-hogosh*, den Wald der Geister. Der Fürst lobte im Stillen den Heerführer und seine Unterführer. Ein guter Plan! Seine Truppen konnten sich rechts und links breit entfalten und den Wald blitzschnell forcieren.

Der rechte Flügel formierte sich auf dem anderen Ufer unter General Hikjii Ken'aga und zog nach Westen. Sie sollten Fürst Kamasu Igishis Truppen bei Fuko überrennen und die Stadt erobern. Der linke Flügel begann sich zu teilen und schwenkte nach Südosten direkt auf Hita ab, oder was davon übrig war. Er sah die Feldzeichen der Fürsten des Westens, der kleinen Daimios und an der Spitze sein eigenes; Der goldene Käfer auf schwarzem Grund. Dort sollte Ymomaki und sein Neffe Eso, dem er eingeschärft hatte, auf Ymomaki zu achten, in der vordersten Reihe auf

Hita vorstoßen. Seine Spione hatten widersprüchliche Informationen geliefert. Die einen Kundschafter hatten behauptet, Hita gäbe es überhaupt nicht mehr, und andere, dass die Stadt wehrhaft wäre, wie eh und je. Was sollte man glauben? Er musste sich wohl bei Gelegenheit selbst darum kümmern. Inzwischen entfalteten sich die Truppen und marschierten ungestört in die vorgesehenen Richtungen.

Die Mitte sammelte sich, um nach Somo zu marschieren. Sie hatte den weitesten Weg. Deshalb war es wichtig, die Flanken zu sichern, damit die östlichen und westlichen Heeresgruppen von Hita und Fuko aus, wenn diese erobert waren, unverzüglich folgen, beziehungsweise aufschließen konnten.

Zwanzig ryuu-ooi begleiteten Asamoto. Weitere je fünfzig schützten den rechten und linken Flügel aus der Luft. Seine Gruppe kreiste über dem mittleren Heerwurm und beobachtete den Übergang. Das Herz schlug ihm bis in den Hals vor Aufregung und Freude. Der Fürst rieb sich die Hände. So einfach hatte er sich den Überfall nicht vorgestellt! Naja, ein Weibchen, was sollte man anderes erwarten, als dass es sich feige verkroch oder keine Ahnung hatte! Und ihre Heerführer waren noch mit den Joseyji in den Häusern der Weidenruten beschäftigt. Er dirigierte seinen Drachen nach rechts, nach Fuko. Asamoto brauchte den Hafen, um noch mehr Truppen nachzuziehen. Und er wollte dabei sein, wenn Fürst Kamasu Igishi sein Desaster erlebte. Hita überließ er seinem Sohn und Eso, seinem Neffen.

Dies erkannte Asamoto in dem Moment, als er die Augen aufschlug: er hatte einen gewaltigen Fehler gemacht! Dass er sich nicht bewegen konnte, lag an den Fesseln, die seinen Körper einschlossen, wie in einem Kokon. Er blickte nach rechts, dort lag einer seiner Adjutanten, dessen Name ihm gerade nicht einfiel, ebenso verschnürt, mit geschlossenen Augen. Und links von ihm, ein ihm unbekannter Krieger. Der Rüstung nach zu urteilen, ein riyuu-ooi.

Sie lagen in einer großen Grube voller lästiger Insekten und anderem Getier, dass fröhlich über sie hinwegkrabbelte. Eine große *nezumi* (Ratte) machte Männchen und sah ihn mit ihren schwarzen Äuglein an. Dann huschte sie unhörbar auf ihren sechs Beinen davon, ins Dunkle. Die einzige Lichtquelle war eine vergitterte Öffnung, vielleicht zwei Mann breit, durch die der blaue Mond seine matten Strahlen sendete. Bitternis und Hoffnungslosigkeit erfüllten Asamotos Seele. Asamoto seufzte tief auf. Sabu! Er hatte sie unterschätzt und nicht damit gerechnet. Nicht mit einer solch niederschmetternden Niederlage! Enttäuscht schloss er die Augen. Was sollte er sich die Grube ansehen?

Nahezu die Hälfte seines Heeres war schon auf der feindlichen Seite. Es fehlten noch einige Fußtruppen, die Pioniere und der Tross, sowie die Nachhut, als an der rechten und linken Flanke, noch auf ihrer Seite, Unruhe und Verwirrung entstand. Zuerst erkannte Asamoto nicht die Ursache. Dann sah er es: Reiter mit grünen Flaggen auf dem Rücken und auf riesigen Pferden stürzten sich mit Lanzen und Schwertern von hinten auf Asamotos ahnungslose Truppe. Aus der Luft sah Asamoto, wie sie vollkommen überrascht und verwirrt in alle Richtungen auseinanderstoben. Und während die vorderen Linien weiter übersetzten, ohne etwas zu bemerken, begann eine furchtbare Vernichtungsschlacht im Mittelpunkt und Rücken des Heeres. Die schwarzen Reiter drängten seine Krieger zusammen, trieben sie in den Fluss und, wenn sie nicht ertranken, töteten oder verwundeten sie sie.

Asamoto hatte gewendet, um sich die Sache genauer anzusehen, da blieb ihm beinahe das Herz stehen: Von Nordwesten, aus dem *kami-hogosh*-Wald traten zehn Kohorten unter dem Banner

Hitas hervor und marschierten auf den Hirotago zu. Sie richteten sich zu einer breiten Front aus und bildeten mit ihren Schilden und Speeren eine undurchdringliche Mauer. Dann rückten die feindlichen Truppen in fest geschlossener Formation vor. Sie drückten seine Krieger zurück in den Fluss, wo sie mit denen, die noch übersetzten zusammenstießen. Ein großes Schlachten hub an, bei dem Asamotos Truppen eindeutig die unterlegenen waren. Erst langsam verstand Asamoto, was dort unten geschah. Und als er endlich die Initiative ergreifen wollte, war es zu spät. Denn jetzt stiegen, zu Asamotos Überraschung, mitten aus dem Geisterwald Drachen auf und jagten kreischend und feuerspeiend mit hoher Geschwindigkeit auf seine Gruppe zu. *Wie haben die denn das geschafft, ohne entdeckt zu werden? Und wie, bei allen Dämonen, konnte dieser Aufzug seinen Spionen und Spähern entgangen sein? Ich werde sie alle hinrichten lassen! Auf den Pfahl, mit ihnen!* Aber es war bereits zu spät. Der Gegner änderte seine Aufstellung und griff in Form von Dreiecken an, an der Spitze ein riesiger grüngeschuppter Drache, von dessen Lefzen brennender Speichel tropfte. Das kann nur der des Heerführers Yukomi sein, dachte Asamoto. Und er erkannte hinter Yukomi den goldenen Drachen Sabus und Sabu in der goldenen Rüstung mit den Schwanenflügeln.

Asamoto zog sein Langschwert. Er wusste nun, dass er dieses Weibchen wahrhaftig unterschätzt hatte. Jetzt konnte nur noch jeder versuchen, sich zu retten oder sein Leben so teuer wie möglich zu verkaufen. Er besaß eben noch die Zeit, kurz nach unten zu sehen, und sein Herz wollte schier stocken; Hinter der breiten Front der fremden schwarzen Krieger, marschierten noch mehr Kohorten aus Yukokoshima unter den Flaggen der nördlichen Fürsten auf, während von rechts und links Reiter, auf deren Rücken grüne Fahnen mit einer silbernen Hand und rote mit Drachengesichtern wehten, die Formationen, die nach Fuko marschierten, in den Flanken angriffen. Standarten flatterten und Feldzeichen blitzten in der aufgehenden Sonne.

Dann musste sich Asamoto des ersten Angriffs der ryuu-ooi erwehren. Und auch als er Unterstützung von den anderen ryuu-ooi erhielt, schien es, als hätten alle Drachenreiter seines Gefolges alles Gelernte und Geübte vergessen. Sie stoben ungeordnet auseinander und versuchten in Einzelgefechten ihren Herrn zu schützen, doch sie wurden von den festgefügten Formationen der feindlichen Drachenreiter aus der Luft geholt. Asamoto konnte nicht umhin, den Feind zu bewundern und sich über seine Offiziere zu ärgern.

Sabu persönlich griff ihn an. Ihr goldener Drache schoss auf ihn zu, er hörte ein Schwert zischen, sah kurz noch den goldenen Bauch von Sabus Drachin. Sein Drache schrie auf. Blut spritzte aus einer tiefen Wunde aus dem Bauch seines Tieres. Dann stürzte er in die Tiefe. Asamoto kam in höchste Bedrängnis. Er riss seinen Drachen nach oben, dass dieser seine Krallen dem Feind entgegenrecken konnte. Doch Sabus Drachin hatte damit gerechnet. Eine lange Flammenzunge schoss aus dem Maul der Goldenen und verbrannte Asamotos Drachen den Bauch. Der schrie schrill auf und stürzte endgültig ab. Asamoto sah noch, wie sein Heer vom Feind eingekreist wurde. Er rutschte aus dem Sattel und fiel. Den Aufschlag spürte Asamoto noch, dann war alles dunkel.

Und nun lag er hier in dieser Grube und spürte erst jetzt die Schmerzen an der Schulter und im Rücken. Doch schien er nicht ernsthaft verletzt. Das können nur Prellungen sein, entstanden, als er auf dem Boden aufschlug. Er hoffte nur noch, dass man es ihm vergönnte, *Sembuke-ki* zu begehen.

Als er die Augen wieder öffnete, schien die Sonne durch das vergitterte Loch. War er doch eingeschlafen! An dem Gitter machte sich wer zu schaffen. Quietschend öffnete sich die Klappe und zwei der schwarzen Krieger ließen eine Holzleiter herunter. "Asamoto?"

Der Fürst biss die Zähne zusammen. Er sah den Tod auf sich zukommen. Sollte er sich melden?

"Asamoto? Wo steckst Du?"

"Hier." Es war der Soldat neben ihm. Der Fürst spürte Wut in sich aufsteigen. Wenn er gekonnt hätte, er würde den Kerl erwürgen. Langsam, ganz langsam.

"Ah, da isser ja." Einer der beiden Riesen kam die Leiter heruntergerutscht und ging zu Asamoto. Er bückte sich, zerrte Asamoto hoch und legte ihn sich über die Schulter, wie einen Getreidesack. "Los, vorwärts!" Und stieg die Leiter hoch. Der zweite Soldat griff durch die Gitteröffnung, zog den Fürsten nach Draußen und warf ihn auf den staubigen Boden. "Schwer der Kerl", stellte er fest.

Asamoto hatte noch nie solche Krieger gesehen. Sie waren mindesten einen Kopf größer als der größte Dragun, den er kannte. Es waren auch Dragune, doch ihre Schuppenhaut war grau bis blaugrau, ihre Augen blitzten gelb unter den Augenwülsten. Und die Rüstungen bestanden aus hautengen, gehärtetem Leder mit geschwärzten Eisenplatten.

Der zweite Krieger, der eben aus dem Loch

geklettert kam und es umständlich verschloss, brummte: "Sei vorsichtig, Kardor. Wir sollen ihn nicht kaputt machen."

"Meinetwegen. Soll er erst einmal überleben." Das anschließende Lachen der beiden klang durchaus nicht verheißungsvoll. Kardor zog ein Messer und schnitt Asamotos Fußfesseln durch. "Steht auf. Die Fürstin möchte Euch sprechen."

Man hatte Asamoto seiner Rüstung beraubt. Er trug nur die Unterkleidung, ein wollenes Stepphemd und eine mittellange Hose aus Baumwollstoff. Sogar die Stiefel hatte man gestohlen. Der Fürst schnaufte. "So kann ich nicht zu Sabu!"

"Zu wem, bitte?"

"Sabu?"

"Ihr meint die Fürstin Hita Sabu, die zukünftige Kaiserin Sinis?"

"Ja? Kaiserin?" *Sollte sie es wagen, die Ordnung Sinis auf dem Kopf zu stellen und wieder die Herrschaft der Weibchen einführen? Da mögen die Götter davor sein!* Asamoto wurde heftig aus seinen Gedanken gerissen. Begleitet von einer gewaltigen Maulschelle meinte Kardor gelassen: "Dann sagt es auch so. Fürstin Hita Sabu. Klar?"

Asamoto nickte ergeben. Er war Gefangener. Was sollte er tun? Andererseits war es ihm egal.

Er würde sowieso hingerichtet werden. "Dann eben, zu Hita Sabu, der Fürstin", brummte er.

"Na also, geht doch. Gehen wir." Sie nahmen ihn in ihre Mitte. Asamoto konnte sich zum erstem Mal umsehen. "Wo bin ich?"

"In Fuko. Wolltet Ihr nicht dahin?"

Vor ihnen erhob sich, hinter der inneren Burgmauer, der mächtige Burgturm von Fuko. Sie befanden sich noch im äußeren Ring. Es wurde an neuen Häusern gebaut, Straßen, Wege und - er staunte - sogar Parks angelegt, als wäre es tiefster Frieden. Dann waren sie in der inneren Burg. An den Kreuzungen und Häusern der Inneren Burg standen oder gingen aufmerksame Wachen. Sie liefen einen Kiesweg entlang, überquerten eine Brücke über einen Verbindungsgraben zwischen zwei großen Teichen. Aus dem Augenwinkel sah er große Karpfen darin schwimmen. Dann standen sie vor dem Eingangstor zur Burg. Die Soldaten, die hier Wache hielten waren ebendieselben schwarzen Krieger, wie seine Begleiter, mit hundeartigen Helmen, durch deren Sehschlitze man gelbe Echsenaugen blitzen sah. Die Tür zur Burg öffnete sich geräuschlos. Sie schoben Asamoto, dem das Herz jetzt schlug wie ein Schmiedehammer, einfach hinein. Er machte drei Schritte und blieb stehen.

"Tretet ein, Asamoto", hörte er eine tiefe

Stimme sagen. Die Tür hinter ihm fiel zu. Er war allein. Stille.

Asamoto verstand das Ganze nicht. Es hieß doch, Yukokoshima läge am Boden. Diese Sabu wisse nicht, was zu tun! Aber es sah doch ganz anders aus! Sicher, es hatte Zerstörungen gegeben! *Aber ... Was haben meine Spione den ganzen Tag getrieben?*

"Die Treppe hinauf."

Er tat wie geheißen, erstieg die steilen Stufen bis in den ersten Stock. Wieder die Stimme: "Weiter, bis in den dritten Stock."

Schnaufend erreichte er den Absatz. "Nach rechts, Asamoto." Er sah sich einem langen dunklem Flur gegenüber, an dessen Ende durch einen Türspalt Licht einfiel. Asamoto holte tief Luft. ‚Nun denn, gehen wir', dachte er bei sich. Er sammelte sich und schritt mutig voran.

Er erreichte die Tür und trat ein. Das erste, was er sah, war zwanzig Schritte entfernt Sabu auf einem Podest. Sie trug einen schlichten grauen Kimi, der durch einen roten Gürtel zusammengehalten wurde. Ihre Hände lagen locker auf den Schwertgriffen. Sie sah Asamoto kalt an. "Tretet näher." Er machte drei Schritte, das Herz wollte ihm schier versagen. Noch nie war er einem Weibchen begegnet, das so viel

Würde, Majestät und Macht ausstrahlte wie Sabu. Automatisch sank er vor ihr auf ein Knie und senkte den Kopf. "Fürstin, ich …"

Sabu schwieg. Es war so still, dass Asamoto seinen eigenen Herzschlag hörte. Und nach einer schier unendlich scheinenden Zeitspanne fragte die Fürstin: "Geht es Euch gut, Asamoto?"

Der Fürst schluckte. Er hatte Anschuldigungen, Vorwürfe, Todesdrohungen erwartet. Was sollte er darauf antworten? Er ließ sich nach vorne fallen, drückte den Kopf gegen den Dielenboden und schwieg. Es war das Zeichen vollkommener Unterwerfung. Er wusste, was auch immer Sabu beschloss, welches Urteil sie über ihn fällen würde, sein Fürstentum war verloren, seine Familie der Vernichtung anheimgefallen. Er hatte keine Zukunft mehr. Sollte er aufstehen und um ein Schwert bitten? Oder abwarten, was Sabu von ihm wollte? Hatte er Angst vor dem Tod? Ja! Und eines war klar, er hatte verspielt. Er hatte den Feind unterschätzt. Er hatte Sabu unterschätzt. Er spürte eine Präsenz dicht vor sich.

"Erhebt Euch, Fürst Asamoto." Es war Sabu. Asamoto hob den Kopf. Sie waren allein. Niemand war bei der Fürstin, um sie zu beschützen. Er könnte … Nein. Er hatte Sabu schon einmal falsch eingeschätzt. Langsam stand er auf. Er war einen halben Kopf größer als Sabu. Doch es war nicht ihre Größe, sondern ihre Haltung; wie sie vor ihm stand und ihn ansah: "Ich denke, es ist notwendig, dass wir Euch wiederherrichten, wie es einem Fürsten zusteht." Sie schnippte mit den Fingern. Sofort erschienen mehrere Zofen. "Ihr riecht nach der Grube. Geht ins Nebenzimmer, reinigt Euch und lasst Euch einkleiden. Ich erwarte Euch im *Saal der weisen Gedanken*." Sie drehte sich zur Seite. Zwei dieser schwarzen Krieger standen auf einmal neben ihm. *Habe ich's mir doch gedacht!*

"Man wird Euch zu mir führen, wenn Ihr fertig seid." Damit drehte sie ihm den Rücken zu und verschwand durch eine Tapetentür.

Asamoto erwartete ein Bad. Ja, genau das Richtige zur Hinrichtung! Er sollte passabel aussehen und nicht wie ein x-beliebiger Dieb. Er hob die Schultern. Was soll's. Ein Bad ist nicht zu verachten, danach kann er beruhigt zu den Geistern seiner Vorfahren gehen und muss sich nicht wegen seines desolaten Aussehens schämen. Allerdings, was sie zu seiner Niederlage sagen würden, mochte er sich lieber nicht ausmalen. Er legte die Kleidung ab und stieg in das heiße Wasser. "Ah", seufzte er, als Zofen zu ihm stiegen und seine Schuppen mit weichen Tüchern wuschen. Seine beiden Bewacher standen schweigend neben dem Becken und ließen den Fürsten nicht aus den Augen. Also keine Spielchen mit den Zofen. Schade. Asamoto war ein wenig enttäuscht. Dann eben nicht. Verschieben wir es auf den Moment nach meiner Hinrichtung. Er stieg aus dem Becken, ließ sich abtrocknen. Eine der Zofen wies auf einen Hocker, auf dem frische Wäsche und ein Kimi lagen. "Wenn Ihr das bitte anziehen wollt, mein Fürst", flüsterte sie. Es war ein hellblauer Kimi aus kostbarer Seide mit eingewebten goldenen Sternen. Die Zofen halfen ihm, den gelben Gürtel umzulegen. Asamoto stieg in die Sandalen. "Gehen wir?"

Der *Saal der weisen Gedanken* lag am anderen Ende des Burgturms, in dem Geschoß, dass dem Steinsockel folgte. Mit auf den Rücken gelegten Händen ging der Fürst zwischen seinen Bewachern einen langen Flur entlang. Der Fußboden war mit seltenen Hölzern belegt, die Wände schmückten Malereien mit landwirtschaftlichen Motiven. Es brannten Fackeln in eleganten Haltern und in Abständen von zehn Schritten standen Wachen in den Farben Fukos und präsentierten ihre Schwerter, wenn er an ihnen vorbeiging. Asamoto staunte. Nach seiner Kenntnis sollte Fuko total zerstört sein. Und was war das hier? Leider war es zu spät, sich an seinen Spionen zu rächen!

Die Türen zum Saal öffneten sich und er trat ein. Sabu thronte unbeweglich wie eine Statue auf einem hohen Podest, höher als üblich. Sie trug jetzt einen scharlachroten Kimi mit extra breiten Schultern. Quer über der Brust war ein goldener Drache eingestickt, der sein Maul weit aufgerissen hatte. Neben ihr stand ein goldener Helm mit Drachengesicht. Sabus Schultern überragten riesige Schwanenflügel. Im goldfarbenen Gürtel steckten die beiden Schwerter mit den schwarz-weißen Griffen. Das Banner Yukokoshimas schmückte die Rückseite des Podestes, daneben, kleiner, rechts die Fukos und links des gefallenen Fürsten Raiko Saboke von Fuko. Zwei riesige weiße Vasen mit blühenden Kirschbaumästen flankierten das Podest. An den langen Seiten des Saales hockten Würdenträger und Offiziere in den Farben Fukos und Hitas auf ihren angestammten Plätzen. Ganz vorn, in der Nähe Sabus, saßen ihre Ritter und engsten Berater sowie hinter ihr auf dem Podest, gleich neben den Bannern stand ein Robenträger, ein saru. Asamoto stellte sich vor dem Podest auf, verbeugte sich knapp und arrogant. Es war das Einzige, das ihm geblieben war. Was sollen Höflichkeiten? Er war sowieso des Todes. Also wartete er, was da kommen möge.

Sabu fixierte Asamoto lange, bevor sie das Wort an ihn richtete: "Fürst Hikoku Asamoto." Ihre Stimme war kalt, es klang wie eine Feststellung. Asamotos Herz begann heftiger zu schlagen. Von diesem Mädchen ging ein Zauber aus, der ihn in die Knie zwingen wollte. Er holte tief Luft, wollte etwas sagen, etwas Gemeines, Beleidigendes. Doch dann: "Fürstin, ihr habt mir befohlen … zu Euch …" Asamoto musste sich räuspern. Er schluckte, sah zum erstem Mal wirklich in Sabus Augen. Eine Eiseskälte ging davon aus. "Ich bitte um ein Kurzschwert. Ich bitte um einen ehrenhaften Tod."

LUBOMIR

Noch immer zogen Staub und Rauchschwaden dicht über dem Boden. Der Gestank nach verbranntem Fleisch stach Lubomir in die Nase. Er war schockiert über die Wirkung seiner ‚Höllenmaschine'. Lubomir musste niesen. Mit tränenden Augen sah er sich um. Von Margur war nichts mehr zu sehen. Er hatte Lubomirs Verblüffung genutzt und war verschwunden. Zum zweiten Mal, bevor er ihn stellen konnte!

Lubomir hatte keine Zeit und keine Muße nach dem Kerl zu suchen. Er wusste nun definitiv, dass es zwei Zauberer waren; Margorokk und dieser Knabe Margur. Das erhöhte die Gefahr für Sini und Geadir erheblich und es zeigte sich, dass sie Hilfe brauchen würden.

Lubomir drehte sich vom Ort der Zerstörung ab. Auf dem Rückweg nach Somo begegneten ihm etliche Krulls. Seltsamer Weise interessierte sich keiner davon für ihn. Sie rannten an ihm vorbei oder sahen ihn kurz an, um dann irgendeine Tätigkeit weiter zu verfolgen oder ignorierten ihn überhaupt. *Interessant*, dachte Lubomir, der eher damit gerechnet hatte, dass sich die Unwesen auf ihn stürzen würden, um ihn zu töten. Aber sie scheinen gar nicht zu wissen, wer oder was er war. Sie müssen einem Willen unterworfen sein, der sie lenkt und zu Mordinstrumenten macht. Aber diese Kraft war nicht anwesend - momentan. Brodor war ein Beispiel für diese Feststellung. Er war durchaus intelligent und hatte erkannt, dass der Magier ihn und seine Artgenossen nur missbrauchte. Ob aber nur die Eigeborenen so waren oder ob in den Erdgeschlüpften, wie Brodor sie nannte, auch noch Verstand steckte, wusste er nicht. Ob er einen Test machen sollte?

Wieder rannte eine Gruppe Krulls auf ihn zu.

‚*Halt*‘, dachte Lubomir. Und zu seiner Überraschung blieben die Krulls stehen. Lubomir legte die Hände auf den Rücken. ‚*Wer ist euer Führer?*‘

Aus der Gruppe trat ein großer Krull hervor. Er überragte seine Kameraden um einen halben Kopf. Der Krull ging auf ein Knie und beugte das Haupt. "Ich, Herr. Centurio Koro", sagte er laut.

‚*Was ist euer Befehl?*‘

"Wir sollen uns versammeln. Herr." Der Krull sah auf und direkt in Lubomirs Augen.

‚*Geht zurück und hol den Rest Deines Centurum.*‘

"Sehr wohl, Herr!" Der Krull stand auf. Er rief seinen Gefährten ein paar Worte zu und lief in die entgegengesetzte Richtung. Mit ihm seine Kameraden.

Lubomir schmunzelte. *So einfach?* Er war noch nicht ganz überzeugt. Aber das war ein interessantes Experiment! Wie es allerdings auf dem Schlachtfeld ausgehen oder ob es funktionieren würde, wusste er noch nicht. Lubomir setzte sich wieder in Bewegung und schritt entschlossen weiter.

Was mit den Leuten des Zauberers geschehen war, interessierte ihn momentan wenig. Er hoffte nur, dass genügend Krulls der Explosion zum Opfer gefallen waren. Er blieb stehen, um sich noch einmal zu orientieren. Das Lager des Feindes war zum großen Teil niedergelegt. Erst dicht vor dem Fluss und dem schmalen Waldstreifen davor standen noch große Teile. Einiges war verbrannt, anderes umgefallen. Immer wieder rannten Krulls und die kleinen grauen *Gruuls* an ihm vorbei. Orientierungs- und führungslos wussten sie nicht, was tun.

Inzwischen hatte er den Somo erreicht. Das Wasser des Flusses war braun geworden. Ein paar Krulls trieben auf den Wellen und zerfielen langsam – langsamer als auf der blanken Erde. Auch eine interessante Feststellung. *Hoffentlich ist meinen Freunden und vor allem der Belagerungsarmee nichts passiert.*

Der Rauch hatte sich inzwischen soweit nach Westen verzogen, dass Lubomir in der Ferne den Burgturm von Somo erkennen konnte, und wenn ihn seine scharfen Augen nicht trogen, eine Gruppe von Dragunen auf dem obersten Stockwerk.

Er atmete tief durch. *Die Freunde werden sich Sorgen machen*, dachte er, *ich muss ein Zeichen geben.* Er wedelte mit den Händen und verschwand.

Yukomi hockte in seinem Zelt auf dem Klappstuhl und sah nachdenklich die Karte

Yukokoshimas an. Mit den Augen zog er die feindlichen und eigenen Linien nach. In welche Richtung wird der FEIND ausbrechen? Nach Osten, und dann? Oder zur Stadt, um was zu tun? Und wann? Somo zu belagern ist reiner Wahnsinn. Der Zauberer hat keine Flotte zur Verfügung, die den Hafen absperren kann! Sie können Jahre aushalten!

Er stand auf. Von der Burg aus schien es, als sei die *Fabrik* zerstört worden. Hier unten aber, ziemlich dicht am Feind sah es anders aus. Wie stark war der FEIND noch? Wieviel Opfer hatte es gegeben? Wieviel Krieger hat der FEIND noch zur Verfügung?

Ein ganz bestimmtes Summen kündigte das Erscheinen eines Zauberers an. Naeg oder vielleicht sogar Lubomir? Da stand der Zauberer schon vor dem Kartentisch. "Ihr habt Euch das Zelt ausgesucht, Heerführer?", fragte er statt eines Grußes.

"Hier bin ich näher an den Truppen." Yukomi schien keineswegs überrascht oder erstaunt. Seinem Gesicht war nicht anzusehen, ob er sich freute oder überrascht war. Aber so kannte Lubomir ihn. Yukomi zog mit der Hand einen Kreis über das Lager des FEINDES und tippte auf eine bestimmte Stelle auf der Karte. "Seht Ihr? Hier!" Er hatte fest damit gerechnet, dass Lubomir der fürchterlichen Explosion im Lager des Feindes entkommen konnte. Und sein Erscheinen bestätigte seine Annahme. "Wie sieht es dort aus?"

"Schlimm. Die Fabrik ist vernichtet. Es hat viele Tote gegeben. Meine Schätzung nach – oberirdisch – haben einige Tausend überlebt. Doch ist zu vermuten, dass es mehr als nur diese Höhle gibt. Ich nehme an, der Magier hat noch genügend Trümpfe in der Hand."

"Naeg sucht Euch, Zauberer." Yukomi schnippte mit den Fingern. Eine Ordonanz trat ein. "Wein und einen Imbiss."

"Aye!"

"Nehmt Platz, Lubomir, und erzählt."

"Was soll ich erzählen? Bumms!" Lubomir machte eine entsprechende Geste und lachte dabei. "Es hat sich alles in Rauch aufgelöst. Und dann habe ich einen zweiten Zauberer kennengelernt - und bin sofort hierhergekommen." Die Ordonanz stellte Becher und ein Karaffe Wein auf ein Tischchen. "Imbiss kommt gleich, Herr."

"Einen zweiten Zauberer, sagt Ihr?"

"Ja. Und noch einige interessante Dinge habe ich erfahren, Yukomi-oiyii. Ist die Fürstin in Somo oder Hita?"

Die Zelttür flatterte. "In Hita." Naeg trat ein.

"Da bist Du ja endlich!" Naeg legte Lubomir eine Hand auf die Schulter. Für einen Elben eine große Geste, weshalb Lubomir auch schmunzelte. "Dann auf nach Hita! Und Ihr, Heerführer?"

"Ich bleibe und belauere den FEIND weiter. Irgendwann wird er sich rühren. Das möchte ich nicht verpassen."

"Bald, Yukomi-oiyii. Seid auf der Hut!"

SABU

Keineswegs war Sabu von Asamotos Überfall überrascht. Sie hatte fest damit gerechnet. Nach ihrem spektakulären Abgang vom *hikoshu-ugoku*, und einem kurzen Gespräch mit Asamoto, bei dem er ihr ein unanständiges Angebot gemacht hatte, war sie sofort mit ihrer gesamten Entourage nach Hita geflogen. "Wir müssen mobilmachen!", rief sie Yolo und Duron zu, die zu ihrem Empfang bereitstanden. Sie sprang von ihrer Drachin und lief auf ihre Offiziere zu: "Kommt alle sofort mit, wir haben zu planen!"

Sabu war immer noch wütend; Auf Tomi Taichi, auf die Fürsten der Familien, auf die Aggressoren im Süden und vor allem auf

Asamoto. Das ‚Angebot', dass er unterbreitet hatte, war nicht nur unehrenhaft und anzüglich, sondern beleidigte sie in ihrer Person als Draguna und Fürstin Yukokoshimas. Ja, es beleidigte ihr ganzes Land und ihr Volk! "Seid eine Nacht mit mir zusammen", hatte er süffisant geflüstert, "und ich ziehe alle meine Truppen zurück." Sabu war zuerst entsetzt, dass ein hoher Fürst ihr solche Worte sagte, dann drehte sie sich einfach um und ging. "Vielleicht auch zwei Nächte?", hörte sie Asamoto noch lachend fragen.

Zwei Stunden später hatten sie einen Plan! Duron grinste Sabu breit an, als sie die Befehle an die Unterbefehlshaber unterzeichnete. "Das wird eine schöne Überraschung für Asamoto, meine Fürstin." Er wurde wieder ernst. "Glaubt Ihr, dass der Fürst Sagoshimas wirklich so durchschaubar ist?"

"Das ist er nicht, Duron. Er ist schlau, aber auch eingebildet und arrogant. Das ist seine Schwäche. Ken'ichi hat genügend Beweise über den Aufmarsch der Sagoshimati und einen baldigen Angriff gesammelt. Wir müssen ihm zuvorkommen."

"Dann erlaubt, dass ich gehe und Vorbereitungen treffe." Duron grüßte und verließ das kleine Kabinett, dass Sabu benutzte, wenn sie sich mit ihren engsten Beratern zusammensetzte. Naeg erhob sich. Leise seufzte er, weil er sich immer noch nicht an die Eigenart der Sini gewöhnt hatte, auf den Fersen zu hocken. "Ich begebe mich nach Somo. Wenn Lubomir noch lebt, soll er dort Yukomi beistehen." Naeg verschwand. Nicht durch die Tür, sondern er löste sich sozusagen auf.

Ken'ichi, der wieder in die Gemeinschaft aufgenommen war, brummte: "Daran werde ich mich in hundert Jahren nicht gewöhnen." Er verbeugte sich tief vor Sabu und verließ geräuschlos das Kabinett. Er war wieder Kundschafter. Mehr noch. Er war jetzt Chef aller Spione und Späher Yukokoshimas. Doch nicht im Auftrage seines Vaters, sondern Sabus. Ken hatte seinen Schwur noch einmal erneuert. Diesmal jedoch mit großer Ehrlichkeit und fester Überzeugung. Und er hatte begriffen, auch wenn es schmerzte, dass Sabu für ihn, wie für alle anderen, tabu war.

Er war es, der eine Gruppe ganz besonders ausgesuchter Spione, die vorher schon für Hita Kenshoori gearbeitet hatten, in Sagoshima platzieren konnte. In kurzer Zeit waren einige bis in die unmittelbare Nähe Asamotos gelangt und gaben über verschlungene Wege wichtige Informationen an Ken weiter. Sich selbst gestand er ein, dass ihm diese Aufgabe mehr gefiel, als mit dem Schwert in der Hand in erster Reihe zu kämpfen. Er hatte schon zu Zeiten seiner Ausbildung als Späher Freude an der Heimlichkeit seines Tuns gehabt, und so bat er Sabu darum, in Sagoshima und überhaupt Informationen für sie sammeln zu dürfen. Die Fürstin hatte geschwiegen und ihn lange angesehen, mehr nicht. An nächsten Morgen, beim Frühstück, sagte sie nur einen Satz: "Tut es, Ken. Doch geht zuerst zu Hiritago Logotshe, und lasst Euch noch einige Dinge erklären." Ken war vor ihr auf die Knie gefallen. "Ich danke Euch, meine Fürstin. Und ich schwöre …"

"Schwört nicht, Ken'ichi. Tut das Richtige." Und damit war das Thema für sie erledigt. Er selbst saß am gleichen Tag mit Logotshe, einem steinalten Priester aus Fuko, eine ganze Nacht zusammen und lernte, und sie entwickelten gleichzeitig einen raffinierten Plan. Asamoto trampelte mit seinem ganzen Heer in die Falle.

Nach dem Mittag saß Sabu über Asamoto zu Gericht. Er bat darum, Sembuke-ki begehen zu dürfen. Ihr war klar, dass sie nicht zustimmen wird. Heute früh war in ihr ein Plan gereift, der ihr am besten gefiel und der alle Betroffenen zufrieden stimmen würde.

Es war während einer Ratsversammlung ihres

Vaters an der sie, wie so oft, teilnehmen durfte. Sabu wusste nicht mehr genau, worum es ging, aber es ging heiß her, da bat einer der Vasallen, Daimio Wakanabe, darum, Sembuke-ki begehen zu dürfen. Ihr Vater hatte lange geschwiegen, so als ob er nachdenken müsste. Sie saß gespannt neben ihm und sah ihn an. Seine Augen blitzten und Sabu fürchtete sich zum ersten Mal vor ihm. "Nicht gewährt." Der Daimio verneigte sich tief und ging ohne ein weiteres Wort.

"Warum habt Ihr Daimio Wakanabe nicht erlaubt, *Sembuke-ki* zu begehen, Vater?", flüsterte sie später beim Abendmahl ihrem Vater zu.

"Daimio Wakanabe ist ein ehrenwerter Dragun." Ihr Vater nickte ernsthaft, "Er hat einmal einen Fehler begangen. Einen schweren, das ist richtig. Nach unserer Tradition muss er sich dafür verantworten und Sembuke-ki begehen."

"Aber, aber Ihr hab es ihm nicht erlaubt, Vater!"

"Richtig. Was denkst Du, warum?"

"Ich weiß nicht."

"Denke nach. Wer ist Daimio Wakanabe?"

"Ein wichtiger Berater?"

"Ja. Das ist zum Teil richtig. Und weiter? Was denkst Du noch?"

Sabu zergrübelte sich den Kopf. Dann fiel es ihr ein: "Er ist klug und weiß Dinge, die andere nicht wissen!"

"So ist es. Es wäre dumm, falsch und eine glatte Verschwendung, wenn sich ein Dragun wegen eines Fehlers, den er wiedergutmachen kann, das Leben nimmt."

"Aber er hat doch die Ehre verloren, sein Gesicht!"

"Nein, das hat er nicht. Er hat mich darum gebeten, Sembuke-ki begehen zu dürfen, aber ich, als sein Herr habe es ihm nicht gestattet. Da kann er nichts tun. Seine Ehre ist wieder hergestellt, denn ich habe ihm verziehen. Wenn er aber feige geflohen wäre, den Fehler verschwiegen oder vertuscht hätte, dann hätte er seine Ehre verloren und ich müsste ihm befehlen, sich selbst das Leben zu nehmen."

"Und nun?"

"Ich weiß, dass Daimio Wakanabe diesen Fehler wieder gut macht. Und, dass er einen solchen nie wieder begehen wird."

Sabu schwieg darauf und kaute nachdenklich an der Mittelkeule eines *usago*.

Und nun bat Asamoto darum, sich das Leben nehmen zu dürfen. Sabu hatte drei Möglichkeiten. Zu Recht konnte sie Asamoto hinrichten lassen, weil er gegen das Recht Sinis verstoßen und das zweite Axiom gebrochen hatte. Durfte Asamoto

Selbstmord begehen, behielte er seine Ehre und sein Sohn oder der nächste in der Folge würde das Haus Hikoku übernehmen. Wenn sie es ihm verwehrte, verbot, was dann? Auch das war ihr Recht. Aber es bliebe alles beim Alten. Es war, als würde sie ihm verzeihen. Und das wollte und konnte sie nicht.

"Ich bitte um das Leben und die Freiheit meiner Untertanen", hörte sie Asamoto weitersprechen. Sabu schwieg und fixierte Asamoto weiterhin. Alle erwarteten eine Antwort. Alle im Raum wollten, dass sie über Leben und Tod entschied. Der eine wollte Asamotos Tod, wie auch immer. Andere hatten Bedenken. Hättest du doch den Sturz nicht überlebt, dachte sie. Aber der Fürst krachte in einen hohen Heustapel und holte sich nur ein paar bescheidene Prellungen. Sie verbot ihren Kriegern den ohnmächtigen Fürsten zu töten. "Bindet ihn und bringt ihn nach Fuko!" Dann hatte sie sich abgewandt und sich wieder in die Schlacht gestürzt, die gerade am Abklingen war.

"Ich erlaube Euch nicht, Euch selbst zu töten, Asamoto. Ihr seid mein Gefangener, so wie Euer Sohn, der sich feige in einem Wäldchen verkrochen hatte." Sabu machte ein Zeichen mit der rechten Hand. "Bringt ihn herein."

Asamoto schauderte. Er wollte nicht sehen,

wen man hereinführte. Es genügte schon, das Klirren der Ketten zu hören, die wahrscheinlich seinen Sohn …

"Vater?"

Ein Seitenblick genügte. Asamoto schluckte. "Wen bringt Ihr da? Das ist nicht mein Sohn!" Ymomaki wurde in Unterkleidung und an Händen und Füßen angekettet hereingeführt. Er fiel auf die Knie. "Gnade, Herrin." Asamoto schnaufte nur. Nein, das da war nicht sein Erbe!

"Doch bevor ein Urteil fällt, Asamoto, müssen wir die gerechten Ansprüche der Götter hören." Wieder machte Sabu eine Handbewegung. Asamoto stellten sich die Rückenschuppen auf. Er drehte sich halb herum und ihm war, als wenn sein Herz mit eisigen Klammern umfangen würde; Ein Priester aus dem "Tempel des purpurnen Drachen"[1] betrat den Raum. In einer leuchtend roten Robe humpelte ein uralter Mönch langsam und feierlich an den versammelten Würdenträgern aus Fuko und den Vertrauten Sabus vorbei. Er stützte sich auf einen Knotenstock, um den sich erhaben goldene Drachen wanden. Dem Priester folgten zwei saru, die schwer an einem langen

---

[1] Man muss wissen, dass es Drachen in allen Farben des Regenbogens gibt. Nur keine purpurfarbenen! Diese Farbe ist allein den Drachen das Gottes der Unterwelt vorbehalten.

Gegenstand trugen, der mit einem schwarzen Tuch verhangen war. Asamoto sank endlich das Herz in die Hose, denn der "Tempel des purpurnen Drachen" war dem Gott der Unterwelt, *Kamoʻoroso*, geweiht. Der Sage nach ein purpurroter Drache mit dämonischem Aussehen, in dessen Maul ein stetiges Feuer loderte und die Schuppen die Gesichter seiner Opfer zeigten. Er soll mit jedem Unwürdigen, den er fraß, größer und größer werden. Und am Ende der Weltenzeiten in den Krieg gegen die guten Götter ziehen. Jeder Sini, selbst er, Asamoto, empfand Angst, wenn es um den purpurnen Drachen ging. In seinem Reich, einer imaginären Unter- oder Finsterwelt, versammeln sich die kami der gefallen Geister, derjenigen, die nicht würdig waren, wieder auf das Rad des Lebens aufgenommen zu werden. Sie mussten dort als gesichtslose Geister umherwandern und auf ihre Erlösung warten, bis die Götter der fünf Elemente sie rufen, um endlich Gericht über sie zu halten.

Asamoto war erschüttert. Jetzt zitterten seine Hände und die Knie wurden weich. Wenn das, was unter dem Tuch war, das war, was er vermutete … Der Priester war stehen geblieben. Dicht hinter ihm warteten die sarus mit ihrer Last auf den Armen. Der Priester hielt an. Er stützte sich schwer auf seinen Stab. Im Saal herrschte

Stille wie in einem Grab. Sabu saß stolz aufgerichtet auf ihrem Podest und hielt sich an den Griffen der Schwerter fest. Sie nickte dem Robenträger zu. "Was ist Euer Begehr, Ehrwürdiger?", fragte sie mit fester Stimme.

"Fürstin Hita Sabu von Yukokoshima." Er gab den sarus ein Zeichen, die daraufhin das Tuch von dem Gegenstand zogen. Der *kano-i'iyo* des Hauses *Hikoku*! "Mein Name ist Komo'o'gano. Ich habe hier den *kano-i'iyo* des Hauses Hikoku von Shoushima. Ihr fällt heute das Urteil über das Haus und den Herren von Hikoku. Entscheidet weise und gerecht." Er verneigte sich tief vor Sabu. "Im Namen meines Tempels und meines Gottes beanspruchen wir die *kami* dieses Hauses und fordern Euch auf, sie uns unverzüglich zu übergeben." Im Raum herrschte atemlose Stille, niemand regte sich. Es war seit hundert Jahren wieder einmal, dass ein hoher Fürst von einem anderen verurteilt werden sollte und keiner wusste, wie das Ganze enden wird.

Asamoto hörte seinen Sohn aufheulen. Schwächling, dachte er stolz, obwohl auch ihm, bei der Vorstellung nach seiner Hinrichtung in die Unterwelt gehen zu müssen, eiskalt wurde. Damit war ihm jede Wiederkehr auf das Rad des Lebens verwehrt.

Die Tür zum Saal öffnete sich wieder. Mit

schnellen Schritten kam ein Priester aus dem "Tempel des seligen Drachen" in einer schneeweißen Robe den langen Gang entlanggelaufen. "Wartet!", rief er bei seinem Eintritt, "Wartet!" Der Priester des purpurnen Drachen rührte sich nicht. Atemlos hielt der Weiße vor Sabus Podest an. Ohne sich zu verneigen, sprach er die Fürstin direkt an: "Bedenkt, Fürstin Sabu-oiiya, was Ihr entscheidet, betrifft ein ganzes Volk unseres glorreichen und mit Weisheit gesegnetem Reiches. Ich spreche im Namen meines Gottes, des glückseligen Drachens. Auch er beansprucht den kano-i'iyo des Hauses Hikoku." Erst jetzt verneigte er sich vor Sabu. "Seid eine weise und gerechte Richterin. Fragt Euer Herz." Er, wie alle anderen wussten, dass es sich um eine Art Inszenierung handelte, eine Zeremonie, wie sie bei der Verurteilung eines hohen Beamten, Daimios oder Fürsten vorgenommen wurde. Doch welche Entscheidung fallen wird, wusste nur Sabu.

Sabu hatte das Urteil längst gefällt. Noch in der Nacht vor dieser Zeremonie, konnte sie kein Auge zu tun. Dem war eine lange und teilweise erregte Debatte vorausgegangen, an dem auch die beiden Priester teilgenommen und die jeweiligen Ansprüche ihrer Götter dargelegt hatten. Kurz vor Sonnenuntergang brach Sabu die Beratung ab.

"Ich danke euch für eure weisen Ratschläge. Jedoch, jetzt bin ich müde und brauche noch ein wenig Ruhe, um meine Gedanken zu ordnen und die richtige Entscheidung für mein Volk und das Shoushimas treffen zu können." Sie war aufgestanden und gegangen, begleitet von ihrer Leibgarde. Als sie den Flur zu ihrem Schlafzimmer entlangging, war ihr Kopf wie leer. Sie versenkte sich in Meditation und wartete darauf, dass die Götter mit ihr sprechen würden. Doch es war Stille. Niemand sprach mit ihr, keiner gab ihr Rat. Es war ein graues Rauschen. Sabu beendete die Übung. Unruhig lief sie im Zimmer auf und ab, legte sich hin, doch konnte sie nicht schlafen und nahm ihren unruhigen Lauf wieder auf.

Irgendwann war sie eingenickt. Als sie aufwachte sah sie direkt vor sich ihr Schwert. Sie setzte sich auf und zog es halb aus der Scheide. "Achte auf Dein Herz", war als Parole in die Schneide eingraviert. Sabu nickte. Ja, das würde sie tun!

"Verehrungswürdiger Priester des glückseligen Drachen. Ich kann Euch diesen Dragun und seinen Sohn, sowie seine ganze Sippe, nicht geben." Enttäuschung machte sich auf dem Gesicht des Priesters breit. Sabu stand auf. "Und auch nicht Euch, hochverehrter Priester des *Purpurnen Drachen*." Der Priester verneigte sich. Sie machte eine Pause, sah erst zu Boden, dann auf die ganze Versammlung. "Hiermit verkünde ich folgendes Urteil: Der Herr des Hauses Hikoku wird mir einen Treueeid schwören, an dem seine ganze Sippe bis in…"

Diesmal flog die Tür zum Saal mit einem Krachen auf. Mit wütendem Schritten marschierte Taichi, begleitet von einer ganzen Meute Krieger ein. Während alle Versammelten aufsprangen und die Schwerter zogen, blieb Sabu stehen und erwartete äußerlich gelassen den *hikoshu-sham*.

Nur wenige Schritte vor Sabu blieb er stehen: "Ihr maßt Euch an, ein Urteil über einen Fürsten meines Reiches zu fällen?" Er machte noch einen Schritt und blickte erstaunt in die Spitze eines Katani. An seinem Griffende stand Sabu. "Wolltet Ihr nicht immer wissen, ob ich mit dem Schwert umgehen kann, Taichi?", flüsterte sie.

"Im Namen meines Gottes fordere ich euch auf: Frieden!" Der Stab des Priesters des glückseligen Drachen erschien zwischen den beiden, die sofort jeder einen Schritt zurücktraten.

"An mir soll es nicht liegen, Ehrwürdiger." Sabu verneigte sich respektvoll.

"Ich war *immer* ein Mann des Friedens", behauptete Taichi und verbeugte sich ebenfalls.

Der Priester sah von einen zum anderen. "Dann

sprecht weiter, Fürstin."

"Aber ich bin der *hikoshu-sham*!", räsonierte Taichi.

Der Mönch sah Taichi strafend an und trat zurück. "Wir warten, Fürstin."

"Nun denn", Sabu sah Taichi, dann Asamoto an. "Ich setze fort: Ihr Hikoku Asamoto werdet mir einen Treueeid schwören, an dem Ihr und Eure ganze Sippe bis in alle Ewigkeit oder bis ich oder einer meiner Nachfahren Euch daraus entlässt, gebunden seid."

"Ach ja?", fragte Taichi zischend. Er machte einen winzigen Schritt auf Sabu zu und hatte sofort eine scharfe Klinge an der Kehle. Doch er schob mit den Händen das Schwert beiseite. "Wie könnt Ihr es wagen, über einen Fürsten Gericht zu halten, he? Sabu, Mädchen?" Taichi sah gespannt Sabu und Asamoto an. Mit aller Macht verkniff er sich ein Lächeln. *Na, was ist, Mädchen?*

Sabu hatte sich wieder im Griff. Sie ignorierte Taichi und steckte das *Katani* zurück in die Scheide. Scharf befahl sie: "Kniet nieder, Asamoto!" Sie wartete bis sich Asamoto, mit Hilfe Durons, widerwillig auf ein Knie niedergelassen hatte. Dann wandte sie sich dem Auditorium zu. "Als Siegerin über das Haus Hikoku bestimme ich: Über das Haus Hikoku wird der ehrenwerte Gotubi Katsuo, Präfekt der

Provinz Sagó-shima und der Stadt Sagó, die Regentschaft übernehmen. Er bestimmt über die Zukunft der Familie Hikoku, allen Dienern und Sklaven sowie den Vasallen des Hauses. Er und alle Daimios Sagoshimas mögen sich in zehn Tagen in Sagó einfinden, um den Schwur der Schwüre vor den verehrten *kami* der Familie Hikoku abzulegen." Die Fürstin ignorierte Asamotos wütendes Grummeln, als auch Taichis Schnaufen. "Bis der Schwur geleistet wurde bleiben Herr Hikoku Asamoto und sein Sohn in meinem Gewahrsam. Ich habe gesprochen. Ein Bote mit meinem Befehl ist zu Gotubi Katsuo unterwegs. Mögen die Götter mit uns sein." Sabu hielt ein. Sie wandte sich noch einmal an die Versammlung: "Ich verbiete allen Verurteilten ausdrücklich Sembuke-ki zu begehen. Sollten sie es dennoch tun, sind sie den Dämonen der finsteren Unterwelt verfallen. Ich habe gesprochen!"

"So sei es!", riefen beide Priester und schwangen zu Bestätigung des Urteils ihre Stäbe.

"Wir sind noch nicht miteinander fertig, Sabu", schnaufte Taichi als die Priester mit viel Getöse, Gesang und schrillen Schreien die Halle verließen, "Noch bin ich der *hikoshu-sham*!" Und merkte gleichzeitig, wie ihm die Macht entglitt.

AKEMI

Das Zimmer neben ihrer schwesterlichen Freundin hatte Fenster, die bis zum Boden reichten. Durch die halb aufgeschobenen Flügel drang frische Luft ins Zimmer und nachmittäglicher Sonnenschein herein. Sie war allein. Bis auf die Zofen und Dienerinnen waren alle zum Urteilsspruch über den Fürsten Asamoto in der äußeren Burg. Zwei Wachen gingen in der Nähe vorbei und flüsterten leise miteinander. Für einen Moment blieben sie stehen, verneigten sich leicht vor Akemi und gingen weiter. Akemis Herz begann wieder zu klopfen wie ein Schmiedehammer. Immer, wenn sie sich an die ersten Augenblicke ihrer Flucht aus Nyoko erinnerte.

Noch an dem Abend verkündete ihr hoher Vater seine Entscheidung: Ja, sie sollte, sie musste Tomi Taichi heiraten. Lange begründete er seinen Entscheidung und sah sie dabei entschuldigend an. Es nutzte nichts. Akemi war bereit, sich gegen ihren Vater, gegen ihre Familie zu wenden. Ihr war klar, dass sie ihre Ehre verlieren würde.

Niemand wird ihr helfen, niemand darf ihr helfen. Sie galt, wenn sie ihren Willen durchsetzte als ehrlos und vogelfrei, sie hatte keine Familie mehr, kein kami ihrer Vorfahren wird sie unterstützen, ihr raten oder beistehen.

Als es dunkel wurde, packte sie ein paar Kleidungsstücke und ihren Lieblingsschmuck in einen leinenen Beutel, dann war sie in die Rüstkammer geschlichen und hatte sich eine einfache Soldatenrüstung ausgesucht. Sie kleidete sich um, um dann durch den Garten zu den Ställen der Drachen zu schleichen. Mikojii wedelte mit dem Schwanz und jappte freudig als Akemi in den Stall geschlichen kam. "Still, meine Silberne", hatte sie geflüstert und ihre Drachin nach Draußen geführt, "Wir müssen fliehen."

Sie war auf Mikojiis Rücken gesprungen. Die Drachin nahm kurz einen Anlauf, dann schwebte sie niedrig über die Bauten der Burg von Nyoko, über die Mauer und die Felder der Umgebung. In der sternenklaren Nacht erkannte sie die Gesichter der Wachen, die erstaunt zu ihr aufsahen. Dann hörte sie die Alarmrufe und -signale. "Flieg, meine Mikojii! Flieg!" Die Drachin beschleunigte und stieg höher und höher. Nachdem sie einige Meilen gen Osten geflogen waren, wandte sie sich nach Süden. Sie wusste genau wohin: Nach Yukokoshima, zu Sabu. Die würde ihr helfen.

Ganz sicher!

Mikojii gab alles. Sie segelte in der Thermik der flachen Ebene von *Nyokiki* und *Llasha* immer höher, um dann, nach vierzig Meilen sanft abwärts zum Traumwald zu gleiten. Inzwischen war der rote Mond aufgegangen und übergoss das Land mit einem sanften purpurnen Schein. Am Boden war es stockdunkel, nur ab und zu sah sie aus großer Höhe die Lichtpunkte der Öllampen aus den Herrenhäusern und den Herdfeuern der Dörfer. In der Ferne, im Süden leuchteten die schneebedeckten Spitzen des Hikokugebirges. Aber noch war es ein weiter, weiter Weg bis dorthin. Sie überquerten den Traumwald. Mikojii landete auf einer Wiese eines hohen Hügels irgendwo auf dem Land. Akemi nahm an, dass es sich um das Hochland Fimujii handelte, sofern sie nicht zu weit nach Osten abgewichen waren und der Traumwald wirklich der Traumwald gewesen war. Von der Kuppe des Hügels, dessen Flanken sich sanft abwärts in ein dunkles, fruchtbares Tal senkten, erkannte sie in der mondhellen Nacht nordwestlich hinter sich das Hochland *Hatobo-Yama*, auf dem eines der wichtigsten Heiligtümer Sinis stand – der *Bushidi-Tempel*, auch "*Der Tempel des heiligen Weges der Krieger*" genannt. *Hatobo-Yama* war ein riesiger Tafelberg, der sich mehr als anderthalb Meilen hoch über das Land reckte. Im Süden rauchte *Fumé*, der stille Vulkan. Vor vierhundert Jahren war er das letzte Mal ausgebrochen und hatte viele Dörfer zerstört und Dragune getötet. Seitdem wohnte niemand mehr in seiner Nähe und der Vulkan ließ die Dragune in Ruhe. Nur ein kleiner Schrein für die Verstorbenen befand sich noch in seiner Nähe, dort, wo früher ein Dorf gestanden hatte. Gleich rechts neben dem Vulkan reckte sich das mächtige Hikokugebirge in die Höhe, dessen Bergspitzen auch im Hochsommer weiß von Eis und Schnee schimmerten. Akemi und ihre Drachin hatten noch vier hohe Pässe bis Yukokoshima vor sich. Das wusste sie von früheren Reisen mit ihrem hohen Vater und Chiyoko. Nochmals dieselbe Entfernung, wie von Nyoko bis hierher, dann hatte sie Hita erreicht und war vielleicht in Sicherheit.

Sie stiegen noch einmal auf, um einen besseren Rastplatz zu suchen. Kurz vor dem Sonnenaufgang rasteten sie an einem Teich in einer lieblichen Landschaft aus einzelnstehenden Sträuchern und Bäumchen. Es war der Moment der Stille, bevor die Sonne über den Horizont steigt und die Vögel wie auf ein Zeichen ihren Morgengesang beginnen. Nur wenige Wildtiere strichen in der Nähe vorbei. Akemi schlief tief und fest, während Mikojii Wache hielt. Am späten

Abend speiste sie aus ihrem Vorrat ein wenig vom Trockenfleisch. Sie überzeugte sich, dass sie nicht verfolgt wurden, dann bestieg sie Mikojii. Wieder stieg ihre Silberne in große Höhe. Akemi fror jetzt mehr als am Vortag. Mit aller Kraft unterdrückte sie ein Zittern. Ob sie nun vor Kälte oder Angst vor der Zukunft zitterte, wusste sie nicht zu sagen. Aber eigentlich war es ihr auch gleich. Sie hatte einen Kurs eingelegt, von dem aus es kein Zurück mehr gab, nur noch Hoffnung.

Hita und Fuko kannte sie aus einer Inspektionsfahrt zur Landenge von Sago, wo ihr hoher Vater die Befestigungen rechts und links von Sago inspiziert hatte. Sie waren auf einen Abstecher nach Fuko und dann nach Hita geflogen. Das war noch vor ihrer Zeit in der Sonnenstadt, als junge Draguna. Sie hatte sich die Strecke gemerkt. Vielleicht für diese, ihre Flucht aus dem Schoß der Familie? Wer kennt schon den Willen der Götter? Akemi war erstaunt gewesen, von der Vielfalt der Pflanzen und Tiere in dieser Landschaft und dem Reichtum, die das Land und die beiden Städte Fuko und Hita ausstrahlten. In Yukokoshima gab es keine Sklaven. Die *sarus* hier waren als Freie in den Häusern, Werkstätten oder bei Familien beschäftigt. Sie wohnten in eigenen abgegrenzten Vierteln an den Stadträndern und dienten ansonsten als Diener,

Knechte oder Arbeiter zu einem geringen Lohn. Ihr hoher Vater, als auch ihr Bruder waren da ganz anderer Meinung! Sarus gehörten ins Haus und waren Eigentum der Familie und Schluss! Was Hita Kenshoori, der Fürst Yukokoshimas, sich dabei gedacht hatte, verstanden sie beim besten Willen nicht. Dabei war es ganz einfach: Sie arbeiteten jetzt für ihren Lebensunterhalt, also für sich und konnten sich ein wenig Luxus leisten. Akemi hatte den Sinn verstanden.

Akemi und Sabu waren auf Anhieb ein Herz und eine Seele und sofort Freundinnen geworden. Vielleicht waren sie sich ähnlich oder weil sie von den mächtigsten Familien Sinis abstammten. Sie mussten nicht die Rangkämpfe der anderen Dragunas ausfechten. Sie waren schon ‚oben‘, wie Saru einmal so passend sagte. Dabei war sie alles andere als hochnäsig oder eingebildet.

Akemi sah nach unten. Sie schätzte, dass sie Shoushima erreicht hatten. Rechts rauchte der Fumè und links spiegelten sich der gelbe und der rote Mond in einem großen Wasser. *Das muss die Fünf-Finger-Bucht sein*, dachte Akemi. Vor ihr erhob sich ein Gebirge mit spitzen, schneebedeckten Gipfeln. Mikojii flog in geringer Höhe zum ersten Pass. Der Schnee leuchtete hell, die nackten Felsen waren schwärzer als schwarz, und nur das Licht des hochstehenden gelben

Mondes zeigte ihnen den Weg. Hinter dem Pass durchquerten sie ein tiefes dunkles Tal, dann stiegen die Berghänge wieder steil an und der nächste Pass kündigte sich an. Er war nicht so hoch gelegen, wie der erste, dessen Name Akemi unbekannt war. Genauso wenig wie den jetzigen und den des nächsten. Diesmal überquerte Mikojii den Pass noch niedriger und segelte dicht am Hang entlang immer tiefer in das dahinter liegende Tal. Akemi sah einen See, in dem sich der sternenklare Himmel spiegelte. Die Form des Sees erinnerte an eine Streifenkatze auf der Jagd. Daher war sich Akemi wieder sicher, dass sie auf dem richtigen Kurs war und auf dem Weg nach Hita. Sie klopfte Mikojii den Hals. "Wir landen dort am See und machen eine Rast", rief sie ihrer Drachin zu. Mikojii nickte und setzte zur Landung an.

Mit ein paar Schritten war Mikojii am Ufer und trank gierig das eiskalte Wasser. Akemi sprang von ihrem Rücken und vertrat sich die Füße. Trotz ihres warmen Umhangs waren die Beine kalt und steif geworden. Ein paar Fußübungen des chikai-daito halfen ihr, die unangenehme Steifheit in ihren Gliedern zu lösen.

Sie sah nach den Sternen. Der Stern des Südens leuchtet am hellsten, jetzt knapp über den Bergrücken des dritten Passes, den sie zu überqueren hatten. Ihre Drachin hustete leise. "Ja, ich komme, Mikojii." Als Akemi aufsaß sagte sie noch zu ihr: "Wir sind ja bald da." Mikojii nickte wieder mit dem gehörnten Kopf. Vielleicht hatte sie Akemi tatsächlich verstanden.

Nachdem sie endlich den vierten und letzten Pass überquerten, steuerte Akemi nach Westen. Die Sonne erhob sich eben über den Horizont. Das Land unter ihr war jetzt flach wie ein Brett und lag noch in der Nacht, wogegen die Fünf-Finger-Bay zu leuchten begann. Die letzten Fischerboote waren noch auf dem Wasser oder auf dem Rückweg zu ihren Häfen. Sie umflogen Hikoku, dass sie an den Lichtern erkannte, in einem weiten Bogen und dann hart an der Küstenlinie entlang in einem großen Bogen auf direktem Weg nach Hita. Die Sonne ging auf.

Hita erschien ihr verändert. Irgendwie anders. Kleiner? Und sie konnte sich nicht an diese schwarze Erde erinnern, die die Stadt umgab. "Lande in der Hauptburg, Mikojii."

Sie wurde bereits erwartet. Schon als sie noch in größerer Entfernung zur Stadt war, erhoben sich aus der Burg zwei Drachen, die Kurs auf sie nahmen. Akemi ließ sich nicht beirren und flog weiter. Die Drachen schwenkten auf ihrer Höhe ein. Der ryuu-ooi auf dem rechten Drachen zeigte nach unten. Er gab damit zu verstehen, dass sie vor den Mauern Hitas landen sollte, doch Akemi schüttelte den Kopf. Sie befahl Mikojii weiter zur Burg zu fliegen.

Der Reiter zuckte mit den Schultern und ließ es geschehen. Innerlich atmete Akemi auf.

Bevor sie landete, flog Mikojii noch einen eleganten Kreis über die freie Grasfläche vor dem Palast von Hita. An den konnte sich Akemi erinnern, doch etwas war anders. Nur wusste sie nicht, was es war. Sanft setzte ihre Drachin auf und ließ sich nieder, damit die junge Prinzessin leicht aus dem Sattel zu Boden gleiten konnte.

Akemi machte einen Schritt von ihrer Drachin weg und stand einem Riesen in schwarzem Leder und Eisen gegenüber, der sie von oben herab musterte. Er war mindestens anderthalb Köpfe größer als Akemi. "Nun, wen haben wir denn da?", fragte er und musterte sie aus seinen gelben Echsenaugen. Ein Unsterblicher, vermutete Akemi, denn sie hatte in einem Buch von diesen Dragunen gelesen. Einer jener, die vor fast zweihundert Jahren aus Higashima geflohen waren und nun im Fünf-Finger-Land lebten. Und neben ihm tauchten weitere schwarzgerüstete Riesen auf, die sie interessiert von oben herab betrachteten. Akemi schluckte. Ein wenig Angst stieg in ihr auf. Angestrengt unterdrückte sie ein Zittern. Was machten die Unsterblichen am Hofe

Hitas? Wie sie gehört hatte, gab sich niemand in Sini mit diesen Dragunen ab. Es hieß, sie brächten Unglück, wenn man sich mit ihnen einließ. Heimlich machte Akemi mit den Fingern ein Schutzzeichen, um die bösen *kami* zu verscheuchen. Dann fasste sie Mut, holte tief Luft und sprach stolz: "Mein Name ist Nyoko Akemi, Tochter des Nyoko Aiki, Verweser des sinischen Reiches und Herr über die Familie Nyoko von Sagoshima."

"Schön", sagte der Riese ungerührt, "Mein Name lautet Yoo. Und wer hat Euch die Erlaubnis gegeben, mitten in der Burg Hita zu landen?"

"Ich mir selbst." Sie reckte sich so hoch sie konnte und reichte dem Riesen nicht einmal bis zur Brust. "Fragt Herrn Hita. Er wird Euch bestätigen …"

"Der Herr über die Familie Hita ist jetzt ihre Gnaden, die sehr ehrenwerte Dame Hita Sabu! Und die kann ich nicht fragen, denn sie ist nicht anwesend. Also, Akemi-oiiya, was treibt Euch hierher, dazu ohne die Euch zustehende Begleitung?" Yoo sah Akemi lange in die Augen. Und auch Akemi brauchte, um sich von Yoos Blick zu lösen. Da war etwas zwischen ihnen …

Im Moment wusste die Fürstentochter nichts zu sagen. Sie hatte gehofft, gleich zu Sabu geführt zu werden, denn sie brauchte den schwesterlichen

Rat. Sie räusperte sich. "Ich – dachte – Sabu – ich …"

"Nun, keine Angst", sprach der Schwarze, "Ich bringe Euch sofort zum Vogt der Burg Hita. Dort könnt Ihr Euch ihm erklären." Er drehte sich um. "Folgt mir!", und ging voraus. Akemi beeilte sich ihm zu folgen, doch der Schwarze machte so riesige Schritte, dass Akemi rennen musste. "Nun rennt doch nicht so!", rief sie atemlos.

Der Schwarze grinste über die Schulter, ging jetzt aber langsamer. Jetzt schlossen sich ihnen weitere Schwarzgerüstete an, die Akemi bisher noch nicht bemerkt hatte, und die, wie eine Ehrenformation neben ihr her gingen. Sie war also keine Gefangene, wie sie anfangs befürchtete, sondern ein geehrter Gast.

Vor dem Palast stand ein Dragun ihrer Art. Er trug einen dunkelblauen, schlichten Kimi, in dessen breiten Gürtel zwei Schwerter steckten. Scheiden und Griffe wiesen deutlich auf die Handarbeit eines Meisters hin. An den Füßen trug er Ledersandalen mit goldenen Schnallen und Bändern. Der Dragun hatte lässig die Hände auf die Griffe seiner Schwerter gelegt. Als sie sich gegenüberstanden nickte er kurz mit dem Kopf. "Seid gegrüßt, Dame."

"Sei ebenfalls gegrüßt." Auch Akemi nickte nur kurz mit dem Kopf. Als sie sich vorstellen wollte, sagte der Riese neben ihr: "Das ist Prinzessin Nyoko Akemi, Tochter des Nyoko Aiki, Verweser des sinischen Reiches und so weiter. Sie möchte unsere Herrin, Fürstin Sabu - ", er stockte, "sozusagen besuchen."

"Dann seid Willkommen, Dame Akemi. Wo ist Eure Ehrengarde?" Er spähte über Akemis Schulter.

"Ich bin – gewissermaßen – allein gekommen, ehrenwerter …?"

"Ihr werdet Eure Gründe haben", sagte er trocken. Er lud Akemi mit einer Handbewegung ein, einzutreten.

"Mein Name ist Erigano Yolo. Ich bin der Vogt der Burg und Daimio der Provinz Hita. Bitte folgt mir." Wie nebenbei sagte er zu dem Riesen: "Ah, Yoo, kümmert Euch bitte um den Drachen der Dame und lasst einen Imbiss und etwas zu trinken bringen."

"Sehr wohl."

"Gehen wir in mein Arbeitszimmer, Dame. Und dann erzählt Ihr mir, was Euch hertreibt." Und während sie einen langen Flur hinaufgingen, schwiegen beide. Ab und zu sah Akemi Yolo an, doch in seinem Gesicht zuckte kein Muskel. Vor Yolos Zimmer hielten wieder zwei der schwarzen Riesen Wache. Sie grüßten, indem sie mit der Faust gegen ihre Brust schlugen. "Keine

Vorkommnisse!", meldete einer von ihnen.

"Danke." Er machte eine einladende Geste. "Tretet ein, Dame Akemi." Yolos Arbeitszimmer war schlicht und einfach eingerichtet. An der Stirnseite lagen bequeme Kissen hinter einem niedrigen und einfachen Arbeitstisch ohne Schnörkel und Verzierungen. An der Wand dahinter hing eine Kalligrafie mit dem Sinnspruch des weisen Komugashi Kamari, einem Philosophen aus der Zeit des ersten Kaiserreiches von Higashima: "Es gibt drei Wege zum klugen Handeln; als erstes durch Nachdenken, das ist das Edelste. Nachzuahmen als zweites ist das Leichteste und drittens durch Erfahrung, das ist das Bitterste."[2] Eines der seltenen und schrecklich

---

[2] „Der Mensch hat dreierlei Wege, klug zu handeln; erstens durch Nachdenken, das ist das Edelste, zweitens durch Nachahmen, das ist das Leichteste, und drittens durch Erfahrung, das ist das Bitterste."

Der Spruch stammt tatsächlich von Konfuzius und wurde für die

teuren Glasfenster, dass bis zum Boden reichte, ließ einen großartigen Blick auf dem vor dem Palast liegenden Garten zu. Die gegenüberliegende Stirnwand nahm ein Wandbild ein, dass Akemi ein wenig verstörte. Es zeigte eine Burg und die Stadt, wie sie von schwarzen Gestalten überfallen und abgebrannt, wie die Bewohner hingemordet wurden. In der Folge erkannte Akemi, eine Kriegerin, die mit der Hand auf eine schwarze Fläche zeigte und weiter, wie die Burg wiederaufgebaut wurde. Und ganz rechts, wie die Burg und die Stadt aussahen, wie Akemi sie eben noch gesehen hatte.

Yolo bemerkte Akemis Erstaunen. "Bitte, nehmt Platz, edle Akemi." Er setzte sich. "Wie ich sehe, interessiert Ihr Euch für das Bild?"

"Es ist interessant. Was stellt es dar?"

Yolo räusperte sich. Wie kommt es, dass die junge Draguna noch keine Ahnung von den Vorkommnissen in Yukokoshima hatte. "Nun, das ist schon eine Weile her. Wisst Ihr denn nicht von dem Überfall des FEINDES auf Hita?"

Akemi schüttelte den Kopf. "Nein. Ich war unterwegs im Norden." Tatsächlich war sie auf Besuch bei ihrer Lieblingstante in der Provinz

---

Zwecke der Geschichte leicht abgewandelt.

Kogoishi gewesen. Nur ungerne war sie dem Ruf ihres hohen Vaters gefolgt, ahnte sie doch nicht, welchen Zweck der Besuch bei der Tante verfolgt hatte; sie auf eine Heirat vorzubereiten. Das der Bräutigam Taichi werden sollte, war vielleicht nicht vorgesehen gewesen. Und bevor es zur offiziellen Bekanntgabe ihrer Verlobung mit Taichi gekommen war, hatte sie die Flucht ergriffen. Sie spürte einen Stich ins Herz – ihr armer hoher Vater!

"… und bauten die Stadt wieder auf", sprach Yolo eben, als Akemi aus ihren Gedanken fuhr. Sie nickte. Yolo machte eine Pause. Dann schmunzelte er. "Ihr habt mir nicht zugehört, nicht wahr?"

Akemi nickte schuldbewusst. "Verzeiht, Yolo-oiyii."

"Macht nichts. Ich sehe, dass Ihr Probleme habt. Wollt Ihr darüber reden?"

"Nein, Yolo-oiyii. Ich würde gerne Sabu sprechen. Wo ist sie?"

Yolo schwieg. Er wog ab, wieviel er sagen konnte. Schließlich kannte er Akemi nicht. Sabu befand sich bei Fuko und führte eine Schlacht, die hoffentlich siegreich für Hita ausging. "Ihr müsst Euch gedulden. Fürstin Sabu ist gegenwärtig verhindert", sagte er deswegen zurückhaltend. "Es kann sich nur um einige Tage handeln. Wenn Ihr solange mein Gast sein wollt …?"

"Mein Fürst?" Duron stand in der Tür.

"Was gibt es, Duron?"

"Eine Krähe ist gekommen."

"Nun?"

"Gute Nachrichten," Der Riese in schwarz sah Akemi an.

"Ihr könnt reden, Duron. Also, was ist?"

"Sieg, mein Fürst! Auf der ganzen Linie. Unsere Fürstin wird morgen wieder hier sein."

"Das sind sehr gute Nachrichten, mein Freund!"

Akemi wunderte sich, was daran, dass die Fürstin – sie stutzte. Fürstin Sabu? Was ist mit Sabus hohen Vater und der sehr verehrten Stiefmutter geschehen? Sie hätte wohl besser zuhören sollen?

"Ich nehme an, dass Ihr auf unsere Fürstin warten wollt?"

Natürlich wollte Akemi. Deshalb war sie ja hier! "Danke, Yolo-oiyii. Die Einladung nehme ich gern an."

"Ihr seid unser gern gesehener Gast, Prinzessin Akemi-oiiya." Er betätigte ein Glöckchen. „Truppführer Yoo wird Euch zu Eurem Zimmer geleiten. Und wenn Ihr einen Wunsch habt, wendet Euch getrost an ihn." Akemi gab es einen angenehmen Stich ins Herz. *Yoo, sehr schön …*

MARGUR

"Vater? Da bewegt sich was", hallte es in Margorokks Kopf. Der Zauberer war abgelenkt und fühlte sich gestört. Er konzentrierte sich auf die neue Art Krull, die er eben erschaffen hatte; Noch größer, noch gefährlicher. Gefährlicher als diese langen Echsen in den südlichen Flüssen Geadirs. Deshalb antwortete er zerstreut: "Kümmere Dich darum."

"Es ist nur …"

Margorokk winkte ab. "Mach schon. Du kannst mir später sagen, was es war." Er wandte sich wieder seiner Kreation zu. Was er da zusammengebraut hatte, sah aus, wie ein riesiger Oberkörper mit langen, muskulösen Armen, dicken, kurzen Beinen und einer Wulst auf den Schultern, die den Kopf darstellen sollte. An der Wulst saßen Augen, Ohren und eine Öffnung mit nadelspitzen Zähnen zur Nahrungsaufnahme. Noch hockte das Geschöpf hinter einer dicken Glasscheibe, die der Zauberer unter großen Mühen aus einer anderen Welt mitgebracht und hier eingebaut hatte. Zum Glück wusste er, wo man solche Scheiben herbekam. Sie waren fest wie Eisen und durchsichtig. Es hatte lange gedauert, bis er sie an den Wächtern der Sphäre ungesehen vorbeimogeln konnte. Der Magier rieb sich zufrieden die Hände und war gespannt wie ein Regenschirm, was passieren wird, wenn das Wesen erst geweckt ist. Es wartete nur noch darauf, belebt zu werden.

Die Krulls, die mit dem Wesen im Raum waren, ahnten nichts. Sie hatten den Auftrag, den – was auch immer, er hatte noch keinen Namen dafür - hereinzuschaffen und auf den Boden zu setzen. Margorokk rieb sich wieder die Hände. Gleich!

Für ein paar Sekunden zuckten durch seinen Kopf wirre Gedanken. Eine unbestimmte Bedrohung. Vielleicht hatte es mit der Bewegung zu tun, die Margur gespürt hatte. Ach was! Der Junge wird sich darum kümmern. Es hatte schon zu lange gebraucht, bis er dieses ‚Ding' zustande gebracht hatte. Zuviele Versuche. Doch nun war es wohl endlich so weit. Der Zauberer grinste diabolisch und wandte sich seinem neuen Spielzeug zu. Er versenkte sich in Meditation und murmelte dabei einen Spruch, den er mehrmals wiederholte. Dann sah er auf. Eine Bewegung war hinter der Scheibe zu erkennen. Ja, es erwachte!

Die Kreatur öffnete die winzigen Augen, sein Mund öffnete sich, um einen tiefen Atemzug zu machen. Dabei hob sich der mächtige Brustkorb. Beim Ausatmen erhob sich das Wesen, sah sich um und bemerkte die Krulls, die sich vorsichtiger Weise zur Tür zurückgezogen hatten und ängstlich beobachteten, was denn dieses – Ding – tun würde. Das ‚Ding‘ schnüffelte, hob die Arme und ging auf die Krulls zu. Es war eine gespenstische Szene, denn die Scheibe ließ keine Geräusche durch. Die Krulls versuchten durch die Tür zu entwischen, jedoch war sie verschlossen. Und während der eine vor Not schreiend, was der Zauberer nicht hören konnte, mit den Fäusten gegen die Tür trommelte, griff sich das ‚Ding‘ den anderen. Es hob den Krull mit beiden Armen in die Höhe, und mit einem gewaltigen Ruck zerriss er das arme Wesen in zwei Stücke. Dann hockte es sich auf den Boden und begann den Krull zu fressen. *Hat ordentlichen Hunger*, dachte der schwarze Magier ungerührt. Interessiert beobachtete er den zweiten Krull, der nun mit dem Rücken gegen die Tür gelehnt auf das ‚Ding‘ starrte. Zum ersten Mal sah der Zauberer, dass auch Krulls Angst empfinden konnten. Das war neu für ihn. *Sehr interessant! Aber nicht gut!* Margorokk erkannte, dass das der Grund gewesen war, weshalb Krulls zum Beispiel vor einer Übermacht flohen. Sie hatten Angst vor dem Sterben. *Sehr witzig! Untote Tote haben Angst vor dem Tod?!* Das musste er ihnen ausmerzen.

Indes drehte sich das 'Ding' und schnüffelte. Dann wandte es sich dem zweiten Krull zu. Der drückte sich gegen die eiserne Tür, als könne er sie aufbrechen. Seine Augen wurden immer größer und ein Schrei löste sich aus dem verstümmelten Maul. Wie beim ersten, griff das Ding blitzschnell zu, zerriss den Krull in der Luft und begann die Stücke genüsslich schmatzend zu vertilgen. Selbst Margorokk stellten sich bei diesem blutigen Massaker die Nackenhaare auf und eine Gänsehaut lief über seinen Rücken. *Wunderbar. Aber unkontrolliert! Wenn das so ist,* dachte er, *muss ich das 'Ding' irgendwie steuern können. Es frisst mir sonst das ganze Heer auf. Und was passiert, wenn es hunderte von dieser Sorte gibt? Es muss Jemandem gehorchen! Bedingungslos!* Unzufrieden erhob sich der Magier, um einen Zauber zu wirken, der das 'Ding' wieder einschlafen liess. Und noch während er zusah, war es, als wenn er einen Schlag auf den Kopf erhielt und in seinem Inneren ein Schrei ertönte.

Margorokk erwachte. Er lag auf dem Boden. Wo war er, was war passiert? Langsam kehrte die

Erinnerung zurück. Richtig, er war in der sterbenden Welt. Das ‚Ding‘. Es war lebensfähig, aber unkontrollierbar. Und dann erhielt er einen Schlag auf den Kopf. Er griff sich an den Hinterkopf. Nichts! Seltsam. Der schwarze Magier rollte sich auf die Knie und stand mühsam auf. Dabei stellte er fest, dass er einen jüngeren Körper brauchte! Dieser hier, Margorokk sah unzufrieden in das Spiegelbild auf der blutbespritzten Glasscheibe hinter der das ‚Ding‘ wie schlafend hockte, war verbraucht, ein Missgriff. Der Magier kratzte sich am Hinterkopf. Ah ja! Margurs Ruf, dass etwas nicht stimme und dann der mächtige Stich im Kopf, der ihn auf den Boden geworfen hatte. Und nicht nur dies: Er bekam Kopfschmerzen. Dann musste etwas sehr Gewaltiges gewesen sein, dass die Gedankenverbindung zwischen ihm und Margur eine solche Wirkung gezeigt hatte. Margorokk konzentrierte sich.

Hinter der Scheibe saß das ‚Ding‘ auf dem blutigen Boden und glotzte dümmlich. Der Magier erkannte an den Schleifspuren, dass es versucht hatte, durch die Scheibe zu gelangen. *Gut. Das war ihm also nicht möglich gewesen. Den finsteren Mächten und meinem Schutzzauber sei Dank.* Margorokk atmete auf, wedelte mit den Händen und murmelte einen Zauberspruch. Das

‚Ding' löste sich einfach auf und blieb als nasser Fleck inmitten der Blutlachen zurück. *Und nun kümmere ich mich um meinen Sohn.* "Margur?"

Margur wirkte einen weiteren Gegenzauber und fand sich am Rand des verwüsteten Feldlagers wieder. *Zu kurz!* Hecktisch sah er sich um. Nein, dieser Magier, der mit ihm in der Blase gesessen hatte, war nicht mehr bei ihm. Er schwitzte. Noch immer nicht hatte er begriffen, was wirklich passiert war.

"Margur?" Vater! Der Meister!

"Ja, ich bin …" Ihm fiel ein, dass er laut sprach. Schnell deklamierte er einen Spruch. "Hier bin ich, Vater, im Feldlager. Es ist was passiert."

"Was?" Der Meister stand als Schemen über ihm und sah ihn grimmig an. Margorokks Frage hallte in seinem Schädel. Richtig, der Meister war ja in Wirklichkeit in der sterbenden Welt. Margur hustete. "Es ist etwas Schreckliches passiert, Meister."

"Was denn? So sprich doch endlich!"

"Es hat eine gewaltige Explosion gegeben. Die gesamte Fabrik ist in die Luft geflogen." Ihm war, als wenn jemand seinen Schädel in einen Schraubstock spannte. "Meister! Bitte Meister, nicht so fest", stöhnte er.

"Bleib an Ort und Stelle. Ich komme."

Der Schmerz ließ sofort nach.

Eine erste Inspektion ergab, dass die gesamte Kaverne eingestürzt war. Sämtliche Gefangenen und die Handwerker darin waren umgekommen. Der Gang zur Zuchtstation war zusammengebrochen, die Kavernen dahinter ebenso. Seine Geschöpfe waren tot. Also richtig tot! Sie schwebten als Schemen durch die Spalten. Es ragten Gliedmaßen aus den Felstrümmern oder lagen zerquetscht unter dem Schutt. Margur ekelte sich. Die gesamte Krullzucht der letzten Monate war vernichtet! Eine Katastrophe! Gut nur, dass die Höhlen mit dem ruhenden Heer nicht betroffen waren. So verfügte er, die Reste oberhalb der Höhle mitgezählt, über mehr als fünfundzwanzigtausend Krieger, zu Fuß und zu Pferd. Margorokk kochte vor Wut. Wer hatte es gewagt, in sein Reich einzudringen und solche Zerstörungen anzurichten?

"Ein mächtiger Zauberer, Meister." Und Margur erzählte, was er vor Kurzem erlebt hatte. "Er hätte mich beinahe gefangen, doch es gelang mir, mich von ihm zu trennen."

Ein Zauberer also? Aha. Margorokk kniff die Augen zusammen und lief missmutig hin und her. *Sollten die Wächter der Sphäre etwa schon hier sein? Das war so nicht abgemacht!* In einer

Schlacht gegen ein Heer, wie das, welches ihm hier am Somo gegenüberstand, sah er kein Problem. Er würde siegreich aus allen Schlachten hervorgehen, gegen wen auch immer. Schließlich kann er seine Krieger mit seiner Zauberkunst ‚unterstützen'. Gewiss vorsichtig, denn die Hüter der Sphäre wachten eifersüchtig über jede Welt und spürten genau, wenn irgendwo schwarze Magie in Gange war! In kurzer Zeit wären sie hier, um ihm das Leben schwerzumachen. Außerdem hatte er kein Interesse an dieser Drachenwelt. Er sammelte Sklaven und ‚Material' für neue Krieger. Die holte er sich von hier, um eine Armada bauen zu lassen, die ihn hinüber nach Geadir schafft. Er hatte noch eine Rechnung offen, mit den Geadiri. *Sei es, wie es sei.* Ausserdem war er durch die jetzige Situation gezwungen, in den nächsten Tagen spätestens, nach Osten zu ziehen. Plötzlich fiel es ihm wie Schuppen von den Augen. Sein großer Fehler war, Hita überhaupt zu verlassen. Aber er hatte gehofft, mit Fukos Flotte Somo in die Knie zwingen zu können, um dann per Schiff und zu Fuß nach Sono zu marschieren. Und er hatte gehofft in Somo genügend "Material" zur Züchtung weiterer Krulls zu erbeuten. Andererseits, Fuko hatte sich nicht als günstig erwiesen. Sie hätten zu Schiff den halben Kontinent umrunden müssen. Na gut, dann eben geraden Wegs durch Yukokoshima und Minoru um von der *Sonobay* aus nach Geadir überzusetzen. "Komm", sagte er zu seinem Schüler, "bereiten wir uns auf unseren Abzug von Somo vor." Der schwarze Zauberer blieb stehen. "Du kümmerst Dich um das schlafende Heer. Wecke es und sammle es hier an Ort und Stelle." Der Schwarze drehte sich weg. „Ich habe noch zu tun!", und löste sich in Luft auf.

SABU

Mit aufgestellten Schuppen und frierend wachte Sabu mitten in der Nacht auf. Der Traum war zu schrecklich gewesen. Natürlich konnte sie sich an die Details nicht mehr erinnern, doch am Ende des Traumes rannte sie aus hunderten Wunden blutend vor einer Wand aus schwarzen Reitern, riesig und schrecklich anzusehen, davon. Sie hatte sich aufgesetzt. Langsam legten sich ihre Schuppen wieder an. Sie atmete tief durch. Alle Sinis glaubten an die Bewahrheitung von Träumen. Irgendwann würde das, was man geträumt hatte, geschehen. Sabu griff nach ihrem

Morgenkimi. Das durfte nicht passieren! Niemals! "Mariko!"

Die Zofe erschien sofort in der Tür, als hätte sie davor geschlafen. "Herrin?"

"Lass bitte einen Priester der siebenhundert Drachen rufen. Er soll unverzüglich hier erscheinen."

"Ich sage noch Bescheid, dass das Frühstück bereitet werden soll?"

"Danke, Mariko. Und dann eile Dich."

"Ich soll Euch noch sagen, dass …"

"Später, Mariko, später."

"Ich habe Angst, Ehrwürdiger. Einfach Angst." Sabu hatte sich mit dem Priester der siebenhundert Drachen in ihre Privaträume zurückgezogen. Bewegungslos saß ihr der Priester gegenüber, fast schien es, als spräche sie mit einer Statue, wenn nicht ab und zu die Nickhaut über dessen Augen gezuckt wäre. Nach schier endlos scheinender Zeit atmete der Priester tief ein. "Ich habe die Götter befragt, edle Sabu-oiiya. Sie sind Euch gewogen."

"So? Meint Ihr? Und was ist mit meiner Familie?"

"Es war ihre Zeit, Fürstin." Der Priester wiegte den Kopf hin und her. "Der Götter Ratschluss ist uns verborgen. Doch sie wollen uns nichts Böses."

"Verzeiht Ehrwürdiger, aber sind zehntausende Dragune, die dem FEIND zum Opfer gefallen sind, nicht genug?"

"Vielleicht finden die Götter, dass es notwendig war, um Euch auf Euren Weg zu geleiten. Was auch immer die Götter mit dem FEIND planen, es ist Eure Aufgabe geworden, ihn zu vernichten."

"Warum tun das die Götter nicht selbst, allmächtig, wie sie sind?"

"Nun, es sind die Angelegenheiten und Probleme ihrer Kreaturen, die sie auch selbst lösen müssen. Sie mischen sich nicht mehr ein."

"Verstehe ich nicht."

"Sie haben das Universum und die Welt, auf der wir leben dürfen, erschaffen. Sie gaben uns Verstand und die Möglichkeit zum Handeln …"

"Das weiß ich alles, Ehrwürdiger. Aber es hilft mir keinen Schritt weiter. Verzeiht, dass ich Euch rufen ließ."

Die Nacht wird dunkler,
Denn alle Nächte zuvor
Das Morgengrauen grauer,
Denn alle Morgengrauen zuvor.
Der Tagesregen stärker,
Denn alle Regen zuvor

Drac Hogo erwacht.
Er streichelt sein scharfes Schwert;
Er weiß, dass er heute stirbt.
Es ist der Tag des Drachen.
Der Tag der blutigroten Rosen.

Drac Hogo steht unverrückbar fest,
Fester als je zuvor.
Die Sonne vertreibt die Wolken,
Der Feind naht mächtig,
Das Gras grünt hell.
Es glänzt vor Nässe
Wie Hogos Klinge, erwartungsfroh.

Er streichelt sein scharfes Schwert;
Er weiß, dass er heute stirbt.
Es ist der Tag des Drachen.
Der Tag der blutigroten Rosen.

Sabu summte dieses alte Kriegerlied vor sich hin, als sie den langen Flur entlang zu ihrem Arbeitszimmer ging. Das Gespräch mit dem Priester hatte nicht die erwartete Wendung genommen, aber dennoch war sie erleichtert. Erst spät in der Nacht hatten sie Hita erreicht und sie war sofort zu Bett gegangen. Lange wälzte sie sich hin und her und konnte keinen Schlaf finden.

Und dann kam dieser irre Traum.

Vor Sabus Arbeitszimmer stand eine Wache aus Unsterblichen. Sabu blieb erstaunt stehen. "Warum …?"

"Ihr habt Besuch, Euer Gnaden", meldete der rechte.

"Besuch?"

"Eine Draguna. Und Graf Yolo ist bei ihr."

"Akemi! Was, bei den guten kami …" Da kniete Akemi vor Sabu. Die Fürstin drehte den Kopf zu Yolo, der mit den Schultern zuckte. Typisch, dachte Sabu.

"Ich bitte um Asyl, Fürstin."

"Steh auf, bitte!" Sabu griff nach Akemis Oberarm und zog sie auf die Beine. "Setz Dich doch. Gehen wir zu den Kissen." Sie schob Akemi in ihre Lieblings-Leseecke. "Und nun, erzähle mir, was Dich zu mir getrieben hat?" Akemi senkte den Kopf und schwieg, während sie von Sabu minutenlang gemustert wurde. "Gut denn", sagte Sabu, "Ich ahne, was Dich herführt." Sie seufzte. "Du bist geflohen, weil Du heiraten sollst."

Akemi nickte.

"Wen?"

"Tomi Taichi."

"Götter!"

"Ich kann diesen … Dragun nicht heiraten", murmelte Akemi.

"Lass mich nachdenken." Sabu war aufgestanden. Sie ging im Zimmer umher. Sie verstand Akemi. Aber das was Akemi getan hatte, bedeutet faktisch ihren Tod. Nun saß sie hier und erwartete Hilfe. Was konnte sie tun? Wenn sie Akemi aufnahm und ihr half, sie vor ihrer Familie zu verstecken, verlor auch sie die Ehre, so jedenfalls verlangte es die Tradition. Sie blieb vor einer Kaligraphie stehen - zufällig oder hatten sie die Götter geführt? Dort stand: "*Wer nichts verändern will, wird auch das verlieren, was er bewahren möchte.*" Ihre Gesellschaft war auf einen Punkt stehen geblieben. Nichts bewegte sich, alle liefen wie in einer Endlosschleife im Kreis, aus der es keinen Ausweg gab. Half sie Akemi, brach sie mit der Tradition! Sollte sie sich mit ihren Freunden beraten oder einfach entscheiden? Es gab nur einen einzigen möglichen Ausweg oder keinen! Was ist die Lösung des Problems? Was ist richtig?

Akemi nach Hause schicken, dass sie um Verzeihung bat? Niemals! Ihrem Vater eine Nachricht überbringen? Ignorieren? Quasi so tun, als wenn nichts wäre? Die Tradition missachten? Wer in Sini wagt es schon? Sabus Herz sagte ihr, *tu was notwendig ist!* Und ihr Verstand?

Akemi saß immer noch wie ein Häuflein Unglück auf ihrem Kissen und faltete nervös die Hände. Sie tat ihr leid. Sie selbst hätte das gleiche Schicksal treffen können, wenn sie nicht wie vorgesehen, Dame der Sonnengöttin werden sollte. Das es anders, vollkommen anders, gekommen war, lag allein an der Vorsehung und am Willen der Götter. Aber Akemi traf es, wie es tausende andere Dragunas traf. Jeden Tag. Keine konnte ihrem Schicksal entgehen! So war das Gesetz - oder die verfluchte Tradition! Sie, Sabu, kannte keinen Fall, in dem eine Draguna nicht den von den Eltern Auserwählten heiraten musste. In der Sonnenstadt war es das abendliche Hauptgespräch der vornehmen Damen; Welche wen und warum heiraten sollte oder wollte. Und ob es eine Ehre wäre oder Last. Und sie stellten sich vor, mit einem uralten Dragun ... und dass es egal wäre! Hauptsache er war reich! Heimlich schüttelten sich die Mädchen und bekamen ein ganz ungutes Gefühl dabei. Es wurde still und jede zog sich in sich selbst zurück.

Wie sie diese Gespräche angeödet hatten! Schnee von gestern! Sie brauchte einen Rat! Ob sie einen Priester fragte? Sabu verwarf sofort den Gedanken. Die kämen sowieso nur mit Ausflüchten oder rezitierten Sprüche des weisen Zu'uro-Ki, einem Philosophen aus der Zeit vor der Vertreibung. Irgendwas mit Tradition, Gehorsam, was der Edle zu tun und zu lassen hat oder etwas ähnliches. Nein, kein Priester konnte ihr helfen! Sie würden nur betonen, dass das alles der Wille der Götter ist. Das Schicksal unabwendbar sei und die Weibchen zu gehorchen hätten. Wo sich die Mönche und Priester doch sonst aus allem heraushielten! Und außerdem wollte Sabu nicht, dass jemand von ausserhalb von Akemi wusste. Lubomir fiel ihr ein. Genau! Wie ist es drüben in Higashima? Oder woanders auf der Welt? Vielleicht wusste der Zauberer eine Lösung. "Warte hier, Akemi. Ich komme bald wieder."

"Es ist überall auf der Welt so, wie Ihr es mir beschreibt. Immer bestimmen die Eltern, ob nun mächtig oder nur einfache Bauern, darüber wen die Tochter zu heiraten hat. Es geht immer nur darum, was scheinbar das Beste für die Familie ist. Mehr Land, mehr Vieh, mehr Gold, mehr Macht, mehr Einfluss. Nur selten ist es Liebe. Mir sind nur wenige Fälle bekannt. Bei uns, auf der Insel der Zauberer, ist es anders."

"Anders? Wie anders?"

"Wir sind wie Brüder und Schwestern. Wir Männer achten die Frauen wie unsersgleichen. Die das gleiche können und leisten, wie wir."

Lubomir trank einen kleinen Schluck aus seinem Weinbecher. "Alle haben dieselben Rechte und Pflichten. Und sie entscheiden, wen sie mögen und wollen. Es ist so: Wir Zauberer der Insel haben keinen Besitz, wir können, außer unserem Wissen, nichts vererben. Keinen Reichtum, kein Gold, keine Macht, keinen Einfluss." Er stand auf und ging gedankenschwer hin und her. "Natürlich gibt es auch Probleme. Wo die Liebe im Spiel ist, ist es so." Er blieb mit gesenktem Kopf stehen. „Aber vielleicht habe ich eine Lösung für Euer Problem." Er drehte sich zu Sabu. "Ja", sagte Lubomir und lächelte dabei, "ich denke ich kann Euch helfen."

DIE MEISTER DER BRUDERSCHAFT

Die Finsternis in der riesigen Halle wurde durch das Licht der Kerzen unterbrochen, deren Flammen sich in der leisen Zugluft bewegten. Sie erlaubten in ihrem Lichtkreis einen Blick auf die Wände des Tempels, und auf Vertiefungen, in denen die Trophäen der Bruderschaft nahezu lückenlos aufgereiht waren: Hände! Aufgestellt und zu einer Schwurhand geformt. Nur dort wo sie fehlten, lag ein Finger der linken Hand. Er stammte von einem der Brüder, dem es nicht gelungen war, seinem Opfer eine Trophäe zu nehmen.

Die Stimmen der drei Dragune, die den langen Gang des Haupttempels gemächlich entlangschritten, hallten nach und das Echo ihrer Worte schallte vier bis fünfmal wider, bis es vollständig verklang.

"Unsere Auftraggeberin ist unzufrieden, meine Brüder. Der Anschlag ist misslungen und einer unserer Besten liegt zerstückelt immer noch vor den Mauern Tomichis."

"Nun, inzwischen wird nicht mehr viel von ihm übrig sein, mein Bruder", brummte der Rechte der beiden Begleiter des mittleren. Sie traten in den Lichtkreis eines siebenarmigen Kandelabers aus Knochen. Die drei Dragune, alle gleich groß, waren in schwarze Roben gehüllt, die auch die Füße bedeckten. Ihre Kapuzen reichten weit über die Gesichter, so dass man darunter nichts erkennen konnte. Der Mittlere trug einen Gürtel aus Goldblech, an dem ein Dolch in einer schlichten Lederscheide steckte. An den Seiten seiner Begleiter hingen mächtige Breitschwerter, die nicht sinischer Art waren, sondern aus der Fünf-Finger-Bucht stammten, geschmiedet von den Meistern der Unsterblichen.

"Wir haben in letzter Zeit entschieden zu viel Leute verloren. Denkt nur an die beiden Drac, die mindesten zwanzig …"

"Es waren genau dreiundzwanzig", zischte der Rechte der Robenträger.

"Dann eben dreiundzwanzig", meinte der linke leichthin. "Und die beiden Drac leben noch! Was ist nur aus unserer Bruderschaft geworden?"

"Es ist nicht zu leugnen, wir haben unser Gesicht verloren, Brüder." Der mittlere war stehengeblieben. "Es ist dringend erforderlich die Ausbildung unserer Kämpfer zu verbessern. Ein najano-ko darf keine Fehler machen. Er darf sterben, aber erst, wenn er seine Aufgabe erfüllt hat."

"Wir haben zugelassen, dass sie verweichlichen." Der linke schlug mit der Faust durch die Luft.

Wieder war der Mittlere stehen geblieben. "So ist es. Es ist unsere Schuld." Er sagte es in die Dunkelheit und das Wort ‚Schuld' hallte wie ein Vorwurf noch lange nach. "Wir werden die Geister befragen, Brüder."

"Wäre es nicht besser", Hohn klang in der Stimme des Rechten mit, "wenn wir selbst über eine Lösung nachdächten, Meister?"

"Und die wäre, Brüder?"

Es war eine kleine, schnelle Bewegung, die der Rechte machte. Das Messer, dass plötzlich in seiner Hand erschienen war, machte einen Bogen durch die Luft, durchtrennte einen Teil der Kapuze des Mittleren und fuhr ungebremst durch dessen Kehle. Der Mittlere griff nach der klaffenden Wunde am Hals, vor Schreck und um das Blut, dass aus seinen Schlagadern spritzte, zu stoppen, dann ging er auf die Knie. Er konnte nicht mehr sprechen. Nur ein tiefes Röcheln kam aus der klaffenden Wunde, dann stürzte er auf das Gesicht und verstarb. Langsam breitete sich eine Lache, in der Finsternis schwarz erscheinenden, tiefblauen Blutes unter ihm aus.

Der Rechte stellte sachlich fest: "Es waren einfach zu viele Fehler, mein Bruder, die Du zugelassen hattest."

"Stimmt. Nur hat er Deine Antwort nicht mehr gehört." Sie gingen ein paar Schritte. "Wir sollten einen neuen Meister berufen, Bruder. Hast Du an einen bestimmten gedacht?" Der Linke versuchte das Gesicht des Rechten zu erkennen, doch es war schlicht und einfach zu dunkel. Sie erreichten einen weiteren Lichtkreis.

"Ich hatte an Euch gedacht", sagte der Rechte.

"Eine hohe Ehre, mein Bruder. Ich fürchte zu hoch für mich." Sie waren wieder im Dunkeln angelangt.

"Warum wollt Ihr nicht der Meister der Brüder des dunklen Pfades werden?"

"Es ist nicht meine Art, zu herrschen. Mir genügt es, zu beraten."

"Gut, dann ist es entschieden, Bruder. Wen ernennt Ihr zu meinem Nachfolger?"

"Hokomo Niigata."

"Eine weise Entscheidung." Sie durchquerten einen weiteren Lichtkreis. "Ich werde ihm eine Nachricht schicken."

"Tut das." Der rechte Meister verharrte noch. "Eines noch: Tomi Taichi hat unserem Bruder keinen ehrenhaften Tod erlaubt. Er hat ihn gefoltert und zerhackt. Er wird dafür büßen müssen."

Sein Kollege nickte. "So ist es."

"Wir werden ihn töten lassen. Diesmal von einem, von dem er glaubt, dass er sein Freund ist. Das soll seine Strafe sein."

"Wer sollte das sein? Hat Taichi überhaupt Freunde?" Der Meister lachte verhalten.

"Mir ist einer bekannt. Ich werde mich darum kümmern, Bruder."

"Dann sehen wir uns morgen." Die beiden verneigten sich voreinander und jeder ging in eine andere Richtung davon. Man hörte noch Türen gehen, zwei Lichtstreifen fielen für eine kurze Zeit in die Halle und beleuchteten die Säulen und

Wände, ließen für einen winzigen Moment schreckliche Fratzen und Dämonengesichter aufblitzen, bis wieder Dunkelheit herrschte. Ein kurzes Aufflackern der Kerzen in der Nähe und der Nachklang zufallender Türen war das letzte das durch die Finsternis hallte. Dann herrschte wieder Stille, wie sie in den letzten drei Jahren geherrscht hatte.

Der rechte der Meister schmunzelte verhalten, nachdem er unauffällig den Tempel verlassen hatte. Tomi Taichi war sehr großzügig gewesen. So großzügig, dass er dessen Ansinnen nicht ablehnen konnte. Letztlich war der alte Meister der Bruderschaft nicht mehr tragbar gewesen. Da waren sie gleicher Ansicht. Aber nun waren Taichi selbst und die Dame zu beseitigen, die den Auftrag zur Ermordung Taichis gegeben hatte. Es galt, Spuren zu verwischen. Politik interessierte den Meister wenig. Genauer: Es interessierte ihn *nicht*. Sein Ziel war, die Bruderschaft vor Zugriffen von außen zu schützen.

Nur er kannte den Weg, den er nehmen musste, um das Quartier der Meister lebend zu erreichen. Das würde noch einige Stunden dauern. Zeit, sich weiter Gedanken, um Sini zu machen. Ja, er spürte die Veränderungen, die sich in der Gesellschaft der Dragune deutlich abzeichneten. Und er war nicht der Mann, der abwarten wollte oder konnte.

Er musste jemanden zu Hita Sabu schicken und um ein Gespräch bitten.

Stunden später hörte man das leise Rascheln von hunderten *mosu*-Pfötchen, die sich um den Leichnam des ehemaligen Meisters der Bruderschaft zu kümmern begannen.

Vier Wochen später am Abend, etwa zur gleichen Zeit wie am Tag des Abganges des alten Meisters der najano-ko, trat der neue Rat zusammen. Die Halle war nun hell erleuchtet. An den Wänden und Säulen flackerten Fackeln, in den mächtigen Kronenleuchtern brannten hunderte von Kerzen und erhellten die Halle, so dass die Wandbemalungen und Halbreliefs an den wohl zwölf Klafter hohen Säulen zu sehen waren, wie die Vertiefungen mit den Trophäen der Bruderschaft. Vor den Säulen standen auf niedrigen Sockeln Statuen der Götter und Geister der Dunkel- und der Unterwelt. Die Halle hatte keine Fenster, denn sie war eine gewaltige Kaverne ohne Außenzugang in der Flanke des *Moyiki-Berges*, eines der mächtigsten Berge im Hikokugebirge. Über beschwerliche und geheime Wege und Gänge trafen die führenden Köpfe der Brüder der *najano-ko,* jeder für sich, nach und nach in der Höhle ein.

In Gruppen standen sie in der Riesenhalle und

warteten. Alle trugen die gleiche Kleidung: Schwarze Kopftücher, eine weiße Drachenmaske, die das Gesicht bedeckte, eine schwarze Bluse, ebenso schwarze Hosen und Stiefel. Im Gürtel steckte ein Katani, das Kurzschwert. Keiner aus der Bruderschaft kannte den anderen. Nur die Hauptleute, die *Kobu-oiyii*, wussten, wo die Mitglieder einer Zehnerschaft lebten und wie sie aussahen. Und nur an den geheimnisvollen Tattoos am Oberarm erkannte jeder, welcher Gruppe er zugehörte. Nur hier trugen sie die Zeichen am Oberarm offen. Draußen versteckten sie es unter einem Tuch oder Ärmel. Nun warteten alle gespannt darauf, was der Rat der *najano-ko* zu verkünden hatte.

Ein Gong ertönte. Sie sahen zur Empore am Ende der Halle. Nach einer angemessenen Wartezeit traten drei Dragune in schwarzen Kimis durch einen Vorhang auf die Empore und nahmen nebeneinander Aufstellung. Alle drei trugen Gesichtsmasken, wie ihre Kollegen unten in der Halle.

Der rechte trat einen Schritt vor. Er hob die Arme: "Brüder! Eine neue Zeit ist angebrochen. Der alte Meister hat ausgedient, der neue steht vor euch! Begrüßen wir unseren neuen Meister der najano-ko!" Schweigend und wie auf ein einziges Kommando hin, waren die Brüder niedergekniet und beugten ihr Haupt. Niemand erhob Widerspruch, niemand sprach, seufzte oder jubelte.

"Erhebt euch, Brüder", sprach der in der Mitte des Triumphirats. "Ich verspreche euch, ein gerechter und wahrer Bruder unserer Gemeinschaft zu sein. *Ako'igato* stehe uns bei." Es war die übliche Formel, auf die die Brüder im Chor antworteten: "So sei es." Danach lösten sich die Formationen auf. Und nur die Meister und fünf ausgewählte Hundertschaftsführer der najano-ko blieben noch, um über die Zukunft der Bruderschaft zu beraten.

AKEMI

An diesem Abend waren Sabu und Kamino allein in Sabus Privatgemächern. Sabu atmete tief ein und aus und beobachtete dabei Kamino, der ihr im Schneidersitz gegenübersaß. Es sah so aus, als *würde* er meditieren. Doch es blieb beim Versuch, erkannte Sabu. Zuviel schoss Kamino wohl durch den Kopf.

"Ihr müsst Eure Gedanken beruhigen,

Kamino", sagte sie weich, "löst Euch vom Alltag, konzentriert Euch auf Euer Inneres."

"Das geht nicht. Ich versuche es ja seit einer Ewigkeit", Kamino sah Sabu hilflos an, "Aber diese Botschafter beschäftigen mich immer noch."

Sabu lächelte breit. Sie hatte im Hintergrund gesessen und ihn und die Botschafter beobachtet. Tatsächlich dauerte es lange, bis alle Botschafter ihre Fragen und Wünsche geäußert hatten und abgefertigt waren. Und alle mussten irgendwie beruhigt oder ermahnt werden. Sabu war äußerst zufrieden mit ihm. Seine Antworten waren klug gewählt und in der richtigen Art vorgetragen. Keiner der Botschafter war beleidigt abgezogen.

Die Fürstin hockte sich vor ihm auf die Fersen und legte eine Hand auf seine Schulter. "Lasst uns ein wenig entspannen", flüsterte sie nun. Kamino sah sie zuerst erstaunt, dann verstehend an. "Aber, wenn …"

"Niemand wird uns stören, Kamino." Und während sie das sagte, wickelte sie seinen Gürtel ab, legte die Schwerter sacht zur Seite. Kamino rührte sich nicht. Und als Sabu den Kimi von seinen Schultern streifte, zog er sie an sich.

"Fürstin, Sabu, ich …", flüsterte er.

Und Sabu legte einen Finger auf seine Lippen. "Still. Tu es einfach. Lass Dich fallen."

Trotz des Befehls, Sabu in den nächsten Stunden nicht zu stören, klopfte es am Türrahmen. Sabu fuhr auf und sah zum Stundenglas. Im Dämmerlicht erkannte sie, dass vier Stunden vergangen waren! Kamino hatte sich zur Seite gerollt, um Licht zu machen. Es klopfte wieder. "Moment!", rief Sabu ungehalten.

Inzwischen brannte eine Öllampe. Kamino stand vor ihr und hielt ihren Kimi in den Händen. Er selbst war noch nackt und Sabu bedauerte, dass sie wieder in die Wirklichkeit zurückkehren musste. Ihr Blick glitt über den muskulösen Körper ihres Liebhabers. Sie schüttelte den Kopf. Und als Kamino ihr den Kimi hinhielt und sie in die Ärmel schlüpfte, flüsterte sie: "Es war wunderschön mit Euch, mein Freund." Kamino brummte zufrieden. "Gerne wieder", flüsterte er ihr ins Ohr und strich ihr zart über die Schulter.

Sabu riss sich zusammen. "Nun denn. Herein!", rief sie, als sie sicher war, dass sich Kamino nicht mehr im Zimmer befand.

Die Schiebetür öffnete sich ein wenig, so dass Akemi ihren Kopf durch den Spalt stecken konnte. "Darf ich? Ich sollte mich doch bei Dir melden."

"Komm herein, Schwester." Sabu band ihren Gürtel fester. "Setz Dich hierher." Sabu läutete mit einer kleinen Glocke, die einen süßen Klang von sich gab. "Einen Imbiss und Wein", sagte sie zu einer der vielen Kammerzofen, die immer vor der Tür warteten. Sie richtete sich auf und sah Akemi an. "Ich habe einen Plan. Dank Lubomir." Und als sie sah, dass Akemi Tränen in die Augen traten, lehnte sie sich ein wenig vor und strich ihr tröstend über das Knie. "Ich hatte Dir versprochen, dass ich eine Lösung finden werde." Und während sie warteten, dass die Zofe den Imbiss und eine Weinkaraffe auf einem niedrigen Tischchen anordnete und zu ihnen herübertrug, schwiegen sie. Sabu fühlte sich gelöst und zufrieden mit dem Moment, immer noch gefangen von ihrem Tête–à–tête mit Kamino. Schon eine Ewigkeit war sie nicht mehr so befreit. Ihr war, als hätten sich Jahrhunderte der Spannung und des Druckes von ihr gelöst. *Ja*, beschloss sie schmunzelnd, *ich werde es ab jetzt öfter tun. Offenbar habe ich es vermisst.* Sie griff nach dem Weinbecher. "Lass uns trinken. Auf Dich, auf mich und die Macht des Weibes." Sie grinste Akemi an, die sie erstaunt und ein wenig verwirrt ansah.

"Ah, und auf die Schlauheit Lubomirs!" Sabu nickte. "Ja, so werden wir es machen." Und sie erklärte Akemi ihren Plan, der wieder einmal mit jeglicher Tradition brach.

Die Truppen waren angetreten. In Formation. Rechts die Hausgarde in rot-goldenen Rüstungen, in der Mitte die Unsterblichen, schwarz mit ihren Hundehelmen und links Yukomis Reguläre in blau-gelb, bildete eine U-Form. Rundherum hatten sich die Bewohner Hitas zusammengefunden, weil ihre Fürstin etwas Wichtiges mitzuteilen hatte. Auf einem niedrigen Podest vor dem Haupttor der Burg stand ein Thron, auf dem Sabu saß, diesmal in einem sonnengelben Kimi gehüllt. Im karminroten Gürtel steckten beide Schwerter. Die Hände ruhten entspannt auf ihren Oberschenkeln. Rechts neben ihr stand eine Priesterin der Sonnengöttin und links ein Mönch des Tempels der siebenhundert Drachen. Beide Tempel hatten etliche Schreine und jeder einen Tempel in Hita bauen dürfen, gleich neben der Burg. Besonders prächtig war der Tempel der Sonnengöttin ausgefallen. Obwohl es in Sini üblich war, dass Glaubensfragen Angelegenheit der Tempel waren, gaben wohlhabende Dragune gerne mehr oder weniger hohe Spenden. Manche hofften, sich damit das Wohlwollen der Götter erkaufen zu können, andere auf ein gutes Karma. Und da Sabu es der Sonnengöttin auf ihrer Flucht aus der Sonnenstadt versprochen hatte, gab sie eine nicht unwesentliche Summe dem Tempel für eine besonders prachtvolle Ausstattung. Der Tempel der Mönche war dagegen wesentlich bescheidener ausgefallen, was aber auch dem Credo der Mönche entsprach.

Unterhalb des Podestes standen Yukomi und Kamino in festlichen Kimis und mit ihren kostbarsten Schwertern in den Gürteln. Hinter dem Podest warteten genau siebenundzwanzig Schwestern der Sonnengöttin und Brüder des Ordens des glückseligen Drachens. Die einen in schlichtem Weiß und die Mönche in Grau. Es war ein Ehrfurcht gebietendes Bild und deutete an, dass gleich etwas sehr Wichtiges geschehen würde.

Der Morgen war noch jung. Am blauen Sommerhimmel wanderten weiße Wolken und beschatteten hin und wieder den großen Platz vor dem Palast der Fürstin. Eben schob sich eine große schneeweiße Wolke vor die Sonne.

Als Sabu sah, dass alles so weit geordnet war und gespannte Stille herrschte, blickte sie die Priorin des Tempels der Sonnengöttin auffordernd an. Sie nickte und schritt graziös zur Mitte des Platzes. Wie ihre Schwestern trug die Priesterin nur einen schneeweißen Rock aus Seide. An den Füßen hatte sie schlichte Sandalen aus geflochtenem Rohr, und um den Hals trug sie eine

Goldene Kette deren Glieder aus rechteckigen Platten gearbeitet waren, die im Morgenlicht des neuen Tages blitzten und glänzten. In ihnen waren geheimnisvolle Symbole eingraviert.

Sie hob die Arme und rief laut und mit klarer Stimme: "Ich bin Yumiko Onemichi, Priorin im Kloster der Sonnengöttin in der Sonnenstadt. Volk von Hita, Yukokoshima und Sini! Hört meine Worte!" Sie machte eine Pause, bis der Hall ihrer Stimme abgeklungen war. "Freut euch, Sini'i! Schaut milde und mit Wohlwollen auf uns herab, oh, ihr Götter! Oh, wonnige *nyoki-daiki*, die DU uns Wärme und Licht spendest und Ihr, glückseliger Drac An-kogo-iti, mächtiger Bushidi, und auch ihr, Senzo-rai der die Vorfahren beschützt und Akumi, Gott der Dunklen Welten und ihr, die ungezählten kami der guten Vorfahren: Schaut und gebt uns euren Segen!" Sie ließ die Arme sinken. In diesem Moment trat Akemi hinter Sabus Thron hervor. In einem schlichten weißen Leinenkimi gekleidet, der von einem ebenso weißen Gürtel zusammengehalten wurde, ging sie mit kleinen Schritten zur Priesterin der Sonnengöttin. Gleichzeitig setzte sich auch der Priester des Tempels der siebenhundert Drachen in Bewegung. Zusammen erreichten sie die Priesterin. Beide ließen sich auf die Knie nieder, so dass Akemi zwischen Onemichi und dem Mönch kniete.

"Volk von Hita und Yukokoshima, Götter Sinis, gute kami der Vorfahren – Hört, hört!" Der Priester schlug kleine Schellen dreimal. "Es ist der Wille unserer guten Fürstin Hita Sabu-oiiya, dass diese Draguna, Prinzessin Akemi von Nyoko, Tochter des Fürsten Nyoko Aiki, verstoßen von ihrer Familie, vor dem Volk Yukokoshimas und den Göttern Sinis, von ihr als Schwester angenommen wird, als wäre es ihre leibliche, und damit der Fluch, der auf ihr lastet, genommen werde." Ein Raunen ging durch die Reihen der Zuschauer. Sogar in die dicht geschlossenen Reihen der Krieger kam Bewegung. Und wie auf ein Zeichen der Götter hin, zog die Wolke, die über dem Platz wie festgewachsen gestanden hatte, weiter nach Osten. Die Sonnenstrahlen fielen auf die kleine Gruppe auf dem Podest und auf Akemi in ihrem weißen Gewand. Und es war, als würde sie eine lichte Aura umgeben. Irgendwer aus der Menge der Bewohner Hitas rief: "Hoch, Hita Sabu! Hoch, unsere Fürstin!" Für einen Moment nahmen alle Versammelten, einschließlich der Krieger den Ruf auf. Nur die Unsterblichen riefen dreimal ihr tiefes, beinahe drohendes: "Uuuraaa!"

Sabu war von ihrem Thron aufgestanden. Ruhe

trat ein. "Komm zu mir, Schwester. Von nun an sollst Du Hita Akemi-imouto-shan heißen: Jüngere Schwester Akemi." Sie umarmte Akemi und flüsterte ihr ins Ohr: "Endlich habe ich wieder eine Schwester."

Dann wandten sie sich dem Volk und ihren Kriegern zu. Tief, wie vor einem hohen Vorgesetzten verneigten sich Sabu und Akemi vor den Hitaern, die sich ebenso tief und ehrfurchtsvoll vor ihrer Fürstin und deren neuen Schwester verneigten.

"Frohlocke Volk von Yukokoshima! Nyoko-Daiki hab Dank", rief die Priesterin der Sonnengöttin, indem sie die Arme zur Sonne ausstreckte. Im selben Moment begannen die Schwester der Sonnengöttin und die Mönche des Drachenordens ein Loblied auf die Götter zu singen. Und während des Gesanges wandten sich Onemichi und der Mönch ab und verließen gemeinsam den Platz. Die Besucher zogen sich schweigend wie üblich zurück. Erst zu Hause oder im Gasthaus werden sie über diesen Moment sprechen. Sie werden sich freuen, feiern oder schweigend zustimmen und es zur Kenntnis nehmen. Auf einen Wink Yukomis marschierten die Truppen ab. Zurück blieben Sabu, Akemi und ihre Berater sowie der gesamte Hofstaat.

"Nun musst Du nur noch auf den *kano-i'iyo*

schwören, Akemi", sagte Sabu. Sie hatte Akemi eingehakt und dann waren sie zum Palast zurückgekehrt. Die beiden Zauberer verschwanden, wie so oft, als wenn sie sich in Luft auflösen würden.

Akemi war noch ganz aufgewühlt. Trotzdem sie wusste, was Sabu vorhatte, war die Zeremonie, wenn auch kurz, doch tief in sie eingedrungen. Alle Befürchtungen, nunmehr als eine Geächtete, eine Ehr- und Familienlose verfolgt zu werden, hatten sich in Wohlgefallen aufgelöst. Besser sogar noch, als sie zu hoffen gewagt hatte. Gestern Nacht, als Sabu ihr den Plan darlegte, hatte sie Bedenken geäußert. Ihr hoher Vater wird mit Sicherheit mit dieser Lösung nicht einverstanden sein. Taichi erst recht nicht. Nun musste er Sabu fragen! Würde das nicht Krieg bedeuten? Doch Sabu hatte gelächelt und ihre Bedenken mit einem Wink beiseite gewischt. "Das werden sie nicht wagen. Weder Dein Vater noch Taichi!" Akemi hatte weiterhin Bedenken, die wie ein Kloß zuviel in ihrem Magen drückten. Sie kannte ihren Vater. Sabu hatte sich einen unversöhnlichen Feind geschaffen, der alles daransetzen wird, Sabu zu vernichten. Ihr Bruder würde keinen Widerspruch wagen, er war genauso der Tradition verbunden wie die meisten Sini. Eine Tochter – oder ein Sohn – der die Familie verließ, warum auch immer, hatte sein Leben verwirkt! "Du bist meine Schwester. DU bist ein Teil meiner Familie. Es ist, als wenn es nie anders gewesen wäre", beruhigte Sabu Akemi. "Lubomir war beim weisen Llagoshi. Er war lange Zeit Advokat auch für die letzten Hikoshu-sham gewesen und lebt zurzeit am Schrein des seligen Drachen. Er nannte als Beispiel einen Präzedenzfall, wo die Parteien genauso vorgegangen waren und der Hikoshu-sham musste zustimmen."

Sabu führte Akemi in den Garten des Palastes, den Teil, der der Familie Hita geweiht war. Hier befand sich auch der kano-i'iyo, den Sabu gerettet hatte.

Den Garten hatte der berühmte Gärtner *Oki Lhakami* angelegt, der besonders für die wunderschönen Tempelgärten bekannt war. Hohe Ginsterhecken umgaben den Garten, zwischen denen in regelmäßigen Abständen noch junge Ginsengbäume wuchsen. Innerhalb der Hecke war eine einen Klafter hohe steinerne Mauer gesetzt worden, die verhindern sollte, dass Unbefugte durch die Ginsterhecke hindurch in den Garten gelangen oder hineinsehen konnten. Ihn selbst betrat man durch einen gewachsenen Bogen aus Yomenistrauch. Ein schmiedeeisernes Tor aus verwundenen Drachenkörpern verschloss den Durchgang und schützte die Gartenbesucher vor fremden Blicken. Es war ein Garten der Ruhe, des Gedenkens, der Fürbitte und der Anrufung der guten *kami*. Nur der Gärtner und die Familienangehörigen durften ihn betreten, in Ausnahmefällen derjenige, der vor dem *kano* der Familie einen Schwur ablegen sollte. In der Mitte glänzte ein Teich, in dessen Zentrum ein heiliges Tor stand. Das *toriji* war ein schlichtes *Kashimia-toriji, ein Glückstor,* mit zwei Querbalken. Die Säulen hatte man rot angestrichen, die Querbalken waren mit Gold belegt. An den Enden hockten Drachen, die in die Ferne sahen. Eine hölzerne Bogenbrücke spannte sich über den Teich, durch das Tor bis auf die andere Seite, wo die Stehle der Familie Hita stand. Um den Teich herum war ein Kiesweg angelegt, an den Seiten standen Bänke, auf die man sich setzen und meditieren konnte. Wer jedoch den kano-i'iyo besuchen wollte, musste die Brücke über den Teich überqueren und dabei das Glückstor passieren.

Dies taten Sabu und Akemi. Yukomi, ihre Ritter und die Magier, die sie bis hierher begleitet hatten, blieben hinter dem Drachentor stehen. Sabu hatte sie gebeten, als Zeugen mitzuwirken. Diese Zeremonie ging zwar nur Sabu und Akemi etwas an, aber es war besser, wenn noch ein paar Personen das gute Ende bezeugen würden. In ruhigen Schritten liefen sie Hand in Hand durch das Yomenitor, über die Brücke und durch das Glückstor. Unter den weit über die seitlichen Säulen schwingenden Querbalken, die die Endlichkeit des Daseins und die Macht der Götter repräsentierten, blieben sie einen Moment stehen. War es Zufall oder ein Zeichen der Götter? In diesem Augenblick trat die Sonne hinter einer Wolke hervor und strahlte auf das Paar hoffnungsvoller Dragunas. Der Augenblick war für beide überwältigend.

Eben noch waren sie Alleingelassene; Sabu als letzte ihrer Familie, nachdem der FEIND all ihre Lieben ermordet hatte und Akemi, wegen einer ungewollten Heirat. Doch jetzt waren sie vor den Göttern vereint. Bald ganz vereint, denn Akemi wollte sich den *kamis* der Familie Hita vorstellen und ihren Segen empfangen.

MARGUR

Lange hatte der schwarze Magier über seinen Plan geredet, mit dem Armen gestikuliert, war dabei hin und her marschiert und immer mehr in Rage geraten.

"Warum tun wir das, Meister?"

"Wir dienen einer dunklem Macht!", sagte der Zauberer düster. „Dem absolut Bösen! *Das* ist *unser* Meister! Und es wird der Tag kommen, dass Du seiner ansichtig wirst. Dann wirst auch Du es spüren: Er ist die absolute Macht über Alles und Jeden!" Dann war er zum Fenster gegangen und hatte lange hinausgesehen. "Wir sind das Werkzeug seine Macht! Und er gibt dir davon ab, wenn Du ihm gehorchst, wie mir." Margorokk wippte auf dem Fersen. "In einigen Tagen marschieren wir los!", sagte er zum Fenster. Er drehte sich um und starrte Margur an.

Doch Margur konnte neuerdings den Blick aushalten, ohne den Kopf senken zu müssen. Er saß gelassen auf dem Stuhl, den Margorokk sonst benutzte, hatte die Beine übereinandergeschlagen und stützte lässig den linken Arm auf die Armlehne. Nun wartete er, was der Meister weiter zu verkünden hatte.

Oh ja! Er wusste, dass er seinem Meister seit einiger Zeit ebenbürtig war! Es fiel ihm leicht, seine Gedanken in die gewünschten Bahnen zu lenken, um schwarze Magie zu wirken. Und wenn er es wollte, würde er seinen Meister vernichten können. Mit einem einfachen Gedanken, einfach so! Mit einem Fingerschnippen.

Margorokk legte die Hände auf dem Rücken.

Er sah anders aus, hatte sich verjüngt. War durch die Sphäre der Welten gereist und hatte sich aus einer anderen Welt einen neuen Körper beschafft. Denn nach dem Desaster mit dem ‚Ding' und der Explosion der Fabrik, war der Meister auf der Suche nach einen besseren und vor allem jüngeren Körper kommentarlos verschwunden. Seit gestern war er wieder da und Margur hätte ihn beinahe nicht wiedererkannt. Nur der eiskalte Blick und die schneidende Stimme war geblieben.

"Wie gefalle ich Dir?", hatte Margorokk stolz gefragt. Und tatsächlich! Er war nicht nur jünger. Sein Gesicht erschien nicht nur freundlicher, der Bart und die Kopfhaare gepflegter, sondern er war auch um eine Hand größer.

"Eine gute Wahl", stellte Margur fest und schloss schnell noch ein, "Meister", an.

"Nicht wahr?" Zufrieden drehte sich der Meister vor Margur um die eigene Achse. "Mit dem alten Körper konnte ich mich kaum noch bewegen." Er sah an sich herunter. "Das war mal der Ritter irgendeines Fürsten gewesen. Ich habe bei dem Duell, bei dem es um ein Weib ging, ein wenig nachgeholfen. Und bevor mein ‚Gastgeber' gänzlich verschied, habe ich mir seinen Körper *geliehen*." Der Meister griente breit über das ganze Gesicht. "Die Angehörigen werden sich sehr gewundert haben, dass ihr Ritter unerwartet verschwunden war. Vielleicht glauben sie jetzt an eine Himmelfahrt." Er kicherte albern.

Später aßen sie zu Abend, und der Meister erzählte von seinen Reisen. Er konnte gut erzählen, detailgenau und blumenreich. Er goss Rotwein in die kostbaren Gläser, hob das seine an und machte mit dem Kopf eine auffordernde Geste. "Und nun zu Dir." Er hielt das Glas Margur entgegen. "Von heute an möchte ich, dass Du mich Vater nennst. Ich spüre, dass Du bereit bist, mir auf meinem Weg an die Macht über die Menschen zu folgen." Bevor er sein Glas an die Lippen setzte, sagte er noch: "Sohn." Dann tranken beide schweigend ein wenig des köstlichen Weines.

"Wie geplant, direkt nach Osten, Vater?", fragte Margur, um noch einmal sicher zu gehen.

"Genau nach Osten!", bestätigte Margorokk und stand auf. Er wedelte mit der rechten Hand und sagte einen kurzen Spruch. Das Abbild Sinis erschien plastisch, nur verkleinert, auf der Tischplatte. "Wir übertreten den *Somo* am Zusammenfluss mit dem *Sukogo*." Margorokk zog mit dem Finger eine gedachte Linie. "Dann immer am *Sukogo* entlang, über *Kushu-Gi* weiter geradeaus! Kushu-Gi wird uns genügend Material liefern, um die Verluste an Krulls auszugleichen."

Der Finger hatte Kogo erreicht und kreiste um die Hauptstadt Minorus. "Nachdem wir Kogo zerstört und auch dort genügend ‚Material' genommen haben, ziehen wir, ohne uns lange aufzuhalten, nach *Sono.*" Der Finger vollführte eine schnelle, gerade Bewegung und umkreiste anschließend das Abbild der Hafenstadt *Sono*. "Dort befestigen wir uns, lassen Galeeren und Transportschiffe bauen, Waffen herstellen und setzen über." Missmutig betrachtete er Margur, der sich noch kein Stück aus Margorokks Stuhl gerührt hatte. Enttäuscht setzte er sich auf einen anderen Stuhl. Dann lachte er keckernd. "Und bevor wir von hier verschwinden, habe ich noch eine Überraschung für die hiesigen Drachen."

"Und das wäre?" Es klang uninteressiert, obwohl es so nicht sollte.

Margorokk sah streng auf Margur. "Sag ich Dir später, Sohn."

"Entschuldigt, Vater. Ich war in Gedanken ..."

Margorokk schwieg beleidigt. Dann erkannte er, was Margur wollte. "Du willst wissen, wer das Heer führen wird?" Margorokks Augenbrauen hoben sich drohend. Er musterte Margur mit einem scharfen Blick.

"Ja."

"Du, mein Sohn. Du wirst das Heer in den Osten, nach *Sono* führen und alles vernichten, was sich Dir in den Weg stellt." Der Arm des Zauberers vollführte einen großen Bogen. "Nimm so viele Gefangene, wie Du kannst. Wir brauchen in *Sono* jede Hand und danach jeden Krull, den ich dort noch erschaffen kann."

Margur war aufgestanden. Damit hatte er nicht gerechnet. Eher damit, den Scheinangriff gegen Somo zu führen. Eine wichtige, aber undankbare Aufgabe. "Ich danke Euch, für die hohe Ehre, Vater." Margur verneigte sich tief.

Die Nacht verbrachte Margur bei den Truppen und trieb die Krulls und Gruuls an. Nach den Zerstörungen, die die Explosion in der Fabrik und im Feldlager angerichtet hatte, war es beinahe wieder in seinen alten Stand versetzt worden. Es war nicht einfach gewesen, die verschreckten Krulls einzufangen und zur Arbeit zu bewegen. Doch mit Gewalt und Zauberei gelang es den beiden Magiern die Ordnung wieder herzustellen. Die ehemalige Fabrik blieb als tiefer Krater zurück, der langsam mit Wasser vollief und einen Teich bildete.

Doch in den Höhlen in der Nähe der zerstörten Fabrik warteten immer noch zwanzig- oder dreißigtausend Krulls, er hatte noch nicht nachgezählt, darauf, geweckt zu werden! Eine mächtige Armee aus Fußvolk und gepanzerten

Reitern! Und die würde er, Margur (der Große?), führen, während der Meister sich in, um und vor Somo mit den Drachen herumschlug! *Auf nach Higashima, dass die Einwohner dort Geadir nennen!*

SABU, GEGEN JEDE TRADITION

Der Plan war einfach: Natürlich hätte man eine Schlacht suchen und führen können. Doch sowohl Sabu als auch Yukomi waren zum Erstaunen der Kommandeure dagegen gewesen. Duron war ursprünglich für eine Entscheidungsschlacht, doch er wurde überstimmt. Sabu wollte, dass mit ständigen blitzschnellen Überfällen und kleinen Kämpfen die feindlichen Truppen auf ihren Marsch an die Küste des Ostmeeres aufgehalten und geschwächt wurden. Erst kurz bevor der FEIND die Küste erreichte, sollte sich Sabus Heer dem Feind stellen, ihn ins Meer treiben und zerschlagen. So der Plan. Sie schätzten, dass sie noch zu wenige Krieger hatten. Es mussten mehr Fürsten beteiligt werden, wie zum Beispiel die Nyokos, Taichi oder Higishi!

Der Botschafter des Fürsten Higishi war vor Kurzem vorstellig geworden, mit der Forderung, Hoboke und Komo herauszugeben und der Warnung, sein Land weder betreten noch irgendwie anders streifen zu dürfen! Erstens: Die beiden Personen seien Verräter und hätten ihren Schwur auf das Haus Higishi gebrochen. Zweitens, warne der Fürst Sabu ernsthaft und nochmals nachdrücklich, sein Land auch nur andeutungsweise zu berühren. Er würde mit aller Härte reagieren. Sabu hatte lächelnd zugehört und den Botschafter zwei Tage warten lassen. Dann bestellte sie ihn bei sich ein und teilte ihm trocken mit: "Bestellt Fürst Hidaro-Higishi, er möge sich an den ehemaligen Fürsten Hikoku Asamoto erinnern und sich dessen Schicksal eindringlich vor Augen führen." Sabu gedenke nicht, führte sie weiter aus, zwei ihrer besten Berater, wem auch immer, auszuliefern. Nach ihrer Kenntnis und eindringlicher Befragung der Genannten, haben diese bei den guten Kami geschworen, keinen Dienstschwur geleistet zu haben. Im Übrigen sei Sabu nicht bereit, sich aufhalten zu lassen, wenn die Bewegungen des Feindes es erforderten. Sollte dabei das Land des Fürsten Hidaro-Higishi berührt werden, so täte es ihr leid. Sie hege keine feindlichen Absichten gegen sein Land, schon eingedenk des zweiten Axioms der sinischen

Gesellschaft. Die Fürstin wäre mehr als erfreut, wenn Fürst Higishi ihr keine Steine in den Weg legen und sich am Kampf gegen den FEIND mit seinen bescheidenen Mitteln beteiligen würde. Bei dem Wort "bescheiden" zog der Botschafter die Augenwülste in die Höhe. Im Übrigen sei sie bereit, für Schäden, die seinem Land durch Yukokoshima, nicht dem FEIND, aufzukommen! Damit schickte Sabu den Botschafter in sein Quartier. Er möge sich bereithalten.

Als er am anderen Tag das Heer Sabus besichtigen durfte, erkannte er, dass "bescheiden" noch ein schmeichelnder Begriff für das Heer Higishis war. Allein die Truppen Durons riefen großes Erstaunen beim Botschafter hervor. "Mit wem tut Ihr Euch zusammen, Euer Gnaden?", flüsterte er mit einem Seitenblick auf die Reihen der Unsterblichen, "Bei den guten Geistern!"

"Mit dem Besten, Exzellenz, was Sini derzeit zu bieten hat", sagte Sabu trocken. Dann war er abgeflogen, schweigend und nachdenklich, mit seiner Entourage im Schlepptau. Zwei Tage später kam ein Bote, der Sabu ein Schreiben von Hidaro-Higishi überbrachte.

"An Hita Sabu, Tochter des Hita Kenshoori usw. Grüße!

Ich freue mich, Euer Gnaden meine Hochachtung überbringen zu dürfen, mit der

Zusage, Euch mit allem zu unterstützen, was Ihr, die große Hita Sabu-oiiya, auch immer für notwendig erachtet. Die Sache mit Hoboke und Komo ist damit auch erledigt, Ich erinnere mich, keinen Schwur verlangt zu haben." Er versprach, seinen Sohn, Akano mit einer großen Truppe an Kriegern und Berittenen an die Grenze zu schicken. Sie solle, bitte, mitteilen, an wen Akano sich zu wenden habe. Und nach den üblichen Floskeln war damit der Diplomatie Genüge getan und Sabu konnte handeln, wie sie es brauchte.

Doch nicht nur Hidaro-Higishi machte zuerst Probleme. Tomi Taichi, immer noch zutiefst beleidigt über die Behandlung seiner Person durch Sabu und den Priestern während der Gerichtsverhandlung über Asamoto und dessen Familie, meldete sich durch Botschafter Imago. Der altgediente Diplomat trat anders auf; Nach, eine Ewigkeit dauernden Schmeichelei, kam er endlich zur Sache. Sabu seufzte erleichtert. Er sprach nie direkt, doch drückte er in Haltung, Ton und Wortwahl den Unmut seiner Gnaden, des *hikoshu-sham*, aus. Und auch versteckte Drohungen waren in seinen Worten enthalten. Aber er musste warten, wie jeder der vor Sabu getreten war. Und bei der Gelegenheit zeigten Kamino und Duron auch dem Botschafter Taichis Sabus Heer.

Mit unbewegtem Gesicht ritt Imago durch die Reihen der Truppenteile, die rund um Somo und an den Rändern des "verdorbenen Landes" lagerten, wie der vom Zauberer verwüstete Landstrich neuerdings genannt wurde. Bei den Unsterblichen verweilte Imago lange und schwieg. Als er zu guter Letzt die tausend Amazonen verließ, die ihm ein Beispiel ihrer Kampfkunst demonstrierten, zog er sich nachdenklich in sein Quartier zurück. Gegenüber Sabu äußerte sich Imago nicht mehr. Schweigend übernahm er von ihr das Antwortschreiben an Taichi, nicht ohne sich tief und ehrfürchtig vor der Fürstin zu verneigen.

Während Sabu noch mit Imago verhandelte, wurde ein Dragun angemeldet. Man teilte Yolo mit, dass er als Bote der *Bruderschaft des dunklen Pfades*, den *najano-ko* käme! Yolo sah den Diener befremdet an und empfing den Boten mit gemischten Gefühlen. Am liebsten hätte er ihn zu *akuma*[3] geschickt, da er sich offen als Vertreter der *Bruderschaft des dunklen Pfades* vorgestellt hatte. "Was wollt Ihr von meiner Herrin?"

Er solle, so erläuterte der Bote sein Anliegen, mit Fürstin Sabu-oiiya, der zukünftigen Tenni von Sini, über die Zukunft der Bruderschaft

---

[3] Teufel

verhandeln. "Persönlich! Wie ich bereits Eurem Sekretär erklärte, die Bruderschaft des dunklen Pfades bietet untertänigst der großen Hita Sabu ihre Hilfe an. Alles übrige müssen wir nach Möglichkeit unter vier Augen und Ohren mit Eurer Fürstin besprechen, Fürst Yolo."

"Dann muss ich euch bitten, zu warten, mein Herr. Die Fürstin spricht eben mit seiner Exzellenz, dem Botschafter des tonoo. Danach warten noch weitere Botschafter und etliche Boten"

"Wir können warten, Herr Yolo-oiyii", sagte der Bruder gelassen, "Hinterlasst eine Botschaft im *Haus des süßen Lotos.*" Yolo seufzte innerlich. Er hatte es nicht verhindern können, dass sich in Neu-Hita auch Häuser der Weidenruten angesiedelt hatten. Leider innerhalb der Stadtmauern und nicht draußen, wie er es gewollt hatte. Nun auch noch die najano-ko? "Gut. Ich muss Euch dennoch um Geduld bitten", sagte er mit unbewegtem Gesicht. *Und von mir aus könnt ihr warten, bis ihr vertrocknet seid.* Er hatte nichts mit diesen Leuten am Hut. Gleichzeitig dachte er, dass er seine Informanten auf die Bruderschaft ansetzen musste. Und Ken'ichi informieren! Er sollte schließlich wissen, wie weit sich die najano-ko in Hita festgesetzt hatten.

"Was soll ich mit den najano-ko?", fragte Sabu

ungehalten. "Sie sind allesamt Mörder und Diebe und was weiß ich noch alles. Jeder Fürst, der vernünftig ist, lässt die Finger von diesen Leuten, Yolo. Und Ihr wollt, dass ich mit denen rede?"

"Tut mir leid, wenn Ihr das so verstanden habt, Durchlaucht. Ich stehe ganz auf Eurer Seite."

"Hm", machte Sabu und stützte den Kopf auf die Hand. "Andererseits besteht vielleicht die Möglichkeit, diesem Spuk ein Ende zu bereiten. Was hattet Ihr für einen Eindruck, von diesem – Dragun?"

"Nun ja. Er war nicht maskiert oder so. Und sein Gesicht war offen und vielleicht sogar ehrlich."

"Aber er hat Euch nicht gesagt, was er wirklich will?"

"Nein."

"Ich muss nachdenken. Bitte ruft in einer Stunde den kleinen Rat zusammen, Yolo. Wir werden auch darüber beraten." Sie war aufgestanden. "Viel wichtiger jedoch ist, wie wir das Problem im Süden unseres Landes lösen."

Yolo dachte genauso. Die Invasion im Süden durch die Familie Kasumi und die Belagerung der Burg *higoshi* musste jetzt unverzüglich beendet werden. Sabu benötigte jedes Schwert hier im Norden und in Somo. Selbst die Verstärkung durch die Unsterblichen, davon war er überzeugt, würde gegenwärtig nicht reichen, den FEIND unter Kontrolle zu halten. Also war die Situation im Süden, zu Gunsten Sabus natürlich, zu bereinigen.

Es klopfte. Sabu sah unwillig auf. Nicht jetzt, wer auch immer… "Ja?"

Kamino schob die Türen zur Seite. "Ein wichtiger Besucher", meldete er, "Sehr wichtig!"

"Wer kann das sein?"

"Fürst Nyoko Aiki und sein Sohn Chiyoko."

FRIEDE IM NORDEN

Die ryuu-oiyi, die Aiki mitgebracht hatte, waren vor den Toren Somos geblieben. Ihnen wurde ein Platz zugewiesen, ausreichend entfernt vom Lager des FEINDES. Es musste vermieden werden, dass sie in die Auseinandersetzung Sabus mit dem FEIND hineingezogen wurden. Sie errichteten Zelte für sich und einen großen Pavillon für ihren Fürsten.

"Vorläufig", wie Sabu betonte. Sie schickte eine Ehrengarde zum Fürsten, mit der Auflage, allein zu ihr zu kommen. Gegebenenfalls würde sie auch Chiyoko empfangen, wenn der Fürst darauf bestehe. In der Zwischenzeit hatte sie es geschafft, sich zu baden, herzurichten, sich in die Rüstung zu zwängen und auf ihrem Podium in der großen Halle Platz zu nehmen. Kamino in goldener Rüstung und Duron in seiner martialischen schwarzen waren bei ihr.

Aiki und Chiyoko gingen den langen Gang zwischen den leeren Plätzen der Höflinge und Berater entlang. Sie versuchten eine stolze Haltung zu bewahren, aber ihnen war, ob des kühlen Empfanges und der leeren Halle reichlich mau im Magen. In angemessenem Abstand blieben sie stehen und verneigten sich kurz.

"Fürst Nyoko Aiki, Chiyoko-oiyii!" Sabu nickte. "Es ist mir eine Ehre." Zwei Diener kamen herein und stellten vor dem Fürsten und seinem Sohn Klappstühle auf. "Nehmt Platz."

"Fürstin Hita Sabu-oiiya." Aiki neigte nur kurz den Kopf. Sie setzten sich. Er holte tief Luft. "Wie wir erkennen konnten, befindet Ihr Euch immer noch im Krieg. Konntet Ihr das Problem Asamoto, äh, doch noch nicht lösen?" Er lächelte spöttisch, wie es Sabu schien. "Eure Truppenaufmärsche sind gewaltig. Wir danken Euch, dass Ihr dennoch die Zeit gefunden hattet, uns zu empfangen." Wieder eine knappe Verbeugung.

"Nun, geehrter Herr Nyoko, ich habe

hervorragende Heerführer und erfahrene Unterführer in meinem Heer. Auf die kann ich mich fest verlassen." Und um nicht zu sagen, *Ihr stehlt mir die Zeit*, formulierte Sabu: "Daher kann ich mich Euch widmen, mit ruhigen Gewissen. Und was meine Truppen betrifft, sie bewachen den FEIND, der wie eine Spinne in meinem Land hockt. Gegenwärtig bereitet sich ein Teil vor, dem Fürsten Tsakusi Mori und seinem ungezogenen Sohn, im Süden wegen ihres feigen Überfalls auf mein Land, eine Lektion zu erteilen. Wie wir das im Übrigen auch mit dem ehemaligen Fürsten Asamoto getan hatten. Nebenbei, das Problem, das solltet Ihr aber wissen, ist gelöst."

Aiki räusperte sich, er verfärbte sich tiefblau. Seine Schuppen stellten sich am Rücken und den Oberarmen auf. Verdammt! Warum wusste er noch nichts davon? Er sah kurz Chiyoko an. Der hob leicht die Schultern. "Wenn Ihr gestattet, reden wir später darüber, weil mich das als Verweser der sinischen Lande auch etwas angeht. Doch zuvor habe ich eine Frage, die mir viel wichtiger ist."

Sabu ahnte, was für eine Frage es sein wird. Sie blickte Aiki an und verzog keine Miene.

Aiki beugte sich ein wenig vor. Er fixierte Sabu. "Wir hörten, meine Tochter Akemi wäre bei Euch", er hüstelte, "zu Besuch?"

"Hita Akemi-imouto-shan, meint Ihr? Meine jüngere Lieblingsschwester?"

Aiki sah Sabu mit großen Augen an, während Chiyoko hörbar ausatmete. "Wenn wir von *derselben* Person sprechen, dann ist sie es wohl. Nyoko Akemi, *meine* Tochter, die dem *hikoshu-sham* zur Frau versprochen ist", knurrte Aiki und zog die Augenwülste zusammen.

"Und den sie nicht zu heiraten wünscht." Es war im Ton einer Feststellung gesprochen, doch klang eindeutig Ablehnung in Sabus Stimme mit. Eine Stille trat ein, die schwer wie Blei lastete. "Nun ja, da sie nunmehr *meine* Schwester ist, muss Taichi wohl mich fragen, oder?"

Der Fürst sah sich suchend um. "Sind wir unter uns, Sabu-oiiya? Wer hört noch mit?"

Sabu war erstaunt. "Nur meine besten Krieger, Aiki-oiyii, und zwei sehr, sehr enge Berater." Sie schnippte mit den Fingern. "Naeg und Lubomir von Higashima. Zwei Zauberer." Damit traten die beiden Zauberer hinter einem Paravent hervor und verneigten sich. "Könnt Ihr mir erklären, was Eure Frage zu bedeuten hat?"

Da Aiki zu lange darüber nachdachte, wie er antworten sollte, übernahm Chiyoko das Wort. Leise sagte er: "Wir sind erfreut, dass meine Schwester den Weg zu Euch gefunden hat, und noch mehr darüber, dass Ihr sie als Eure

Schwester aufgenommen habt, Sabu-oiiya."

Aiki sah seinen Sohn dankbar an und seufzte erleichtert auf. "Ich gestehe, dass es nicht mein Wunsch war, meine geliebte Akemi-imi[4] diesem Taichi zur Frau zu geben. Es beruhigt mich, sie bei Euch zu wissen, und unter Eurem Schutz." Aiki wollte zu einer längeren Erklärung ansetzen, doch Sabu stoppte mit einer Handbewegung den Fürsten: "Ich verstehe, Fürst Aiki. Und Ihr müsst mir nicht erklären, in welcher unangenehmen Situation Ihr Euch befunden hattet. Ich kann es Euch nachempfinden und bestätigen, dass Eure Tochter - sie ist es doch noch? - bei mir in Sicherheit ist und niemand, ich betone, niemand ihr etwas antuen wird."

"Nichtsdestotrotz, es ist eine komplizierte Situation!" Aiki war aufgestanden und begann unruhig hin und her zu gehen. Für einen Dragun ungewöhnlich. "*Najano-ko* könnten von Taichi ausgesandt werden, um sie zu töten. Glaubt Ihr, Sabu, dass Ihr meine Tochter gegen die Bruderschaft schützen könnt?"

Sabu überlegte, ob sie zuviel preisgab. Doch dann sagte sie: "Verlasst Euch darauf, dass auch die Bruderschaft Eurer Tochter nichts antun wird.

---

[4] -imi ist eine Form der Verniedlichung für eine besonders geliebte oder beliebte Person.

Genügt Euch mein Wort?"

Aiki und Chiyoko atmeten auf. Der Blick Sabus sagte Aiki alles. Er setzte sich. "Aus der langen Geschichte unseres Volkes kennen wir Erzählungen über Dragunas, wie Ihr es seid, die die Geschicke unseres Volkes mit Weisheit und mit Härte gelenkt hatten. Meine weisen Vorfahren haben die Herrschaft der Tenni immer unterstützt."

Aiki fühlte, dass sich in seinem Inneren eine Wandlung vollzog. Wodurch, konnte er schwer sagen, doch ein dringender Wunsch zwang ihn, aufzustehen. Einen kleinen Augenblick sah er Chiyoko an, der fasziniert Sabu ansah. Aiki war zum Podium gegangen. Hier kniete er nieder und legte seinen Kopf auf das Podest. "Die Familie Nyoko wird bedingungslos zu Euch stehen."

"Erhebt Euch, Aiki-oiyii, um der guten Götter Willen." Sie war zu Aiki gegangen, hatte seine rechte Hand genommen und zog ihn hoch. "Meine Freunde und alle aus meinem Volk werfen sich nicht vor mir auf den Boden, sondern sehen mich an." Sie standen sich nur einem Schritt gegenüber. "So erkenne ich, ob sie es ehrlich meinen. Und Ihr?"

Aiki sah Sabu fest in die Augen. "Ich meine es so!"

HIGORU KAWASAKE

Ein Rabe war eingetroffen. Er stolzierte vor Kawasakes Tür hin und her und krächzte was das Zeug hielt. "Ich komme ja schon!" Kawasake schob die Tür zur Seite. Sofort flog der Rabe auf und setzte sich auf den Arbeitstisch des Kommandanten. Er nahm dem Raben die winzige Kartusche ab und zog die Nachrichtenrolle hervor, rollte das winzige Blatt kostbaren Papiers auf. "*Macht Euch bereit! Es kommt die Stunde des Drachen. Sabu.*" Kawasake drehte die Nachricht zwischen den Fingern und rechnete. Seiner Schätzung nach, muss der Rabe drei oder vier Tage unterwegs gewesen sein. Der saß vor ihm auf dem Tisch und sah ihn mit seinen schwarzen Augen an, als wisse er, was in der Nachricht gestanden hatte. "Bringt dem Raben etwas Fleisch", befahl er einem Diener, "Und ruft die Unterführer zusammen. Sie sollen unverzüglich hier erscheinen." Endlich! Zu lange musste er den Wunsch nach Rache unterdrücken - und nur auf den Befehl Sabus, denn die Tradition zwang ihn eigentlich, sofort Maßnahmen zu ergreifen. Aber Sabu erklärte ihm die Probleme im Land, von denen er hier unten im Süden höchstens etwas geahnt hatte - Seine Zeit würde noch kommen! Sie würde es ihm rechtzeitig mitteilen. "Achtet auf das Zeichen: Die Stunde des Drachen!" Sehnsüchtig hatte er auf Sabus Nachricht gewartet. Und nun war der Tag gekommen! Und in ein paar Stunden wird Morikori erfahren, was es heißt, das Land zu verheeren und sein Volk zu unterdrücken!

Sie versammelten sich im sechsten Stock der Burg, in der großen Halle, in der Kommandant Kawasake arbeitete, aß und schlief. "Die Stunde der Rache ist heran!", verkündete er stolz. "Zu lange schon haben wir zusehen müssen, jetzt wird abgerechnet! Wenn das Zeichen gegeben wird, machen wir einen Scheinausbruch." Er klopfte auf die Karte mit der Umgebung der Burg. "Ihr, Gehadoki-oiyii, werdet den Ausbruch anführen!" Sein Zeigefinger zog einen Bogen vom Haupttor zum Wald. "Hier ist Morikoris Gefechtsstand. Greift an, aber achtet darauf, dass nicht zu viele Opfer unsererseits zu beklagen sind. Zieht Euch rechtzeitig in die Burg zurück, wenn der Widerstand zu heftig wird. Wir unterstützen Euch von den Mauern aus." Er sah sich unter seinen Unterführern um. "Ziel ist es so viel Feinde wie möglich an der Mauer und dem Tor zu konzentrieren. Indessen erfolgt der Hauptangriff der Armee unserer Fürstin aus dem Osten und von Seeseite her, aus dem Hafen *Kajabe* zur *Bucht von higishi*. Die Straße zwischen *Kajabe* und unserer Burg soll im Handstreich genommen werden. Die Truppen Fürst Ishi Makis führen den Angriff. Sie stoßen bis zum Belagerungsring vor, brechen ihn auf oder schließen Morikori ein. Bis dahin beschäftigen wir den Feind, auch nachts. Und erst wenn wir Ishis Heer sehen, stürmen wir mit allem was wir haben vorwärts und unterstützen den Angriff! Hotabe-oiyiis Reiterei übernimmt den Stoß nach Süden! Kasakos Fußtruppen folgen unverzüglich und entfalten sich ebenfalls nach Süden. Ihr treibt Morikori über die Grenze. Von mir aus könnt ihr ihm ein paar Meilen nach Akaya folgen. Schön wäre es, wenn Ihr ihn gefangen nehmen könnt. Lebend! Ich übernehme den Vorstoß in den Norden und stelle die Verbindung mit Maki her. Sowie sich die Lage um die Burg beruhigt, komme ich nach. Ich hoffe, es gelingt mir, Morikori persönlich zu stellen."

Eben ging die Sonne auf. Hell genug, um sehen zu können. Aus den tief fliegenden Regenwolken tropfte es seit dem gestrigen Abend unaufhörlich. Kein gutes Wetter für das Vorhaben, aber was sollte Kawasake machen? Immerhin hatte der Burgastrologe eine Wetterbesserung vorhergesagt! *Hoffen wir auf den versprochenen*

Sonnenschein, Morgen.

Morikoris Wachen standen missmutig hinter den Deckungen und beobachteten die Burg. Dort schliefen alle noch. Nur die Wachen gingen mit eingezogenen Köpfen und ebenso missmutig wie ihre Gegner auf der Mauerkrone hin und her. Nur waren die Belagerer noch missmutiger und unwilliger als die Verteidiger der Burg, denn sie fragten sich, was sie hier sollten. Hier gab es nichts, außer der Burg, die, wie einer der giftigen Igel, die überall herumschlichen, auf dem Hügel hockte und ihre Angriffe regelmäßig und blutig zurückwarf. Sollte Morikori in die Unterwelt gehen! Sie hatten hier nichts zu suchen und schon gar nichts zu gewinnen! Deshalb achteten sie auch nicht auf den Drachen, der die Burg von Ost nach West überquerte. Sie sahen auch nicht, dass er einen Stein in die Burg fallen ließ und bemerkten auch nichts von den Bewegungen innerhalb der Burg.

Dort schlichen Bogenschützen auf die Mauerkrone und positionierten sich hinter den Zinnen. "Lasst euch ja nicht sehen!", befahl Yohiro Geri flüsternd seinen Leuten. "Ich schlage jedem den Kopf ab, von dem mehr zu sehen ist als – Nichts! Verstanden?!" Seine Leute hatten verstanden. Sie hockten geduckt auf dem Boden, während die Wachen so taten, als wäre alles normal. Hinter dem Haupttor war inzwischen Hotabes Reiterei angetreten. Dahinter lauerte die Infanterie und wartete begierig darauf, vorzustürmen. Zu lange hatten sie unnütz warten und sich in mühselige Verteidigungshandlungen verstricken lassen müssen.

Gelegentlich schnaufte ein Pferd, ansonsten war es still. Alle warteten auf das Zeichen Kawasakes. Möglichst geräuschlos entfernten die Torwachen die mächtigen Balken, die das Tor gegen Angriffe von außen zusätzlich schützen sollten. "Leise!", flüsterten sie sich zu und stellten die Balken an die Mauer.

"Jetzt!", rief Kawasake und riss den Arm, den er bis dahin hochgehalten hatte, nach unten. Je drei Soldaten rissen die Torflügel auf und drückten sich gegen die mächtigen Mauern des Torturmes, um nicht von der Reiterei wie von einer Flutwelle fortgerissen zu werden. Und kaum waren die dreihundert Reiter durch, stürmte die Infanterie hinterher. "Hiiita!"

Die Überraschung konnte nicht größer gewesen sein als zu diesem Zeitpunkt. Die Reiter trafen auf einen völlig unvorbereiteten Feind, ritten die Wachen nieder und jagten geraden Weges auf das Zelt Morikoris zu. Wer sich den

Reitern in den Weg stellte, wurde niedergemacht, wer nicht bereit war ebenso, wie diejenigen, die noch in den Zelten lagen und schliefen oder eben erwachten. Der Reiterei folgte Kasakos Infanterie, die den wenigen Überlebenden den Rest gab.

Der Lärm der Reiter, das Waffengeklirr und die Rufe der Soldaten hatten Morikori geweckt. Blitzschnell war er auf den Beinen und hatte sofort nach seinen Schwertern gegriffen. Er rannte aus dem Zelt und erkannte die Gefahr, die ihm und seinem Heer drohte. So, wie er war, im Schlafkimi, sprang er auf sein Pferd, dass immer neben seinem Zelt stand und rief seine Adjutanten. Inzwischen hatte sich Widerstand organisiert. Die Überraschung der ersten Sekunden war überwunden. Während ein Teil von Morikoris Kriegern, noch ungerüstet, versuchte der Reiterei zu widerstehen, sprangen die anderen in ihre Rüstungen und rückten näher an Morikori heran. Der junge Fürst sah zufrieden, wie sich seine Leute organisierten, wie die Unterführer ihre Trupps zusammenriefen und um sich scharten. Jetzt zeigte sich, dass sich das jahrelange Training bewährte.

Der Angriff der Reiterei verlangsamte sich. Morikori sah, dass die feindlichen Reiter, wenn sie so weitermachten, bald von seinen Leuten eingeschlossen werden. "Macht weiter so", flüsterte er den feindlichen Rittern zu. Doch die ignorierten seinen Wunsch und machten urplötzlich kehrt. So schnell und organisiert, dass seine Leute kaum reagierten. Morikori kam nicht umhin, den feindlichen Kommandeur zu bewundern. ‚Gut gemacht‘, dachte er, während er sich suchend umsah. Aha, da war ja der Befehlshaber der Reiterei. "Hinterher!"

Kamini Lagoshi schlug die Faust vor die Brust. Er sprang auf sein Pferd und jagte zu seinen Reitern. Wenig später bahnten sich Morikoris Reiterei einen Weg durch das Chaos, das Kawasakes Reitertruppen hinterlassen hatten.

Doch jetzt formierte sich die feindliche Infanterie. Lange Speere stachen den Reitern entgegen. Ein unbeschreiblicher Lärm hub an; Dragune brüllten, Pferde wieherten oder schrien, wenn sie tödlich getroffen waren, Waffen schlugen gegeneinander und Männer starben. Es war der Klang des Krieges, den Morikori liebte. Er legte die Arme vor der Brust übereinander. Krieg! Tod! Es wird wieder ein Sieg sein!

"Herr?"

"Was ist?", fragte Morikori ungehalten und beobachtete fasziniert das Schlachten.

"Ein Heer naht sich aus dem Norden."

"Unsinn! Wo soll Sabu Truppen …? Ein *WAS* nähert sich?"

"Ein Heer. Ein gewaltiges."

SABU

Sabu hätte fröhlich sein sollen, sie sollte frohlocken, vor Freude aufschreien, aber so war es nicht. Vor ihr lag Hita, die Burg, die Stadt, hell, freundlich, sauber, schöner als je zuvor. Regelmäßig kreuzten sich die Straßen, deren Ränder mit jungen Bäumen bestanden waren. Es roch nach frischer Luft. Dragune liefen geschäftig hin und her, schoben Wagen oder trafen sich auf den Märkten um zu handeln. Nie war Hita so friedlich gewesen, so schön! Um die Stadt herum war bebautes Land. Es wuchsen wieder Pflanzen, Tiere grasten auf fetten Weiden und etwas weiter entfernt entstanden erste Wälder. Noch niedrig zwar, aber sie gaben Hoffnung.

Aber Sabus Herz war schwer. Wie eine Klammer umschloss die Sehnsucht nach ihrer Familie ihre Brust. Früher hatten sie oft ganz oben auf der Burg gestanden und über das weite Land gesehen. Und ihr Vater hatte erklärt, was sie sahen. Die Stiefmutter stand dabei, hielt sie an der

Schulter fest. Sabu wusste, dass ihre Stiefmutter nicht damit einverstanden gewesen war, dass sie eine Dame der Sonnengöttin werden sollte. Doch der Großvater, der sehr ehrenwerte Hita Kenoshi-Hagè, hatte darauf bestanden. So war es seit jeher in der Familie Hita gewesen; Von der vierten Tochter an wurden alle späteren Töchter Damen der Sonnengöttin und die Jungen Mönche. Das gleiche Schicksal stand auch Sabu bevor, wenn nicht der FEIND gewesen wäre. Nun war sie Fürstin eines der mächtigsten Länder Sinis.

Ein Rabe war gekommen. Er landete auf der Schwelle der offenen Schiebetür und sah Sabu schräg von unten an.

"Was hast du für mich?" Sie hielt den Arm ausgestreckt. Der Vogel flatterte auf Sabus Unterarm. Die Fürstin nahm die Kartusche von Bein des Vogels. "Danke, mein Lieber. Flieg zu deinen Freunden." Sie hob den Arm an und der Rabe flatterte krächzend in den Hof der Burg.

Mit zitternden Fingern entrollte Sabu das feine Stück Pergament. In winziger Schrift stand dort geschrieben: *"Meine Fürstin, Grüße! Dein Heerführer meldet: Wir sind wieder Herr über den Süden. Tsakusi Morikori hat sich selbst entleibt, bevor er gefangen genommen werden konnte.*

Herrin. Wir brauchen Euch hier in Somo. Der

FEIND rührt sich. Wir warten auf Euch. Yukomi."

Oha! Yukomi hatte sich kurzgefasst! Ein Zeichen dafür, wie dringend er sie unten in Somo benötigte. Sabu winkte einem Diener. "Sagt bitte Graf Yolo und Drac Duron Bescheid, dass ich sie unverzüglich hier oben sehen möchte."

Und während sie wartete, dass die Gerufenen erschienen, blickte sie nach Norden. Dort lag Shoushima. Das Land des ehemaligen Fürsten Asamoto. Seit der Verbannung Asamotos herrschte der Präfekt Gotubi Katsuo über das Land. Die kami der Verstorbenen der Familie Hikoku hatten den Schwur des Präfekten auf den kano-i'iyo wohlwollend angenommen. So sagten es die Priester aller Orden, die natürlich bei der Zeremonie zugegen waren. Seitdem nennt sich Gotubi *Hikoku Gotubi Kato*. Alle Daimios und die Beamten des Hauses Hikoku erneuerten ihren Treueschwur auf die Familie und die Person Hikoku Gotubi Katos. Eine endlos lange Zeremonie, die Sabu nur mit großer Selbstbeherrschung über sich ergehen liess. Im Stillen bewunderte sie die Priester der Tempel, die mit stoischer Ruhe seit Stunden stehend jeden Schwur bestätigten, indem sie Gebete sangen oder Glöckchen und kleine Schellen schlugen. Zur Feier des Tages gab Kato ein Festessen, das im Hof der Burg Hikoku stattfand. Mittelpunkt des ganzen Festes war natürlich Sabu, die sich lieber zurückgezogen hätte. Doch sowohl Kato als auch ihre Freunde bestanden darauf, dass sie bliebe. So saß sie leicht erhöht neben dem ehemaligen Präfekten, der sie immer wieder ansah.

"Was ist, Kato-oiyii?", fragte sie endlich, weil es ihr langsam unheimlich wurde. *Warum sind Dragunas so*, fragte sie sich unwillkürlich und straffte die Schultern.

"Ich – bewundere Euch – Sabu-oiiya." Er hob abwehrend die Hände. "Bitte versteht mich nicht falsch. Ich bin glücklich – wirklich! - glücklich liiert. Ich bewundere Eure Kraft, Euer Selbstvertrauen und Euer Selbstverständnis. Bringt Euch denn nichts aus der Ruhe?" Er verbeugte sich leicht und lächelte dabei.

Sabu staunte. Sah es wirklich so aus, als wenn sie keine Zweifel kannte. Als wenn sie sich aller Dinge sicher war? "Ihr irrt Euch", sagte sie endlich. "Ich *habe* Zweifel, Ängste, Bedenken. Das muss so sein. Wie kann ich Entscheidungen treffen, wenn ich sie nicht durchdenke. Doch das Wichtigste ist, dass ich Freunde habe, die mich beraten, die kritisieren dürfen und sollen. Die selbstlos sind." *Jedenfalls bis jetzt*, dachte sie und runzelte die Stirn.

Kato musste es gesehen haben. "Dennoch. Ihr seid so, wie die Geschichten und Sagas unseres

Volkes die Tenni beschreiben: Stark, heldenhaft, siegreich. Und Ihr seid der mächtigste Fürst von Sini."

"Stark, heldenhaft, siegreich? Mächtig? Denkt an die Geschichte der *Tenni Nezimi-Kanna*, die man Graurücken nannte, und *Isomazui*, eine Freundin der *Nezimi-Kanna*. Sie waren Freundinnen, bis eines Tages *Isomazui* an die Macht wollte. Sie ließ *Nezimi* wegen Hochverrats gefangen nehmen und hinrichten, und sich zur Tenni, der Herrin über alle Drachenwesen, ausrufen. *Isomazui* wird von aufständigen Drachen gefangengenommen und an einem Felsen am Berge *Niiyokio* auf der Dragoninsel angekettet." Sie seufzte. "Macht ist gefährlich. Sie macht blind, versperrt die Sicht auf die, die man beherrscht oder glaubt zu beherrschen. Sie verleitet vom Gebrauch zum Missbrauch. Bis man eines anderen belehrt wird. Wie sagten es mir die weisen Schwestern der Sonnengöttin? Überschätze Dich nicht! Die Macht hat ihren Ursprung nicht in der Stärke, sondern in der Schwäche."

Kato stutzte. "Verzeihung, Sabu-oiiya. Ich wollte Euch nicht zu nahetreten."

"Schon gut, Kato-oiyii." Sabu verneigte sich tief.

"Dann wollt Ihr nicht Kaiserin von Sini

werden?"

"Daran habe ich nie gedacht. Wie kommt Ihr darauf?"

"Man spricht allenthalben davon. Es soll Fürsten geben, die sehr dafür wären."

"Es ist mir bekannt, dass es diese Partei der Kaiserlichen gibt. Aber, verzeiht, das ist doch nur Spintisiererei!"

Kato wiegte mit dem Kopf. "Es steckt immer ein Körnchen Wahrheit darin."

"Aber was soll es nutzen? Was kann sich durch die Herrschaft eines Tenno oder einer Tenni ändern? Wird es dann besser?" Sie sah Kato ernst an.

"Was Ihr auch tun werdet, Sabu-ooiya, es wird in die Annalen der Geschichte als große Tat eingehen", rief Kato begeistert aus. „Es wird ein neues Kapitel ins Buch der Geschichte Sinis geschrieben!"

"Die Geschichte schreiben immer die Sieger, Kato. Wir befinden uns noch deutlich in der Position des Verlierers, wenn wir nichts unternehmen."

Sabu wurde aus ihren Erinnerungen in die Realität zurückgerufen.

„Meine Fürstin?" Es war Yolo. Und gleich darauf trat Duron ein. Schweigend grüßte er Sabu und sah sie erwartungsvoll an.

„Hört zu. Wir fliegen unverzüglich nach Somo. Doch zuvor machen wir einen Abstecher zur Burg *higoshi*." Und da ihre Berater sie immer noch fragend ansahen, erklärte Sabu: „Wir sammeln die dort herumlungernden *ronin* und die Gefangenen ein und lassen sie auf den kano-i'yoki schwören."

DER LANGE MARSCH

So lautete der Plan des schwarzen Magiers und so wurde es getan: Kurz vor Morgengrauen des dritten Tages im siebten Monat des Jahres der *mosu* marschierten seine Truppen auf. Sie teilten sich, in einen Hauptteil, der in breiter Front nach Osten schwenkte und einem kleinen Heer von dreitausend Kriegern und Berittenen, das Somo angreifen und vom Abmarsch des Hauptteils ablenken sollte.

Margur übernahm die Führung des Hauptteils. Stolz ritt der junge Zauberer auf einem riesigen schwarzen Krull-Pferd an der Spitze des Heerwurms. Ihm folgten dreißigtausend Krulls zu Fuss, fünftausend Berittene und ein Tross von zweitausend Krulls und *Gruuls*. Ein Großteil stammte aus den geheimen Kavernen Margorokks, um die Verluste vor Somo zu ersetzen. Margur ärgerte sich, dass der Alte ihm nicht verraten hatte, wo diese Kavernen liegen. Nur, dass es solche gab, und er dort Krulls züchtete. *Aber das werde ich schon herausbekommen*, dachte er, *denn schließlich muss ich einmal das Erbe übernehmen - Hoffentlich recht bald.*

Sie hatten alles stehen und liegen lassen, was sie auf dem Marsch beschweren könnte und trugen nur leichtes Gepäck. Belagerungsmaschinen, Wurfgeräte, Rammen, bis auf einen kleinen, notwendigen Bestand, verbrannten zu Asche. Der Befehl des Meisters lautete: Schnell Sono erreichen und unterwegs so viele Gefangene wie möglich machen. Ja, eine reiche Ernte würde er einbringen!

Einen anderen Teil der Ausrüstung aber brauchte Margorokk für seinen Scheinangriff auf Somo. Rechtzeitig ließ er das, was er dachte einzusetzen, sicherstellen. Gleichzeitig mit Margur gab Margorokk das Zeichen zum Aufbruch. In breiter Front stürmten seine Krulls, endlich losgelassen, mit Gebrüll und waffenschwenkend und in ungeordnetem Haufen auf Somo zu. Doch er hatte nicht vor, Somo zu erobern. Das wäre illusorisch gewesen! So hoffte er, nachdem seine Krulls genügend Aufregung verursacht hatten und sich der feindliche Heerführer auf ihn konzentrierte, den Angriff rechtzeitig abbrechen zu können, um dann schnell dem Hauptteil seines Heeres zu folgen. Um sich selbst machte er sich weniger Sorgen, er war Zauberer. Ob er aber einen großen Teil seines Heeres mitnehmen konnte, stand noch in den Sternen.

Erst als seine Geschöpfe dicht vor den Hindernissen der Verteidiger waren, liess er die Reiterei los. Gleichzeitig marschierten die Truppenteile mit den Belagerungsmaschinen vorwärts. Er beobachtete gespannt, wie die Vorposten des Gegners aufsprangen und nach Somo liefen. *Lauft nur,* dachte er. *Lauft und gebt Alarm. Es wird euch nicht helfen.* Er wirkte einen Zauber. In seiner Hand sammelte sich Materie zu einem Klumpen, schwer wie Blei. Dann sprach er einen Spruch. Der Klumpen stieg steil in die Luft, formte sich zu einer Kugel und schoss kreischend auf die Burg von Somo zu.

Es dämmerte noch, als sich unter großem Getöse die Hauptmacht am Somo entlang nach Osten in Bewegung setzte. Die Vorhut, der

Margur unmittelbar folgte, traf auf leeres Land. Niemand stellte sich ihnen entgegen. Sich nach allen Seiten misstrauisch umsehend, ritten die Krull-Krieger weiter und übertraten den Belagerungsring. Margur war irritiert. Er hatte mit Widerstand der Belagerer gerechnet und an die Spitze seiner Streitmacht die besten Krieger gestellt. Sie stießen vor - ins Nichts. Niemand hielt sie auf, niemand war zu sehen. An einigen Stellen waren noch die Reste der Belagerungsanlagen zu erkennen und hin und wieder trat ein Krull auf eine Falle, wurde getroffen und zerfiel zu Staub. Doch das Heer marschierte wie eine hundert Schritt breite Walze unangefochten weiter, betrat das freie Land und trampelte alles nieder was im Weg stand. Viel war es nicht; Verbrannte Weiden, abgeerntete Felder, abgeholzte Obstbäume, niedergerissene Häuser, weit und breit kein Dragun. Aber hinter dem Heer brannten noch lange die Reste des Lagers auf mehreren Scheiterhaufen.

Die Drachen des Feindes kreisten über ihnen und beobachteten den Zug. Doch sie griffen nicht an. Sie hielten einen achtungsvollen Abstand, um nicht von den Pfeilen der Drachenscorpione und den Blitz-Maschinen Margorokks getroffen zu werden.

"Diese feige Bande!", rief der Centurion der

Ersten Kohorte, ein Eigeborener, der von Anfang an dabei war. "Zu feige, sich uns zu stellen!"

Margur aber hatte diesen Knoten im Bauch, seit sie den Belagerungsring hinter sich gelassen hatten. *Was*, so fragte er sich, *hat der Gegner vor? Sollte er so feige sein, statt alles zu unternehmen, um ihn aufzuhalten, immer nur ausweichen und zurückziehen?* So ganz glaubte Margur nicht daran. Dahinter steckte ein Plan!

In Wirklichkeit war es auch so: Bis an die Grenze nach Minoru, bis zum Wald von *Kusu-Gi* hatte Sabu alles abräumen oder vernichten lassen, was dem FEIND in irgendeiner Weise dienen konnte. Die Bauern und Handwerker, die nicht in der Armee dienten, hatte man nach Hita oder Fuko und Umgebung befohlen. Ebenso die Familien der Krieger. Man versprach ihnen Steuerfreiheit für zehn Jahre und Befreiung vom Militärdienst, wenn sie sich auf Dauer ansiedeln würden. Schon vor Wochen waren sie mit Sack und Pack abgezogen, nicht ohne sehnsüchtig nach ihrer Heimat zurückzublicken und hin und wieder ein Träne zu vergießen. Doch die Versprechungen auf ein besseres Leben, erleichterten ihren Abzug, obwohl viele planten, nach dem Krieg gegen den Zauberer, zurückzukehren.

Davon wusste Margur nichts. *Es sind wohl doch feige meharr!* Er befahl seinen Leuten, in

Gruppen nach rechts oder links auszuschwärmen, um nach Beute zu spähen. Doch die kamen entweder mit leeren Händen oder überhaupt nicht mehr zurück. Enttäuschung machte sich auf Margurs Gesicht breit und in seinem Magen drückte es heftiger. *Wenn das so weitergeht, verhungern meine Krieger oder fressen sich gegenseitig auf.* Er hob die Schultern und hoffte auf das Nachbarreich, Minoru, dessen Fürst ganz sicher noch keine Ahnung von ihrem Aufbruch nach Sono hatte. Aber bis dorthin war es noch ein langer und weiter Weg und das Heer kam einfach zu langsam voran. "Treibt die Kerle im Tross an!", rief er einem seiner Adjutanten zu, "Wir müssen das Überraschungsmoment nutzen!" Der Krull salutierte, wendete seinen Gaul und stürmte an das Ende des Zuges.

Margur spürte Zweifel. Zweifel an den eigenen Kräften. Zweifel, die nach der Explosion und seinem Erlebnis mit dem feindlichen Zauberer in der Fabrik aufkamen. Er war sich nicht mehr so sicher, dass die ganze Sache gut für ihn ausgehen wird. *Bis jetzt läuft es ja*, machte sich der junge Zauberer Mut. *Und wenn es Schwierigkeiten gibt? Ich kann, was mein Meister auch kann! Und um meine Probleme schnell zu lösen, kann ich mehr!* Er hatte Durst. Es stand noch ein langer und bestimmt auch beschwerlicher Marsch vor ihm und dem Heer. Mit einem Zug trank er die ganze Flasche verdünnten Weins leer.

Der jaulende Blitz zerstob kurz vor den äußeren Mauern Somos und rieselte als graue Staubwolke zu Boden. Margorokk ärgerte sich. Also waren *doch* Zauberer von der Insel beim Gegner! Er brauchte etwas Anderes, etwas Mächtigeres. Während er noch grübelte und abwog ein wenig Wetter zu machen, waren die Angriffsspitzen stecken geblieben. Sie kamen nicht vorwärts, denn Erdfallen, sich unerwartet aufrichtende angespitzte Pfähle und der Beschuss mit Steinen, Eisenteilen und Feuer dezimierten die Krulls zu hunderten. Sie strebten, wie es ihre Art war, und solange sie noch einen Kopf und brauchbare Gliedmaßen hatten, vorwärts, selbst wenn sie auf der Stelle traten. Dann stiegen sie über die kopflosen Leichen ihrer Kameraden, bevor diese zu Staub zerfielen, und zertrampelten die Verwundeten. Ein Pfeilregen ging auf sie nieder, doch sie waren nicht zu bremsen. Sie wurden von Kampfdrachen angegriffen, die mit weit ausgefahrenen Krallen dicht über der Masse der Krieger flogen, einzelne herausgriffen und in der Luft zerrissen. Andere spien lange Feuersäulen auf die Angreifer. Feuer tötete die Krulls so effektiv, wie abgeschlagene Köpfe oder herausgerissene Herzen. Margorokk reckte den Hals. Von seinem Hauptheer war kaum noch etwas zu sehen, die mächtige Staubwolke, die das Heer aufgewühlt hatte, sank langsam zu Boden. Der Ring des ehemaligen Lagers zeichnete sich auf dem Boden ab, Feuer brannten noch, überall lagen Müll und zurückgelassene Ausrüstungen herum. Es ging auf Nachmittag zu. Margorokk riss sich vom maroden Anblick los. Zeit, sich zu verabschieden! Er wob noch einmal einen Zauber. Dunkle Wolken erhoben sich über Somo. Ein mächtiges Gewitter begann zu toben und der Boden bebte. Das müsste genügen! Margorokk löste sich einfach in Luft auf, während sein Zauber einen Teil der äußeren Burgmauer niederlegte, auf den die letzten verbliebenen Krulls wütend zustürmten.

Im letzten Moment konnte Margur die kostbare Glasflasche auffangen, aus der er eben getrunken hatte.

"Nun, Sohn, wie steht es?" *Der Meister!* Er ritt neben ihm, als sei es das normalste der Welt. "Vater?!"

Der Schwarze saß auf einem schneeweißen Pferd. Es war riesig, acht Fuß hoch, hatte einem mächtigen Kopf, auf dem ein einziges, zwei Ellen langes Horn prangte. Eine tiefschwarze Mähne reichte bis in Brusthöhe und der Schweif bis zum Boden. Die Vorder- und Hinterhände waren dick wie Baumstämme. Es schnaufte und schüttelte widerspenstig den Kopf und rollte mit den roten Augen.

"Meine neueste Schöpfung", verkündete der Zauberer stolz.

"Sehr schön." Margur runzelte die Stirn. *Wir haben andere Sorgen, Vater.* "Wie steht es vor Somo, Vater?"

Der Magier winkte ab. "Den Verlust werden wir wieder ausgleichen, mein Sohn." Er lachte. "Die werden noch eine Weile damit beschäftigt sein, sich meine schwarzen Krieger vom Hals zu halten." Tatsächlich hatten es hunderte Krulls geschafft, bis an die Mauern vorzudringen. Eine andere Truppe, an die zweihundert, waren noch in Tunneln unterwegs, die direkt unter Somo führten. Das wird eine schöne Überraschung!

"Schnappe Dir ein paar Reiter – Eigeborene! Nicht mehr als hundert Reitet vor und späht das Land vor uns aus. Und wenn Du nebenbei ein paar Gefangene machen kannst, schick sie dorthin, wo ich gesagt hatte."

"Danke, Vater. Danke, dass Du mir vertraust. Ich werde Dich nicht enttäuschen!" Margur ritt an. "Hey!", rief er, "Ihr da, folgt mir!" Und Margorokk sah hinterher und dachte bei sich, *Ich*

hoffe es, Sohn, dass Du mich nicht enttäuschst.
Dann drehte er sich um. "Du da! Bist Du ein Eigeborener?"

"Ja, Meister."

"Dann bist Du ab jetzt mein Adjutant. Wie heißt Du?"

Es war eine blutige erste Nacht. Wie Geister tauchten Reiter aus dem Nebel auf. Schweigend, nur das dumpfe Trommeln der Pferdehufe war zu hören und das Klirren der Waffen. Mächtige Schwerter schwingend, stießen sie durch die ersten Reihen der ruhenden Krulls und erschlugen jeden, den sie auf ihren Weg trafen. Und verschwanden. Dann erschienen sie an einer anderen Stelle, töteten, und verschwanden, um wieder von der nächsten Seite anzugreifen. Wieder starben hunderte Krulls. Sie lagen kopflos auf dem Boden und zerfielen zu Staub. Nur die wenigen Verwundeten erholten sich in kurzer Zeit wieder. Sie schrien und tobten, wollten den Geisterreitern hinterher und konnten nur mühsam zurückgehalten werden.

Am anderen Morgen marschierte das Heer weiter. Tausenddreihundertsieben Krulls fehlten. Es waren nicht viel, wenn man den Verlust auf das ganzer Heer rechnete, aber sie fehlten dennoch. Margorokk machte sich ein wenig Sorgen. In der nächsten Nacht würde er persönlich aufpassen. Und wehe den Geisterreitern! Auch von dem Tross und der Nachhut hörte Margorokk nichts Erfreuliches. Auch hier waren feindliche Reiter in die Reihen eingebrochen und hatten hunderte Krulls getötet.

Dazu die Nachrichten von der Vorhut. Margur meldete Verluste in einer Höhe, die ebenfalls nicht begeisterte. Und in ihrer Hauptrichtung fänden sich weder Nahrung noch Opfer. "Es ist leer hier, wie in einem hohlen Zahn", verkündete Margur. "Ich brauche noch mehr Leute."

"Das war zu erwarten. Warte, bis wir durch den Wald und über der Grenze nach Minoru sind."

"Verzeiht, Vater, wir werden angegriffen." Die Verbindung brach ab. Für eine Sekunde dachte Margorokk daran, seinen Sohn zu unterstützen. Doch dann setzte er sich in seinem Sattel zurecht. *Soll er mal machen. Er wird es schon schaffen.*

HOBOKE

Mit einem dreihundert Mann starken Bataillon aus Sabus Garde marschierte Hoboke die Straße am Sukogo entlang nach *Kusu-Gi*. Die hier stationierte Garnison, die eine leere Stadt und Burg zu verteidigen hatte, übernahm Hoboke auf Sabus Befehl in seine Truppe. Daimio Jabo von *Kusu-Gi* sollte unverzüglich nach Somo fliegen, um sich bei Sabu zur weiteren Verfügung zu melden. Daimio Jabo war davon nicht begeistert, fügte sich aber dem Befehl. Und Hobokes Garde hatte sich nochmals um dreihundert Kämpfer erhöht.

Hinter *Kusu-Gi* zog Hobokes Truppe am Nordostufer des Suko-Sees entlang, weiter den Sukogo aufwärts, bis sie am Morgen des dritten Tages die Grenze nach Minoru erreichten. Hier lagerten sie an einem Bach und warteten auf das versprochene Heer des Fürsten Hidaro Mikiri von Minoru.

Am Abend des zweiten Tages brachte die Wache einen prächtig gerüsteten Drac mit zehn Kriegern vor Hobokes Zelt.

"Akano-Inni, Heerführer von Minoru", stellte sich der Drac vor. "Mein Vater sendet Grüße." Er nickte kurz. Hoboke saß bequem vor seinem Zelt auf einem Klappsessel. Langsam stand er auf und baute sich vor Akano auf. "Masaro Hoboke, Kommandeur der Sondergruppe unserer Fürstin Hita Sabu - Euer Empfangskomitee sozusagen. Willkommen, Akano-Inni."

Er wies mit der Hand auf das Zelt. "Tretet ein,

nehmt Platz."

Akano verneigte sich. "Danke Hoboke-oiyii."

Schweigend betraten Ordonanzen das Zelt und servierten Getränke und einen Imbiss. "Kümmert euch um die Begleiter unseres Gastes!", befahl Hoboke.

Akano-Inni war der Erstgeborene Fürst Mikiris. Ungerne hatte er seinem Sohn den Befehl über das, seiner Ansicht nach, mächtige Heer von Minoru gegeben. Hin und her hatte Mikiri überlegt und abgewogen. Dann hatte er sich entschlossen, Akano doch Hoboke zu unterstellen. "Mach Dich fertig, Akano. Du wirst an die Grenze marschieren. Und zwar schnell." Es gab keinen großen Abschied, denn es war stockfinstere Nacht und außerdem sollte nicht jeder wissen, dass ein Kriegsheer zur Grenze unterwegs war.

Während des Essens schwiegen sie und nachdem sie getrunken und einige Bissen Fleisch zu sich genommen hatten, fragte Hoboke: "Was bringt Ihr uns, Akano-oiyii?"

"Eintausend Fußkrieger, zweihundert Ritter und fünf Drachenreiter, mich eingeschlossen!", verkündete Akano stolz, und übergab Hoboke eine Depesche. "Ein Brief meines hohen Vaters. Ich soll ihn Euch sofort übergeben."

Geizvettel Mikiri, dachte Hoboke, denn er

wusste, dass der Fürst mehr zu bieten hatte als eintausend Fußkrieger, von denen mindestens zwei Drittel zum Heer gepresste Bauern waren. Nicht gerade das, was er sich erhofft hatte. *Nun, wir werden sehen, was die Zukunft bringt*, dachte er pragmatisch. Er nahm das Schreiben entgegen. "Danke. Ich werde den Brief später lesen."

Hoboke erkannte an der Verfärbung Akanos, dass der Junge aufgeregt war. Er verzieh ihm einige der vorhergehenden Unhöflichkeiten. Doch als Führer einer Streitmacht von tausendzweihundert Mann war er ganz gewiss zu jung und unerfahren. "Darf ich Euch fragen, wie alt Ihr seid?"

"Vierzehn, Herr."

"Vierzehn? Noch sehr jung, für einen Heerführer."

"Mein hoher Vater hat mir befohlen, dass ich mich Euch zu unterstellen habe."

Die Götter seien gepriesen! Abgesehen davon, dass er sowieso Hoboke unterstellt war. Mikiri hatte sich verpflichtet am Kampf gegen den schwarzen Magier unter Sabus Kommando teilzunehmen. Aber Akano war entschieden zu unerfahren. "Das freut mich, mein Freund – ich darf Euch doch Freund nennen?" Akano-Inni nickte stolz. Was Hoboke nicht wusste, dass der Fürst in den höchsten Tönen von Hoboke gesprochen hatte. Trotzdem er sein Versprechen, für Fürst Mikiri zu spionieren, bisher nicht erfüllte. "Hoboke-oiyii ist ein begnadeter Schwertkämpfer und Stratege. Achte auf ihn, hör aufmerksam zu und lerne!"

"Ich bin zutiefst geehrt, mein Fürst."

"Lassen wir es bei Hoboke, mein Freund." Hoboke hob seinen Trinkbecher. *Es ist wichtig, dass der Junge zu mir Vertrauen hat und gerne lernen will.* "Leeren wir den Becher auf unsere Freundschaft." Er lächelte. "Ich bin Deinem Vater noch etwas schuldig. Vielleicht kann ich es an Dir wieder gutmachen."

"Kannst Du mir die Kunst des Kusa-Ki beibringen?"

"Gerne. Und noch mehr." Hoboke dachte an die Lehrstunden bei seinem damaligen Schwertmeister. "Strategie und Taktik sind nicht nur Worte!", hatte er den versammelten Schülern erklärt, "Sie sind das Rüstzeug eines guten Kommandeurs. Wenn er auch nur eine Seite außer Acht lässt, hat er verloren!"

"Von nun an bleibst Du an meiner Seite - nicht nur als mein Schüler, sondern auch als mein Vertreter. Und", er sah an Akano herunter, "hast Du auch etwas Einfaches zum Anziehen. Ich meine Deine Rüstung?"

Akano wurde gelb. "Ja, schon. Ich dachte, ich

wollte …"

"Lektion eins: Wenn Du in den Krieg ziehst, dann rüste Dich auch für den Krieg."

"Ich werde sofort etwas Anderes …"

"Warte! Das hat noch Zeit." Er wandte sich an einen Soldaten: "Sorg dafür, dass das Zelt von Akano-oiyii neben meinem aufgestellt wird."

"Aiya!" Der Soldat schlug sich auf die Brust und verschwand.

Akano sah erstaunt auf. "Was macht der da?"

"Was meinst Du?"

"Ich meine, äh, er sollte sich auf den Boden werfen!"

"Nicht in Yukokoshima und nicht bei mir, mein Freund! Es ist der ausdrückliche Befehl der Fürstin. Sie sagte: Ihr seid Krieger, keine Sklaven!"

"Das heißt also – ah! Ich verstehe! Und es gefällt mir!" Akano war aufgestanden, stellte sich mit stolz geschwellter Brust vor Hoboke auf und rief: "Erlaubt, mein Heerführer, dass ich mich zurückziehe und meinen Leuten die neue Situation erkläre?"

"Erlaubnis erteilt. Und kleide Dich um. Wir können jederzeit mit dem Feind in Berührung geraten. Bestellt dem Adjutanten, dass ich in einer halben Stunde alle Unterführer hier sehen will. Geht, Akano!"

Akano schlug die Faust vor die Brust, wie er es bei dem Soldaten gesehen hatte. "Aiya! Zu Befehl!"

Das Spiel scheint ihm zu gefallen, dachte Hoboke, *wir werden sehen, wenn er das erste Mal auf den FEIND trifft.* Er griff nach der Schriftrolle, erbrach das Siegel und rollte es auf.

"*Hoboke-oiyii, Grüße! Es schreibt Mikiri, Fürst von Minoru.*" Na, das klingt ja ganz freundlich. Mal sehen, was noch kommt. "*Ich sollte Euch mit Vorwürfen überschütten, Hoboke, weil Ihr Euer Versprechen nicht eingehalten, ja, weil Ihr mich eigentlich verraten hattet, denn ich hatte mich sehr auf Euch verlassen.*" Tut mir auch leid, Mikiri, aber was soll man machen, wenn man einer Draguna, wie Sabu begegnet? "*Inzwischen habe ich genügend Informationen über Euch und Sabu erhalten, dass ich Eure Dienste nicht mehr benötige. Ich bin Euch, schon um der alten Zeiten Willen, immer noch verbunden, weil ich spürte, nein, weil ich weiß, dass Ihr ein ehrlicher Kerl seid und sicher dem Zauber der Fürstin vom ersten Moment an erlegen ward. Jedenfalls kann ich mir das aus eigenem Augenschein vorstellen. Mein Botschafter berichtete umfassend über die Fürstin und ihrem ganzen Hofstaat, zu dem ihr ja nun auch gehört. Sie hat großes Vertrauen in Euch, verspielt es nicht!*" Da hat er Recht. Ich bin

Sabu zutiefst verbunden. *"Nun zu meinem Sohn: Er ist noch jung und unerfahren. Er hat Flausen im Kopf und träumt von Heldentum und großartigen Siegen. Ich bitte Euch, nehmt ihn unter Eure Fittiche, passt auf ihn auf und macht aus ihm einen guten Soldaten. Er soll einmal mein Erbe aufnehmen."* Das werde ich, mein Fürst. *"Ich habe Euch tausend Krieger gesandt und eine Schwadron Reiter. So viel, wie ich in der gegenwärtigen Lage entbehren kann. Meinen Nachbarn tropfen schon die Lefzen, in der Hoffnung Minoru im Handstreich übernehmen zu können. Dem muss ich etwas entgegenzusetzen haben. Mögen die guten Kami uns beistehen.*

Hidaro Mikiri von Minoru

P.S. Sobald ich kann, werde ich Euch aufsuchen. Zuvor muss ich jedoch unsere Grenzen sichern." Das ist neu! Wer sollte an Minoru interessiert sein? Nyoko Aiki aus dem Norden? Lhagotshi Masakura? Ich werde einen Raben zu Sabu schicken. Sie muss das unbedingt erfahren! Das Letzte, was sie jetzt brauchten, wäre ein Mehr-Frontenkrieg

Es summte. Hoboke sah von dem Schreiben auf. Dieses Geräusch kannte er zur Genüge. Es erklang immer dann, wenn Naeg oder Lubomir sich materialisierten.

"Seid gegrüßt, Hoboke-oiyii, Heerführer."

"Naeg!" Hoboke sprang auf und umarmte den Zauberer, der sich diese Annäherung mit stoischer Ruhe gefallen ließ. Im Allgemeinen lehnten Elben zu große Nähe eher ab. Aber er mochte Hoboke, seine Ruhe, seine Intelligenz und Zurückhaltung.

"Was wäre, wenn ich mit einer Joseyji im Bett…?"

"Erstens", erklärte Naeg und sah sich grinsend um, "kann das hier kaum möglich sein. Und wenn doch – ein interessanter Anblick."

"Schuft!" Hoboke lachte. "Bringst Du Neuigkeiten?"

Naeg nickte. Dann setzte er sich auf den Hocker, den Akano eben verlassen hatte. "Ja und nein. Ich hatte darum gebeten, Euch unterstützen zu dürfen. Die *Wächter der Sphäre* haben uns erlaubt, einzugreifen wenn es Not tut. Der schwarze Zauberer beginnt seine Magie einzusetzen und sein Sohn – oder was auch immer es ist – rückt mit dem Heer des Schwarzen unaufhaltsam auf die Grenze zu. Er ist noch zwei Marschtage von hier entfernt."

Die Zelttür wurde beiseitegeschoben. "Hoboke! Ich habe alles … Oh!" Akano blieb wie angewurzelt stehen.

"Das ist Naeg", erklärte Hoboke Naegs Anwesenheit trocken. „Und das ist Akano-Ini, der Sohn des Fürsten Hidaro-Higishi und mein

Stellvertreter."

"Naeg." Akano nickte kühl. Was hat ein saru hier zu suchen? Er holte tief Luft um eine entsprechende Frage zu stellen.

"Zauberer Naeg von Geadir, ist einer der engsten Berater unserer Fürstin", setzte Hoboke hinzu. Natürlich war Akano verwundert, doch sein Vater hatte ihn vorgewarnt: „Sabu umgibt sich mit merkwürdigen Leuten. Zauberern, Krulls und was weiß ich noch alles. Wundere Dich also nicht wenn Du auf frei herumlaufende sarus triffst."

„Verstehe, Heerführer. Grüße Naeg." Er grüßte, wie es in Sabus Heer üblich war.

"Die Fürstin war der Ansicht, dass es besser ist, wenn den Truppen immer ein Zauberer zur Seite steht", sagte Hoboke.

"Aha – Äh, ich habe alles so bestellt, wie Ihr es wünschtet, Hoboke-oiyii."

"Danke. Such Dir einen Platz." Akano zog sich einen Klapphocker heran. Dann sah er seinen Befehlshaber und Naeg gespannt an.

"Hast Du alles so weitergegeben, wie ich es gesagt hatte?"

"Ja. Und die Krieger waren begeistert."

Hoboke wandte sich wieder Naeg zu. "Und was bringst Du noch?"

"Wie gesagt: Der Schwarze setzt Magie ein."

Naeg schlug sich mit der Faust aufs Knie. "In letzter Sekunde haben wir den ersten Angriff zurückgeschlagen. Der zweite zerstörte einen Teil der äußeren Burgmauern, in dem er ein Erdbeben auslöste."

"Und?"

"Krulltruppen brachen über unterirdische Gänge in Somo ein."

"War zu erwarten. Weiter?"

"Natürlich haben wir alle Eindringlinge vernichtet." Naeg sah Akano ernst an. "Beachtet, Akano-Inni, dass die Untoten nur durch Drachenfeuer vernichtet werden können, wenn Ihr ihnen den Kopf abschlagt oder das, was sie Herz nennen, herausreißt." Akano-Inni schauderte. Er hatte noch nie jemanden getötet. *Das Herz herausreißen?*

"Fein. Dann setzen wir mit Lektion zwei fort, Akano-Inni. Haben Deine Truppen befestigte Stellungen bezogen?"

Akano wurde dunkelgelb. "Nein, Herr. Sie lagern immer noch auf offenem Feld. Oh, ich habe vergessen …" Der junge Krieger sprang auf und wollte loslaufen, doch Hoboke hielt ihn zurück. "Warte! Was willst Du den Männern sagen?"

"Ich, äh, ja -"

"Sag ihnen, sie sollen ein fünfeckiges Lager aufschlagen. An jede Ecke stellt einen Turm auf.

Ich fordere doppelte Palisadenreihe. Bis morgen früh muss alles stehen und wenn die ganze Nacht gearbeitet werden muss. Gib den Befehl an den Führer der Pioniere weiter. Ich denke, der weiß, was zu tun ist."

Die Zeltbahn am Eingang flatterte. "Sei gegrüßt!" Mosaru stand in der Tür und grinste breit über das ganze Gesicht. "War nicht so einfach euch zu finden!"

Hoboke war aufgesprungen. "Mosaru! Du kommst wie gerufen!"

"Komme ich nicht immer wie gerufen?"

Die beiden Krieger umarmten sich herzlich.

„Hast Du den Schwarzen gleich mitgebracht?"

„Er wollte nicht. Aber ernsthaft. Das feindliche Heer schleicht etwa einen Tag hinter mir her. Es war nicht schwer, es zu überholen. Aber die ungeheure Masse an Krulls, der Gestank und der Lärm! Mögen die Götter mit uns sein"

Hoboke stellte Akano vor. „Willst Du Dich erst ein wenig erholen?"

„Nein, es geht mir gut. Was gibt es zu tun?"

"Schnapp Dir den jungen Krieger, mein Freund. Er ist der Sohn von Fürst Mikiri und mein Stellvertreter. Zeige Akano, wie man ein befestigtes Lager aufbaut."

"Mache ich. Kommt Akano!"

"Und haltet euch nicht zu lange dort auf."

"Warum schickst Du Mosaru weg? Ich habe Einiges, dass er auch wissen sollte."

"Schon klar. Aber es ist wichtiger, dass wir uns befestigen. Ich fürchte, wir werden morgen oder übermorgen am Abend oder in der Nacht von der Vorhut des Feindes angegriffen. Wenn sie zurück sind haben wir Zeit genug."

"Verstehe." Sie schwiegen, während eine Ordonanz einen Imbiss bereitstellte.

"Bringt noch mehr. Es muss für vier Männer reichen."

"Zu Befehl, Heerführer." Die Ordonanz verschwand geräuschlos.

Die Wachen waren instruiert. Die Doppelposten machten ihre Runde. Sie erwarteten, wie beinahe jeder in der kleinen Streitmacht einen nächtlichen Überfall. Hoboke kannte die Tücken der Wache. Bevor er sein Dandyleben bei seinem Onkel beginnen durfte, hatte er im Heer seines Vaters gedient und auch gelernt, wie ein geschickter Spion oder Kundschafter vorzugehen. Was ihn besonders beunruhigte: Gegen Morgen werden alle Wachen müde und unaufmerksam. Es ist die Zeit der bösen Geister und der Spione und Saboteure! Deshalb hatte er sich zwei Stunden nach Mitternacht wecken lassen. "Steh auf Akano! Es ist so weit."

"Ich habe noch gar nicht geschlafen, Hoboke."

"Das ist schlecht. Jetzt bist Du müde."

"Keine Angst. Ich bin nicht müde. Viel zu aufgeregt." Akano hatte in voller Rüstung geruht. Er sprang auf. "Und nun?"

"Gehen wir die Posten ab." Sie traten aus dem Zelt. "Hast Du den Spähern meine Befehle überbracht?"

"Sie sind unterwegs. Wenn sie uns nicht direkt melden können, sollen sie einen brennenden Pfeil Richtung Osten in die Luft schießen. Dann wissen wir, dass der Feind nahe ist."

Eine gute Idee, auf die ich auch hätte kommen können. Der Junge ist schlauer als gedacht. "Sehr klug, mein Freund. Aber warum nach Osten?"

„Der Pfeil beschreibt von hier aus gesehen einen Bogen von rechts nach links, also nach Osten. Wir erkennen daran, ob der Pfeil von unseren Spähern oder vom Feind abgeschossen wurde."

„Sie wurden instruiert, im Falle einer Gefangennahme ein falsches Zeichen anzugeben?"

„Genau."

Hoboke klopfte Akano anerkennend auf die Schulter.

"Keine Vorkommnisse", flüsterte der

Wachhabende des Südturms. "Es ist still, wie in einem Garten der Seelen."

"Das ist es, was mich beunruhigt", flüsterte Hoboke zurück. "Haltet Augen und Ohren offen. Ich habe da ein ganz ungutes Gefühl." Hoboke dachte eine Sekunde nach. "Schickt einen Posten zu Mosaru und Naeg. Sie sollen das Lager alarmieren. Aber leise. Ich möchte, dass die Hälfte der Krieger munter ist und weiterhin unter Waffen steht, verstanden?"

"Aiya, wird sofort gemacht, Heerführer."

SABU

"Sag nicht immer, dass es Dir leidtut. Ich weiß, dass es Dir nicht leidtut! So seid ihr Gruuls nun mal. Ungeschickt, dumm und vergesslich – ach was!" Brodor winkte ab und würdigte den Gruul keines Blickes mehr. "Warum passt Du auch nicht auf und kippst dem Heerführer die ganze Suppe über die Füße?", murmelte er noch. So merkwürdig es war, Brodor empfand Etwas für das kleine graue Wesen, dass ihm mehr oder weniger zugelaufen war und konnte ihm nicht lange böse sein. Aber dem Heerführer Suppe auf die Stiefel zu schütten, das ging zu weit!

Baldur war vor Kurzem zu Besuch gewesen, sehr geheim und niemand sollte darüber reden. Urplötzlich stand er im Zimmer Sabus. Er hatte diesen Okko mitgebracht. Beim Abschied sah sich Baldur um. "Wo ist Okko?"

"Welcher Okko?", fragten alle.

"Na, dieser kleine graue Zwerg, den ihr mir aus dem Wald mitgebracht hattet?"

Okko war nicht zu finden. "Er wird schon wieder auftauchen", meinte Baldur gelassen und verschwand. Okko war geblieben. Er hatte sich in Brodors Unterkunft versteckt. Brodor wollte ihn wegschicken, doch der Gruul blieb an seiner Seite, als hätte er Speck in den Taschen. "Na gut. Wenn es nicht anders geht. Bleib." Wohin hätte er den Gruul auch schicken sollen? Damit war es beschlossen und besiegelt.

Die Freunde amüsierten sich köstlich; Wo Brodor war, war auch Okko und versuchte sich nützlich zu machen. Manchmal gelang es, manchmal ging es eben schief, so wie vorhin. Brodor war zu sehr Krull, um sich lange Gedanken darüber zu machen. Der Heerführer wusch sich die Füße, Okko putzte seine Stiefel (was er sehr gut konnte) und die Sache war vergessen. Außerdem war Okko nicht so dumm, wie die *Gruuls*, die Brodor ansonsten kannte. Er besaß ein bisschen Verstand, vielleicht den Rest des Verstandes seines eigentlichen Ursprungs, denn Gruuls waren, wie die Erdgeschlüpften eine Ausgeburt der Nekromantie. Aber was konnte Okko dafür?

Noch etwas war neu! Brodor war Truppführer einer kleinen Gruppe Krulls. Eigeschlüpfte, wie er, die er nach den Überfällen auf Margorokks Heer aufgesammelt hatte. Sie waren verwundet und wurden auf Wunsch Brodors gesund gepflegt – trotz allen Widerstandes der Dragune. Er schlug vor, sie als eine Truppe Krulls gegen den FEIND zu führen. "Der wird sich wundern, wenn ihm einen meiner Krulls den Kopf abhaut!" Was natürlich nicht zu erwarten war. Aber wer kennt die Wege der Götter?

Diese Truppe, elf Mann, waren Brodor absolut ergeben. Keiner verstand es, nur Brodor. Er kannte seine Brüder.

"Lass den Kleinen zufrieden, Brodor." Die Fürstin lächelte Brodor freundlich an. "Es ist doch nicht Schlimmes passiert und außerdem kann er doch nichts dafür."

"Soll er aufpassen!" Brodor schnaufte ungehalten. Dann winkte er resigniert ab. Als Ordonanz war Okko ganz brauchbar.

Geistesabwesend sagte Sabu noch: "Ich denke, das wird er nächstes Mal auch tun." Sabu beschäftigte aber etwas ganz Anderes: Der Besuch Baldurs. Was er mitgeteilt hatte, machte ihr große Sorgen. Die *Sphäre der Welten* war in Aufruhr. Man befürchtete, dass mit dem Untergang der Doppelsonne im Sternbild Schildkröte das Gleichgewicht der Sphäre schwer gestört würde und Dämonen der vierten Dimension ausbrechen könnten. Sie wären also sehr beschäftigt. Dennoch. Die Wächter hatten nach langer Diskussion den Beschluss gefasst, eine Abordnung der Zauberer der Insel aus dem fernen Higashima nach Sini zu schicken. Sie sollten sich möglichst nicht sehen lassen und nicht einmischen, nur beobachten. Ausgenommen waren davon Lubomir und Naeg - vorläufig. Auch die sterbende Welt wollten sie besuchen. Baldur beschrieb Sabu diese Welt in den buntesten Farben. Sie wussten, dass der schwarze Magier dort war. Der Zusammenstoß der beiden Sonnen stand unmittelbar bevor. Vielleicht morgen, sagte Baldur, oder in hundert Jahren. Keiner weiß es genau. Das allerdings interessierte das Sabu weniger als das was um sie herum geschah.

Erst gestern war sie mit Ken'ichi bis tief in der Nacht zusammen gewesen. Es war eine Routine, die sie beide eingeführt hatten. Wenn nicht täglich, so doch alle drei Tage trafen sie sich im geheimen Kabinett. Diesmal berichtete Ken über Aufstände in Kaitoshima. Dort sollen sich sarus zusammengerottet haben und gegen ihre Herren mit Waffengewalt kämpfen. Genaueres wusste Ken noch nicht, aber dass es ernst war, bezeugte die Mitteilungen seiner Spione. Akaya soll mächtig aufgerüstet und alle männlichen Dragune von zwölf bis neunzig Jahren zu den Waffen gerufen haben. Sie fühlen sich bedroht durch die Kasumis, die gerade einen Krieg gegen die Familie Tsakusi begonnen hatte. Mori wollte Schadensersatz für seine Gefangenschaft auf der Burg higoshi (auch für den Verlust seines Sohnes) und wurde schroff abgewiesen. Mehrere Familien, die mit den Tsakusis verbunden sind, sind in die Kämpfe involviert und haben drei der Burgen der Kasumis besetzt oder zerstört. Auch in Shitashima sollen Kämpfe zwischen den Verwandten des Hauses ausgebrochen sein.

„Tomi Taichi ist verschwunden. Keiner weiß, wo sich der *Hikoshu-sham* seit einer Woche aufhält", seufzte Ken.

Nun, das wusste Sabu besser. Er hockte in Daikishima auf der Burg Daiki und wartete auf eine Antwort Sabus.

"Das werde ich noch herauskriegen",

grummelte Ken.

"Geduld, Ken. Ich weiß wo er ist und werde ihn herbitten. Und Ihr werdet zugegen sein. In zwei Tagen."

Ken verneigte sich dankbar. "In den anderen Herrschaftsgebieten kocht es auch. Die *higashi-ono-imiya*, die Heimholer Higashimas, deren Hauptsitz sich in der Provinz Hiru befindet, die dem Daimio Yabon gehört, sollen aktiv geworden sein. Yabon gehört wohl auch zu dieser Partei oder er toleriert sie. Man spricht von bewaffneten Gruppen unter einer schwarzen Flagge mit einer roten Faust in der Mitte, die heimlich in einem Wald militärische Übungen abhalten." Wie sich die Dame Harada positioniere, wusste Ken noch nicht.

"Ob ihr das je erfahren werdet, Ken'ichi?"

Ken hob die Schultern. Er war schon dicht an der Dame dran. Aber davon musste Sabu noch nichts wissen. Dann war er gegangen.

Sabu hatte noch lange schlaflos gelegen und Gedanken gewälzt. Sie hatte zum Beispiel keine Ahnung, was sie mit den Zauberern anfangen sollte, die hauptsächlich im Wege standen und zusahen. Sie musste aber die Macht und das geheime Wissen der Wächter der Sphäre achten, unter denen zu ihrem Erstaunen auch Dragun-Magier waren. Baldur hatte nicht gefordert, nur gebeten und Sabu dazu genickt. Sie war pragmatisch geworden mit der Zeit. Wenn sich herausstellte, dass die Zauberer nur im Wege waren, sollten sie verschwinden, so Sabus Forderung. Sie ließ ihnen einige Häuser in der inneren Burg bauen. Dort waren sie nun, kamen und gingen und taten merkwürdige Dinge, die die Dragune nicht verstanden und die sie mit großem Argwohn beobachteten.

Die Kämpfe gegen das Heer des Magiers, obwohl es nicht mehr als nur Mückenstiche waren, forderten Opfer. Sie hatten nicht viele Tote zu beklagen, doch jeder war ein großer Verlust. Sabu jedenfalls empfand es beinahe körperlich und betrauerte jeden Dragun, der sein Leben gelassen hatte.

Und bevor sie einschlief, fasste sie einen Entschluss. Sie konnten den Zauberer nicht besiegen, wenn nicht auch Hilfe aus Higashima kam. Sicher werden die Freunde nicht begeistert sein, aber Sabu dachte weiter. Und jeder Feind, der nach den Kämpfen im Land übrigblieb, war einer zuviel.

"Brodor?"

"Ja, Herrin?" Brodor stand auf und verneigte sich so formvollendet, wie er es bei den Dragunen gesehen hatte.

"Würdest Du bitte Kamino rufen?"

"Bin unterwegs!"

"Ihr habt mich gerufen, meine Fürstin?" Kamino sah sich um. Da er sah, dass sie allein waren, nahm er Sabus Hand und gab ihr einen Kuss auf den Handrücken.

"Lass den Quatsch, Kamino." Sabu war nicht ernsthaft ungehalten, eher geschmeichelt. Aber es war ein seltsames Gefühl dabei.

"Ich habe gelesen, dass dies die vornehmen Herren in Higashima mit ihren Damen tun."

"Wie auch immer." Sabu war nicht bei *dieser* Sache. "Ich brauche jemanden, der in geheimer Mission nach Higashima reist."

"Und da dachtest Du an mich?" Kamino grinste schräg. "Weil ich hier nichts mehr zu tun habe?"

Sabu stieg auf das Geplänkel ein. "So ist es, Herr Maru Kamino. Vor Taichi haben wir – hoffe ich – erst einmal Ruhe. Daher ernenne ich Euch zu meinem Ersten Botschafter für Higashima!" Sie war aufgestanden. Da Kamino unterhalb des Podestes stand, musste er zu Sabu aufblicken. Sein Herz begann zu rasen. Soeben erfüllte sich sein Herzenswunsch!

"Meine Fürstin. Alles was Ihr wünscht." Er machte einen kleinen Schritt zurück und eine Verbeugung, bei der er einen imaginären Hut zog und damit den Fußboden wischte.

"Was ist das nur wieder?" Sabu sah erstaunt auf Kaminos Geste.

"Das macht man so, da drüben." Er richtete sich wieder auf. "Die Herren dort, wie ich gelesen habe und mir Lubomir erzählte, tragen einen breitkrempigen Hut mit Federn dran und grüßen so hochgestellte Persönlichkeiten."

Sabu lächelte zum erstem Mal. "Seltsame Sitten."

"So werden die Higashimati auch denken, wenn sie bei uns sind."

"Da seien die Götter vor!", rief Sabu. "Such ein paar vertrauenswürdige Leute aus, die Dich begleiten werden. Beamte, Schreiber und so weiter. Nicht mehr als zehn, denke ich. Es muss dennoch wichtig erscheinen. Nimm Lubomir mit, er kennt sich in Higashima aus. Und vergiss nicht hundert Mann von meiner Leibgarde mitzunehmen. Aber keine Unsterblichen." Sabu stutzte. "Woher weißt Du eigentlich so viel über Higashima?"

Kamino lächelte schlau. "Es gibt etliche Bücher. Zwar alt schon, aber ich hoffe einiges ist noch so, wie beschrieben. Ausserdem, soviel weiß ich doch gar nicht. Ich dachte nur, dass irgendwann jemand übers Meer fahren muss, um die Higashimati zu warnen. Da hatte ich an mich gedacht."

Sabu stieg von ihrem Podest herunter. "Ich liebe Dich, Kamino"; flüsterte sie und umarmte Kamino fest. Dann sah sie ihn von unten an. "Heute Abend, wenn die Sonne untergegangen ist?"

"Ich kann es kaum erwarten."

"Dann", sie war wieder auf das Podest gestiegen, hatte Platz genommen – wie Kamino meinte - unnachahmlich, und saß nun wie die Statue des "*Ruhenden Bogo*"[5], unbeweglich auf ihren Kissen. "Brodor!", rief sie laut.

"Herrin?"

"Hol bitte meinen Sekretär. Und bitte alle unsere Freunde sowie meine persönlichen Berater, die sich in der Burg befinden, her. Sie sollen kommen, sofort, unverzüglich."

HOBOKE

---

[5] Der „Ruhende Bobo": Dabei handelt es sich, der Sage nach, um einen Mönch der als Eremit in Or (Geadir) auf einem Turm gelebt haben soll. Das besondere an ihm war, dass er geschworen haben soll, unbeweglich im Schneidersitz zu verharren bis ihn die Götter zu sich holen. Man sagt, er habe auch nach der Zerstörung Ors (nach hundertdreiundvierzig Jahren), immer noch auf dem Turm gehockt.

"Wir haben die Vorhut vernichtet", meldete Centurio Kohore. Seine Rüstung war schwarz verschmiert von Blut. "Zwei sind entkommen, leider. Wir mussten jede einzelne Scheußlichkeit köpfen. Die sind noch ohne Arme und Beine auf uns losgegangen. Das hätte ich nie gedacht, Hoboke-oiyii."

"Wie hat sich Akano gehalten?"

"Sehr gut! Erst dachte ich, er scheißt sich in die Hose. Aber als er seinen ersten Krull den Kopf abgeschlagen hatte, war der Junge kaum noch zu bremsen. Ich musste ihn zwar ein paar Mal aus der Bredouille helfen. Jedoch, wie der sein Schwert geschwungen hat! Alle Achtung! Das wird mal ein ganz Großer! Vorausgesetzt, er überlebt und lernt weiter."

"Wo ist er jetzt?"

"Auf dem Verbandsplatz. Er kümmert sich um die Verwundeten."

"Da schau her. Hätte ich von dem Fürstensöhnchen gar nicht gedacht!"

Die Zeltbahn an der Tür flatterte. Ein aufgeregter Akano trat auf: "Hoboke! Ich habe gekämpft! Und hunderte Krulls geköpft …"

"Das kommt Dir nur so vor, Söhnchen", murrte Kohore. "Es waren sechs." Er hob abwehrend die Hände, als er Akanos empörtes Gesicht sah. "Zugegeben, es waren ordentliche Brocken, aber es waren nur sechs."

Akano senkte den Kopf. "Stimmt. Sechs oder sieben", sagte er trotzig. Er sah dabei zu Kohore, der breit über das ganze Gesicht grinste.

"Gratuliere, Akano. Ich bin froh, dass Du noch lebst. Es geht schnell, in einer Schlacht zu sterben."

"Aber ich musste doch …"

"Du solltest in erster Linie zusehen und lernen. Ich will Dich nicht verlieren. Weder als Stellvertreter noch als Freund." Hoboke war auf Akano zugegangen und hatte den Arm um dessen Schulter gelegt. "Nimm es mir nicht übel. Natürlich sollst Du auch kämpfen dürfen, was wärst Du sonst für ein Krieger! Aber Du bist derjenige der die Übersicht behalten und die Kämpfer führen muss. Außerdem bis Du noch in der Ausbildung. Die Krieger sind trainiert, geübt und kräftig. Das sollst Du auch erreichen, in kurzer Zeit, denn wir haben nicht viel davon." Er schob Akano zu einem Klappsessel. "Setzt Dich."

Beinahe widerwillig nahm Akano Platz. "Was soll ich …"

"Du sollst mir sagen, was wir als nächstes unternehmen."

"Äh, ja. Darüber habe ich noch nicht nachgedacht."

"Und wenn Du *jetzt* nachdenkst?", fragte

Hoboke geduldig, "Was würdest Du tun?"

"Ist das wieder so'ne Lektion?"

"Das Leben ist eine einzige Aufeinanderfolge von Lektionen. Entweder nimmst Du sie an und lernst oder Du stirbst. Im besten Fall gehst Du so dumm, wie vorher nach Hause." Hoboke lächelte Akano offen an.

"Verstehe." Akano zog ein nachdenkliches Gesicht. "Also, ich würde ..." Er war aufgestanden und zur Karte gegangen. "Darf ich?" Hoboke nickte. "Wir befinden uns hier." Hoboke hatte schon einen Plan, wollte aber, dass Akano seine eigenen Gedanken entwickelte. "Der Feind befindet sich hier", sagte Akano. "Da wir eine zu kleine Streitmacht sind, sollten wir uns nach rechts oder links zurückziehen." Hoboke nickte.

"Vielleicht ist es besser, überhaupt zur Hauptmacht auszuweichen?" Die Frage stellte sich Hoboke auch.

"Lass mich überlegen." Akano kratzte sich am Hinterkopf. "In Marschrichtung befindet sich das Gansù-Gebirge. Nicht hoch, aber mit tiefen Tälern und vielen wilden Schluchten. Da der Feind offensichtlich auf dem kürzesten Weg nach Osten will, muss er da durch, ob er will oder nicht. Über zwei Pässe nur kann er das Gebirge überqueren, um die Truppen und den Tross auf die andere Seite zu bringen. Dieser hier ist nicht so hoch, dafür eng. Der nächste Pass ist breiter, jedoch sehr steil und schwer zu ersteigen. Auf der anderen Seite fällt er genauso steil bergab. Der Weg dort macht viele Serpentinen und es dauert mindestens drei Tage, bis man es nach oben geschafft hat. Und auch abwärts geht es nicht schneller. Weiter links wächst ein Wald, undurchdringlich, tief und voller Raubgetier. Dann kommt rechts freies Land, über das man schnell die Stadt Kogo erreicht. Ich denke, er wird sie liegen lassen und mit einem kleinen Teil gegen Kogo ziehen. Die Stadt kann sich vielleicht ein paar Tage halten. Die Burg hält einem Ansturm, selbst nur eines Teils des Zaubererheeres nicht lange stand." Er hob die Schultern. "Ich denke, wir gehen ins Gebirge, verschanzen uns dort und greifen das vorbeiziehende Heer ständig an. Das Prinzip der Nadelstiche, verstehst Du?"

"Richtig. Das entspricht auch meinem Plan." Hoboke stand jetzt auch an der Karte.

"Woher kennst Du diese Gegend?"

"Es ist das Lieblingsjagdrevier meines Vaters. Wir sind viel hier herumgestreift und haben Wild erlegt."

"Das war gut, so betrachtet."

Akano nickte. "Als wenn man es gewusst hätte."

"Kohore-oiyii, was sagt Ihr dazu?"

"Finde ich prima. Wir greifen an und ziehen uns blitzschnell in die Täler zurück. Das wird einfach!"

"Nichts wird einfach, lieber Kohore. Wir kämpfen gegen einen Zauberer. Denkst Du, der wird sich das gefallen lassen, ohne Magie anzuwenden?"

"Aber wie?"

"Er wird unsere Ansammlung aufspüren und mit etlichen Tausend Krulls über *UNS* herfallen, wenn wir es nicht schlau genug anstellen. Deshalb muss das Tal oder die Schlucht immer einen Notausgang haben."

Am Abend war Hobokes kleines Heer einige Meilen weiter östlich und wesentlich höher in der engen Schlucht verschwunden. Naeg hatte dafür gesorgt, dass die Spuren des Lagers und des Abmarsches gründlich gelöscht waren. Am späten Nachmittag des nächsten Tages tauchten die ersten Krulls auf. Sie schnüffelten und sahen sich misstrauisch um. Hier roch es noch nach Dragun, aber es waren keine Hinterlassenschaften zu sehen. Der Truppführer der Vorhut winkte ab. "Hier stinkt es überall nach Drachen! Weiter." Er wusste, jedes zu lange Zögern wurde bestraft. Sie waren in Eile und mussten schnell nach Sono. Wo das lag und wie weit es war, davon hatte er keine

Ahnung, nur dass es schnell gehen musste, und immer in diese Richtung. Das war ihm klar.

"Sie kommen", flüsterte Akano-Inni. Seine Stimme zitterte vor Aufregung. Sie hörten das Stampfen der Stiefel auf dem harten Boden, das Klappern der Ausrüstungen, Schimpfen, Gemurmel und die Befehle der Hundertschaftsführer nach noch größerer Eile.

"Ich höre es." Hoboke lächelte still in sich hinein. Hatte sein Herz vor seiner ersten Schlacht, die eher ein Kräftemessen zwischen zwei Daimios gewesen war, auch so hart geschlagen? "Hast Du einen Melder zu Deinem Vater geschickt?"

"Gestern noch, Hoboke. Mit Deiner Nachricht und einem Brief von mir. Ich habe es nicht vergessen."

"Ich wollte nur noch einmal nachfragen. Du weißt, ein Kommandeur muss alles wissen."

"Verstehe."

"Pst. Sie sind ganz nahe." Hoboke wollte warten, bis ein Teil des Heeres an ihnen vorbeigezogen war. Erwartungsgemäß entstanden zwischen den Truppenteilen Lücken. In eine dieser Lücken würden sie vorstoßen und dem Feind in den Rücken fallen, während sie die Nachfolgenden aufhielten. Nach getaner Arbeit sollten sie sich blitzschnell zurückziehen.

Sie lauerten an einer engen Stelle unterhalb des Passes. Schroffe Felsen hatten Wind und Wetter getrotzt und waren auf einer Länge von zwei Meilen stehen geblieben. Dadurch war ein enger Durchgang entstanden, den höchsten drei, vier Mann nebeneinander passieren konnten. Rundherum wuchs ein wilder Wald aus uralten Eisenbäumen, die so hoch waren, dass das Unterholz einen undurchdringlichen Filz aus stachligen Sträuchern, Farnen und mannshohem Gras bildete. Es war meilenweit der einzige leicht begehbare Pass nach Kogo, den ansonsten nur Händler und Reisende oft unter Lebensgefahr überquerten.

Der Vorhut folgte das Hauptheer. "Sieh, dort an der Spitze. Das sind wohl die Zauberer", flüsterte Akano. Auf einem schneeweißen Pferd mit einem einzigen Stirnhorn ritt ein Mensch in einer schwarzen Robe. Neben ihm ein zweiter Robenträger auf einem stockschwarzen Riesen-Gaul. Beide waren von einer Garde mächtiger Krieger umgeben. "So sehen die also aus?" Akano klang enttäuscht.

"Deswegen sind sie nicht weniger gefährlich. Besonders wenn sie zu zweit sind."

Akano seufzte.

Mehr als eine halbe Stunde marschierten dicht geschlossen die Feinde in Dreier- und Viererreihe vorbei. Dann fand sich die ersehnte Lücke. "Ich zähle bis drei, dann greifen wir an. Und denkt daran: Schlagt ihnen die Köpfe ab oder schneidet das Herz heraus." Der Befehl wurde flüsternd weitergegeben. Hoboke hob die Hand. Er zeigte mit den Fingern bis drei, dann sprang er auf. "Attacke!"

KAMINO

Um sich die Zeit bis zu seiner Abreise zu vertreiben, übte Kamino ein wenig Kalligrafie. Die alten Sini hatten diese uralte Kunst an die Dragune weitergegeben. Beinahe jeder Gebildete konnte die alten Schriftzeichen deuten oder lesen. Immer ging es um Weisheiten oder Sinnsprüche kluger Dragune. Manchmal war es auch nur ein Wort, wie Wald, Krieger oder Sonne.

Gestern hatte er den ganzen Nachmittag bei einem weisen Mann verbracht, der vor vielen Jahren einmal heimlich in Higashima gewesen war. Der damalige Hikoshu-sham Akumora wollte wissen, was jenseits des Ostmeeres für ein Land lag. Das es Higashima genannt wurde, das

Land der Glatthäutigen, musste einen Grund haben. Und so war der Weise mit einer kleinen Gruppe mutiger Dragune aufgebrochen, das geheimnisvolle Land zu erkunden. Er allein war zurückgekehrt. Und auch nur deswegen, weil ein Fischer ihn von dem Floss, dass sich die Kundschafter für ihre Flucht gebaut hatten, gerettet hatte.

Viel hatten sie nicht gesehen. Zu schnell waren sie entdeckt und verfolgt worden. Sie wussten aber nun, dass dort nur noch *sarus* lebten. Die beiden Gefangenen, die sie über eine Woche mit sich herumschleppten, waren während der Flucht verstorben. So war er mit leeren Händen zurückgekehrt.

Dafür war Lubomir eine Schatzkiste des Wissens. Und damit die ganze Geschichte nicht sofort aufliegen sollte, wollte Kamino einen der Zauberer mitnehmen. Doch heute hatte er vor, sich zu erholen.

Er hatte sich für das Wort "Krieger" entschieden. Es bestand aus zwei Zeichen; Dem Schwert und der Rüstung. Mit kompliziert geführten Strichen und Punkten. Doch wenn man es richtig machte, entstand nicht nur das Wort, sondern auch ein kalligrafisches Bild. Es ging um Konzentration, Harmonie, Eleganz und Ruhe.

In der Stadt war es still. Beinahe beängstigend

still, seitdem die letzten Feinde, die mitten in Somo aus dem Boden hervorgekrochen kamen und die Bewohner angriffen, vernichtet waren. Zum Glück hatte Yukomi eine solche Variante vorgeahnt. Die Wachen hatten kein leichtes Spiel, doch sie waren nur wenig überrascht. Dennoch dauerte es beinahe vier Tage, bis alle Krulls gefunden waren. Eine wichtige Rolle spielten dabei Brodor und seine Getreuen. Der Feind glaubt in ihnen Verbündete zu sehen. Das war ein tödlicher Fehler! Aber Brodor konnte nicht an allen Stellen gleichzeitig sein.

Kamino zog den ersten Strich. Mit der Spitze des Pinsels malte er eine feine Linie, bis Kamino fester aufdrückte. Die Linie wurde breiter und lief in einem Bogen aus. Am Ende des Bogens machte er einen Punkt. Das war das Schwert des Kriegers. So ging es weiter, bis er den ersten Teil des Wortes, *der ein Schwert trägt*', gemalt hatte.

Die Schiebetür zu seinem Wohnraum ging auf. Sabu stand im Türrahmen. "Hier bist Du also!" Heute trug sie wieder den dunkelroten Kimi mit den Schlangen. Sie machte einen Schritt ins Zimmer und verschloss die Tür wieder gewissenhaft. "Was schreibst Du da?"

"Ich zeichne den Krieger", erklärte Kamino.

"Schön." Sabu lehnte an Kaminos Schulter. Sie betrachtete das Bild mit schräggelegtem Kopf.

"Setz doch zum Schluss das Gedicht von ‚Krieger mit dem weitem Herzen‘, der Dame Harada drunter. Es wird bestimmt gut passen."

Kamino dachte nach. "Du hast recht. Das werde ich tun. Mit roter Tinte." Er zog einen Querstrich mit einem Haken nach unten. "Ich tue das, um mich ein wenig vom Krieg abzulenken."

Sabu stand halb hinter ihm. "Störe ich Dich?"

"Du? Niemals!" Er legte den Pinsel beiseite. "Meine Fürstin wird mich niemals stören."

"Deine Fürstin? Und was ist mit Sabu?"

"Sabu ist meine Fürstin. Die des Herzens und die von Geburt."

Sabu legte die Hände hinter Kaminos Kopf. "Du machst es mir wirklich schwer."

Kamino tat harmlos. "Schwer? Gib mir einen Befehl. So einfach."

"Halt still", flüsterte sie. Sabu öffnete seinen Gürtel und begann ihn abzuwickeln. Dann schob sie Kamino den Kimi von der Schulter.

Der Morgen weckte sie mit Vogelgezwitscher. Sabu stütze den Kopf in die Hand. Kamino schlief wohl noch, denn sein Atem ging leise und gleichmäßig.

"Ich sehe Dich", sagte er leise. Seine Augen waren geschlossen, doch zog er den Mund breit und lächelte. Als er die Augen aufschlug, blickte er zur Decke. "Heute noch?"

"Ja, es ist eilig."

"Verstehe."

"Nyoko Chiyoko ist eingetroffen. Die Flotte liegt vor *Kajabe* und ist bereit, über den Süden nach Sono zu segeln. Der Hafen und die östliche Küste vor Sono müssen gesperrt werden, bevor der Magier dort eintrifft. Du wirst Dich ihr anschließen, aber dann nach Higashima reisen." Kamino nickte.

"Hoffen wir, dass die Flotte schneller ist als der Zauberer. Bist Du vorbereitet?"

"Natürlich. Äh, ich glaube, ja. Aber ich würde gerne Brodor und seinen kleinen Kerl mitnehmen."

"Tu das. Alles, was Du benötigst oder glaubst zu brauchen. Welchen der Zauberer nimmst Du mir weg?"

"Lubomir. Naeg ist an der Grenze zu Hikoku "

"Was soll man machen? Gewährt." Sie gab Kamino einen Kuss auf die Stirn. "Du wirst mir fehlen", flüsterte sie und kuschelte sich an Kaminos Brust.

"Hm, hm," machte Kamino und lächelte breit. Er wollte sich aufsetzen. "Aber erst Frühstück!"

"Nicht gewährt. Komm schon."

Kamino und Chiyoko sahen sich zum ersten

Mal auf Chiyokos Schiff. Entsprechend kühl fiel die Begrüßung aus.

"Admiral."

"Botschafter."

Doch dann brach Kaminos diplomatische Erziehung durch. "Ich freue mich, Admiral, unter Eurem Kommando meine Mission zu beginnen."

"Und mich würde es freuen, wenn Ihr die Fahrt bei mir auf dem Schiff vornehmen würdet. Natürlich mit Eurer kleinen Gruppe zusammen."

"Das ist sehr freundlich, Chiyoko-oiyii. Aber ich denke, es ist besser, wenn wir uns durch unsere Fahrt mit dem eigenen Schiff auf die Überfahrt nach Higashima vorbereiten. Wie ich hörte, sind es mehr als hundert Meilen zwischen Sini und Higashima."

"Weise gedacht. Es sind noch viel mehr. Dennoch würde es mich freuen, wenn wir uns so oft wie möglich sehen. Ob nun bei Euch auf dem Schiff oder bei mir." Chiyoko führte Kamino über die Gangway zum Kai. "Ich lade Euch ein, heute Abend auf meinem Schiff zu speisen und auf das Wohl unserer Fürsten anzustoßen. Besonders aber auf eine sichere Überfahrt."

"Die Einladung nehme ich gerne an."

"Und bringt eure Leute mit. Sie sollen ebenfalls auf eine gute Fahrt trinken."

Okko erregte mehr Aufmerksamkeit als sein Freund Brodor. Zuerst machte man sich über den Kleinen lustig, doch nachdem Brodor erzählte, wie die Gruuls durch den FEIND gezüchtet werden und unter welchen Bedingungen sie leben mussten, ließ man ihn in Ruhe. Hin und wieder machte ein Matrose einen gutmütigen Scherz, doch das böse Frotzeln wurde aufgegeben. Kamino atmete auf. Die Fahrt ließ sich leichter an als gedacht. Nur am Tag der Abreise, gab es einige Schwierigkeiten. Ein paar Matrosen fehlten. Sie lagen noch irgendwo im Hafen herum, weil sie wohl zuviel getrunken hatten. Niemand hatte Zeit und Lust die Kerle zu suchen. "Zu den Dämonen mit ihnen", fluchte Kapitän Uruha. Er suchte sich aus den Herumtreibern im Hafen einige Ersatzmatrosen aus, die angaben, von der Seefahrt etwas zu verstehen. Nach der Drohung des Kapitäns, alle diejenigen, die gelogen hätten ins Meer zu werfen, nachdem er sie dreimal kielgeholt hatte, waren drei Dragune leiseweinend abgezogen. "Leinen los!", befahl er.

Sabu war gekommen, um Kamino zu verabschieden und ihm Glück zu wünschen. Lubomir war dabei und Akemi. Alle anderen Vertrauten befanden sich im Krieg.

Sehr gefasst stand Sabu am Kai und winkte. Doch in ihren Augen schwammen Tränen.

Vielleicht hätte sie einen anderen schicken sollen? Sie standen noch lange an der Hafenmauer bis Kaminos Schiff kaum noch zu sehen war, dass unter vollen Segeln davonfuhr, um sich Chiyokos Flotte anzuschließen.

"Gehen wir. Es gibt noch viel zu tun." Sabu drehte sich um und stieg auf ihr Pferd. "Hui! Lauf mein Guter. Der Krieg kennt keine Pause."

HOBOKE - DIE SCHLACHT AUF DEM HEREGO-PASS

Hoboke erkannte, dass er keine strategisch günstige Position eingenommen hatte. Statt den Eingang des Passes zu besetzen und den Feind die Überquerung zu erschweren, hatte er sich weiter hinten platziert. Dadurch zog ein Großteil der Truppen links an ihm vorbei. Als er das erkannte, war es noch nicht zu spät. Der Schaden, dem sie bis hierher dem Feind zufügen konnten, genügte – für den Anfang. Er befahl, sich auf die zweite Stellung zurückzuziehen. Am Eingang der Schlucht, die ihnen gleichzeitig den vollständigen Rückzug ermöglichte, bezogen sie eine

Verteidigungsposition mit ein paar Leuten, die ständig ausgewechselt wurden. Hier konnten sie die Stellung halten und dem FEIND weiteren Schaden zufügen; Auf ihrer Seite fielen Krieger verwundet aus, davor aber stapelten sich die toten Krulls, bis sie zu Staub zerfielen. Als Dunkelheit einsetzte, zogen sich die Angreifer zurück.

"Was denkt Ihr, Akano", fragte Hoboke, nachdem sie sich überzeugt hatten, dass die Position am Eingang der Schlucht gesichert war und Mosaru dort die Befehlsgewalt übernommen hatte.

"Es war die falsche Stellung. Wir haben den Feind einen Stich versetzt. Nicht mehr als eine Mücke auf dem Hintern eines *olpilan*[6]."

"Was nun?"

"Der Feind kann uns auch ignorieren. Er marschiert rechts vorbei, sperrt dabei die Schlucht ab und wir sitzen in der Falle. Deshalb sollten wir sie unverzüglich verlassen." Akano rollte die Karte auf dem Boden aus. "Hier beginnt ein Schmuggelpfad durch ein enges Nebental, der von zwei Leuten nebeneinander begangen werden kann. Er wird auch oft von Jägern benutzt. Auch

---

[6] Ein *olpilan* ist ein sechsbeiniges, nacktes, etwa zwei Klafter großes Tier mit einer langen Nase und riesigen Ohren. Es lebt von Pflanzen und gelegentlich auch von Kleintieren.

unsere Pferde können einzeln dort durch. Wenn wir noch während der Nacht, am besten sofort, die Schlucht verlassen, erreichen wir am Morgen das Ende des Tales. Von dort marschieren wir nach einer kurzen Rast zum Herego-Pass. Immer parallel zur Marschrichtung des Feindes. Aber schneller als er!" Akano grinste breit.

Hoboke sah zu Naeg, der bestätigend nickte. Er war schwer beeindruckt von den Detailkenntnissen Akanos. "Ihr ward sehr oft hier oben?"

Akano nickte. "Mein hoher Vater war überzeugt, dass es wichtig ist, sein Land zu kennen. Deshalb waren wir oft unterwegs. An der Küste, im flachen Land und auch hier in den Bergen."

"Die Marschgeschwindigkeit des FEINDES ist nicht sehr hoch. Es geht beständig bergauf. Daher schaffen sie mit ihrem schweren Gepäck, den unbequemen Rüstungen und ihrem Tross höchstens sechs bis acht Meilen am Tag", ergänzte Naeg.

"Am Herego-Pass, der breiter ist und höher liegt, nehmen wir eine befestigte Stellung ein, von der aus wir bergab kämpfen können." Akano blickte fragend zu Hoboke.

Der hob die Schultern. "Du kennst Dich hier besser aus als ich. Ich vertraue Dir."

Auf Akanos Gesicht erschien ein zufriedenes Grinsen. "Der Feind schleppt sich den steilen Hang hinauf und ist außer Puste, wenn er oben angekommen ist. Besser können wir uns nicht platzieren."

"Und da Du ja die Gegend gut zu kennen scheinst, weißt Du auch einen Weg heraus, wenn der Druck des Feindes zu groß wird?"

"Es geht nur bergab bis ins Tal. Keine Möglichkeit auszuweichen. Erst ziemlich weit unten müssen wir uns entscheiden: Nach rechts, oder nach links in eines der Seitentäler."

Hoboke überlegte. Die Beschreibung des Passes war verlockend. Er sah nachdenklich Naeg an.

"Wenn Du willst, sehen wir uns die Gegebenheiten an. Morgen früh, wenn genügend Licht ist, fliegen Akano-Inni und ich dorthin." Als er Akanos ängstlichen Blick bemerkte, sagte er: "Keine Angst. Bei mir bist Du in guten Händen."

"In Ordnung. Indessen machen wir uns bereit, die Schlucht zu verlassen. Geht bitte zu Mosaru und informiere ihn, dass wir die Stellung aufgeben. Er sichert so lange unseren Rücken." Hoboke richtete sich auf und sah sich suchend um. "He, Jamiro! Sag den Männern Bescheid, dass sie sich zum Abmarsch bereitmachen sollen. Jeder zehnte trägt eine Fackel. In zehn Minuten marschieren wir ab! Und Du, Akano-Ini übernimmst die Spitze."

"Aye, Hoboke-oiyii!"

Anderthalbtausend Krieger und hunderte Pferde über einen schmalen Schmugglerpfad zu führen, war in der vorherrschenden Finsternis schwierig. Die Drachenreiter waren schon abgeflogen. Sie beobachteten aus großer Höhe den Feind, um dann den Pass als Vorhut zu besetzen. Bis zum Morgengrauen waren zwei Drittel im Nebental versammelt. Sie pausierten, aßen einen Teil ihrer Ration. Dann marschierten sie unter Akanos Befehl weiter. Hoboke wartete auf Mosaru. Nach einer Stunde hatte auch er es geschafft.

"Oh Mann, was für ein Weg!"

"Ausfälle?"

"Drei Pferde. Wir haben sie töten müssen."

"Tja, wir sind noch nicht am Ziel, Bruder. Macht eine Pause und dann geht es weiter."

Sie erreichten den Pass vor der Vorhut des Feindes. Hobokes Drachenspäher sahen die Gegner bereits auf den oberen Serpentinen den Hang erklimmen.

"Es wird knapp. Schätze eine Stunde noch, dann sind sie hier oben." Hoboke betrachtete den Pass mit einem gewissen Misstrauen. "Kann es sein, dass es noch einen zweiten Weg gibt, Akano?"

"Das ist mir nicht bekannt. Soll ich nachsehen?"

"Nein, Du nicht. Begreif doch endlich, dass DU der Befehlshaber bist, kein Späher!"

Akano wackelte mit dem Kopf. "Es juckt aber."

"Das mag sein. Was glaubst Du, wie es mir geht? Aber unsere Arme und Beine sind die Krieger, die auf unserem Befehl hin kämpfen und sterben oder verletzt werden. Wenn sie Glück haben, überleben sie. Die Späher sind die Augen und Ohren, denn wir dürfen uns nicht von unserer Truppe entfernen." Hoboke stieg auf eine Felsnase, die weit aus dem flachen Teil des Passes hinausragte. "Es mag ja scheinen, dass ein Kommandeur, der mutig voranstürmt ein Held ist", sprach er von dort oben, "Aber wenn er fällt, sind die Kämpfer ohne Führung. Dann hat es sich mit Held!" Er kniff die Augen zusammen. "Da hinten! Es scheint, als sei dort eine Umgehung möglich. Schick eine halbe Kompanie dorthin. Sie sollen das prüfen. Sollte das der Fall sein, dürfen sie niemanden durchlassen." Er sah sich um. Die Truppen waren dabei, eine Barrikade aus Felsgestein zu errichten. Zuletzt wälzten die Krieger große Felsen auf die Barrikade, um sie als

Brustwehr nutzen zu können. Oberhalb der Barrikade, auf den Felsen, die den Pass einschlossen, lauerten Bogenschützen und Steinschleuderer.

"Hoffen wir, dass der Zauberer nicht Magie einsetzt." Naeg, der unten auf dem Schotter stand, sah zu Hoboke auf. "Ich bin vorbereitet. Leider allein. Einer gegen zwei." Er kniff die Augen zusammen, schnupperte in den leichten Wind, der im Rücken der Truppen kalt aufstieg. "Ein Schneesturm kommt auf. Er wird dem Feind den Aufstieg erschweren. Das ist gut für uns."

"Es wird aber sicher kalt." Akano schüttelte sich.

"Ganz sicher. Der Feind wird aber noch mehr frieren, denn der Sturm," Naeg schmunzelte zufrieden, "bläst ihm ins Gesicht. Der Schnee wird nass sein. Gib weiter, dass die Krieger sich warm anziehen sollen."

"Bist Du jetzt der Heerführer?"

"Nein. Dein Ratgeber."

Akano wurde gelb-grün. "Verzeiht, Naeg. Es war dumm von mir. Natürlich werde ich es weitergeben."

"Du wirst es noch lernen. Es ist nicht so einfach, Kommandeur zu sein. Viele werden Dir hereinreden, Dir Ratschläge geben oder Dich belehren wollen. Es ist richtig, kritisch zu sein."

"Ich habe verstanden, Naeg." Akano drehte sich um. "Hej, Du da. Komm her!" Ein Krieger kam angerannt. "Herr?"

"Lauf nach hinten, und sage den anderen, dass sie sich warm anziehen sollen. Es wird Sturm geben und Schnee."

"Aiya! Zu Befehl!" Der Soldat rannte davon.

"Herr!" Ein Melder war eingetroffen und wandte sich an Hoboke. "Es sind alle Krieger versammelt. Die Truppführer fragen, was sie befehlen sollen."

"Ich komme sogleich. Inzwischen sollen sie sich hundert Schritt von der Barrikade entfernt bereithalten. Sofort!"

"Zu Befehl, Heerführer-oiyii."

Hoboke sah über die Berge zum Horizont. Der Sturm, obwohl sie ihn erwartet hatten, begann urplötzlich und die ersten dunklen Schneewolken zogen hinter ihnen auf. Es begann heftig zu schneien und schneite immer mehr. Die ersten Krulls, die die Barrikade erreichten, wurden niedergeschossen. Doch bald richteten sie sich wieder auf, zogen brüllend die Pfeile aus ihren Körpern und stürzten sich wütend auf die Soldaten. Sich drängend und schiebend versuchten sie die Barrikade zu überwinden. Aber hier standen die Kämpfer Hobokes, die die Feinde mit ihren Langschwertern zerteilten. Wenn ihnen die Kraft schwand, traten sie zurück und die zweiter Reihe war am Zuge. So ging es vom frühen Morgen an. Bald sah es so aus, als würden Schneewesen gegen Schneewesen kämpfen.

Naeg stand bereit, einen Zauber des Magiers abzuwehren, doch der rührte sich nicht. Und auch sein Sohn war nicht zu sehen. Dafür tobte der Schneesturm umso heftiger.

Gegen Mittag machte sich Hoboke Sorgen. Irgendetwas stimmte nicht. Zwar hielt der Strom der Krulls unvermindert an, aber nicht mit der Intensität, wie zu Beginn des Kampfes. Ihm schien, als sollten sie hingehalten werden, als sollten sie von etwas anderem abgelenkt werden.

"Akano?"

"Ja?" Akano sah irritiert zu Hoboke. Ihn faszinierte die Schlacht um die Barrikade. In seiner Vorstellung gehörte das Kusa-Ki zu den Grundzügen der Fechtkunst. Doch was er sah, war alles andere als höfisch. Die Krieger schlugen aufeinander ein – rücksichtslos, scheinbar ohne jede Technik. Sie fluchten und traten und schrien auf, wenn sie getroffen wurden oder einen Gegner den Kopf abgeschlagen hatten. Ab und zu kam ein verletzter Krieger aus dem Getümmel herausgehumpelt oder hielt sich den Arm. Sofort kümmerten sich seine Kameraden um ihn.

"Das ist Krieg", sagte Hoboke trocken, der

Akanos Blicke gesehen und verstanden hatte. Um abzulenken, fragte er: "Wie hoch sind die Verluste?"

Akano schob die Unterlippe vor. "Wenn ich richtig gezählt habe, drei Tote und elf Verwundete."

"Das sind nicht viel. Dennoch! Macht es dich nicht stutzig, dass der Druck nachgelassen hat?"

"Denen wird die Luft ausgegangen sein. Der steile Aufstieg und bei solchem Sturm mit Schnee …"

"Kann es sein, dass der Feind einen anderen Weg gefunden hat?"

"Nein. Es gibt auf dreißig Meilen nach rechts oder links keinen anderen begehbaren Pass."

"Hm", sagte Hoboke, "Ich weiß nicht. Es ist merkwürdig." Er sah zur Barrikade. In dem Schneegestöber erkannte er kaum noch seine Leute. Nur das Gebrüll der Krulls, das Fluchen der Dragune und das Klirren der aufeinanderschlagenden Waffen klang gedämpft zu ihnen herüber, wie ein schlechtes Glockenspiel.

Hoboke legte nachdenklich die Hände auf den Rücken. *Dennoch*, dachte er, *dennoch …*

KAMINO

Sie waren gut vorangekommen und segelten nun direkt nach Osten. Nach vier Tagen bei gutem Wind sahen sie den Hafen Nagatami links vor sich. Und obwohl sie die kleine Hafenstadt sehen konnten, kamen sie nicht einen Schritt vorwärts. Seit eineinhalb Tagen herrschte absolute Flaute. Der gute Westwind hörte, wie auf einen Schlag, auf. Die Segel hingen schlaff an den Rahen. Ihr Schiff wiegte sich in der langen Dünung, wie die der Armada aus Sagoshima, die weit vor ihnen in der Flaute dümpelte.

Hogomo murmelte: "Es wird wohl erst am Abend wieder auffrischen." Müde sah Kamino, der auf einer Taurolle an der Bordwand lehnte, zu dem Zauberer auf. Der junge Dragun von der Insel der Zauberer zeigte eine Reihe strahlendweißer und gefährlich spitzer Zähne.

"Wir werden sehen", murmelte Kamino faul. "Irgendwann windet es immer."

"Nun ja." Yakutse Hogomo wackelte mit dem Kopf. "Ich fürchte wir werden in einen Sturm geraten."

"Und woher willst Du das wissen?"

"Wissenschaft?"

"Oh jeh. Jetzt reden die Wissenschaftler auch noch dem Wetter herein." Kamino setzte sich grinsend auf. Doch dann wurde er ernst. "Wind können wir schon gebrauchen – aber Sturm? Muss das sein?"

"Wenn wir Glück haben", sagt der Kapitän, der eben hinzugetreten war, "wird er nicht so heftig und uns ein ganzes Stück nach weiter nach Osten tragen." Hogomo sah nach Chiyokos Armada, die eine halbe Meile vor ihnen in der Flaute trieb. Die Sonne schien so stark, dass er blinzeln musste. Die Galeeren versuchten die schweren Truppensegler wenigsten eine Strecke zu ziehen, doch durften sie die Flotte nicht auseinanderreißen. So schleppten sie ein paar der Koggen einige Meilen vor, und kamen zurück, um wieder eine Gruppe zu versetzen.

"Das ist Unsinn", stellte Kapitän Uruha trocken fest. "Die paar Meilen, die sie gewinnen, verlieren sie, weil die Ruderer irgendwann nicht mehr können."

"Und Ihr glaubt, dass wir die Flotte wieder erreichen?"

Uruha nickte. Er hatte die Arme vor der Brust gefaltet und sah dem Treiben der Hauptmacht zu. "Wir sind ein schneller Segler. Schneller als alle anderen. Sowie das kleinste Lüftchen unsere

Segel erfasst, holen wir sie ein." Er zeigte auf eine winzige weiße Wolke, die einsam über dem nicht allzu fernen Festland aufstieg. "In zwei Stunden geht es los." Er verneigte sich vor Kamino. "Ihr erlaubt, Botschafter? Ich habe zu tun."

"Tut, was Ihr tun müsst, Kapitän-oiyii. Vielleicht haben wir Glück, und es wird doch nur ein Wind."

Uruha nickte. "Euer Wort in der Götter Ohren."

Eben noch war das Meer spiegelglatt. Doch die schwarzen Wolken, die mächtig aufstiegen und sich rasend schnell näherten, ließen ahnen, was ihnen bevorstand. Dann brach der Sturm in voller Stärke los.

Kapitän Uruha hatte nur kleines Zeug, sprich die Vierecksegel zu einem Viertel, dafür aber die Dreiecksegel voll aufgezogen. Nun stand die Mannschaft bereit, jeden Befehl des Kapitäns blitzschnell auszuführen. Jeder kannte seinen Platz.

Gleich mit der ersten Böh, trafen auch die ersten großen Wellen das Schiff schräg an Backbord. Es bäumte sich auf, legte sich nach Steuerbord, nahm Fahrt auf und schnitt im spitzen Winkel durch die Wellen. Der Bug tauchte tief ein, Wasser schoss über das Deck und spülte alles weg, was nicht fest vertäut gewesen war. Zum

Glück traf es nur einen Ersatzsegelballen, dessen Festmacherseil gerissen war.

Die Passagiere in den Kabinen wurden durchgeschleudert, bis Uruha das Schiff stabilisiert hatte. Nun schoss es vor dem Wind mit großer Fahrt durch die Wellen, legte sich nach back- oder steuerbord, schob den Bug tief in das Wasser, aber verlangsamte seine Fahrt um keinen Knoten.

"Alles in Ordnung?" Uruha steckte den Kopf in Kaminos Kabine. "Wir machen ordentlich Fahrt und haben Chiyokos Flotte schon erreicht."

"Und wie sieht es dort aus?"

"Etwas chaotisch, würde ich sagen." Grinsend verschwand Uruha. Kamino zog sich den Sturmmantel aus gewachsem Leinenstoff über die Schultern und folgte dem Kapitän. Als er die Klappe zum Kommandodeck öffnete, griff der Wind nach ihm und ein Schwall kalten Wassers ergoss sich über ihn. Er klammerte sich an die Reling und zog sich bis zum Heck, wo die Steuerleute an den Pinnen standen.

Irgendwo an der Heckreling fand er einen einigermaßen festen Halt an einem Tau und hielt Ausschau. An Steuerbord war das offene Meer. Der Sturm wühlte es auf, jedoch waren die Wellen, so versicherte Kapitän Uruha ernsthaft, nicht allzu hoch. Dies verkündete er zwischen zwei Wellenbergen, die sich mit aller Gewalt von hinten auf das Schiff stürzten, als wollten sie es sofort versenken. Es krängte zu Seite, nahm Wasser auf, dass über das gesamte Schiff rollte. Doch zur großen Freude Kaminos richtete es sich wieder auf und setzte unbeirrt seinen eingeschlagenen Kurs fort.

"Ein wenig nach backbord", rief Uruha den Männern an den Rudern zu und hob zwei Finger. Dann befahl er die Gaffelsegel zu setzen. Die Segel knatterten kurz, dann standen sie straff am Wind. Sie waren nun schneller als die Wellen. Und es beschleunigte noch einmal, als Uhura den Kurs um wenige Grad änderte, als wolle es sogar den Wind überholen.

An Backbord mühten sich die schweren Pötte in Chiyokos Flotte den Kurs zu halten und vor allem nicht zu sinken. Selbst über den Lärm des Sturmes und der Wellen hörte Kamino das verzweifelte Rufen der Kapitäne und Offiziere. Er wünschte ihnen alles Glück der Welt und den Beistand der Meeresgeister, denn sie blieben immer weiter zurück

"In einer Stunde ist der ganze Spuk vorbei", rief Uruha und zeigte auf einen hellen Streifen knapp über dem Horizont hinter ihnen.

"Dann bin ich aber froh."

"Um ehrlich zu sein", lachte Uruha, "Ich auch!

In dieser Gegend stürmt es oft und heftig!"

Tatsächlich flaute der Sturm ab und wurde zu einem stetigen, kräftigen Wind, der sie schnell nach Südosten vorantrieb. Weit hinter ihnen lag das Kap *Nagatami,* eine Landspitze, die meilenweit ins Meer hineinreichte und an dessen Spitze sich die Burg Naga an die Felsen klammerte. Sie drehten nach Nordost und nach vielen Stunden schnellen Segelns wies Uruha Kamino auf ein gewaltiges, steiles Hochufer aus rotem Felsgestein und die vorgelagerten Inselchen und unzähligen gefährlichen Klippen des *Ata-akama* hin. "Seht, Kamino! Die Brandung!" Das Meer schlug schäumend gegen die Felsen. Gischt spritzte mehrere Klafter hoch auf. Und mitten in der gefährlichen Brandung flogen Wasservögel und seltsames Meergetier schwamm darin auf der Jagd nach Fischen. "Wir sind jetzt genau an der Südspitze Sinis. Was Ihr dort seht, die roten Klippen, ist *Ata-akama*, Gefährliche Gegend! Ein regelrechter Schiffsfriedhof. Man muss das *Kap Nagatami* weit umfahren und Glück haben, dass nicht einer der plötzlich auftretenden Stürme aus dem Osten tobt. Die Strömung und der Wind treiben einen unweigerlich in die Klippen. Dann heißt es: Gute Nacht." Er grinste breit.

Vier Meilen hinter ihnen folgte die arg gerupfte Flotte Chiyokos. "Dann werden wir auf die Flotte warten, Uruha-oiyii. Ich möchte mich noch mit Admiral Chiyoko beraten. Wir werden uns morgen trennen und auf direktem Wege nach Higashima weitersegeln."

Uruha nickte und gab entsprechende Befehle.

"Fünf Schiffe haben wir verloren!" Chiyoko war sichtlich erschüttert. "Dabei haben wir eine solche Situation oft geübt."

"Fast tausendzweihundert Mann von den drei großen Truppentransportern! Ich habe gesehen, wie sie gegen die roten Klippen getrieben wurden. Zwei von meinen Schiffen habe ich aus den Augen verloren", ergänzte Hasamato Yobi, der Oberkapitän der Flotte und gleichzeitiger Befehlshaber der Marineinfanteristen. "Zehn sind noch bei der Flotte, den Göttern und dem Geschick der Kapitäne sei Dank. Ich hoffe, dass die beiden nur abgetrieben wurden und irgendwie folgen werden. Aber wir können nicht auf sie warten."

"Deshalb bin ich hier." Kamino trank einen Schluck Wein. "Wir werden uns morgen von der Flotte trennen und unsere Fahrt allein fortsetzen. Jeder Tag, der verstreicht, ohne dass wir Higashima erreicht haben, ist vertane Zeit. Und die Flotte würde uns nur aufhalten."

Chiyoko nickte. "Ihr habt Recht. Wir halten

Euch auf." Er schnippte mit den Fingern. "Ordonanz! Bringt den Imbiss für seine Exzellenz und unsere Gäste."

Und während aufgetragen wurde, schwiegen sie und hingen ihren Gedanken nach.

Dann waren sie wieder unter sich. Niemand sollte wissen, welche Aufgabe Kamino und seiner Mannschaft bevorstand. Deshalb legten sie großen Wert auf Geheimhaltung. Aber die Anwesenheit eines Zauberers sowie Brodors und Okkos sorgte für genügend Spekulationen allein in der Mannschaft von Chiyokos Schiff. Was dachte man wohl bei der Flotte?

Nach dem Essen, dass wie üblich schweigend eingenommen wurde, sagte Chiyoko: "Nun denn, die Zeit verläuft unaufhaltsam." Er hob den Weinbecher. "Uns bleibt nur noch, Euch eine sichere Überfahrt und eine gesunde Heimkehr zu wünschen." Sie waren aufgestanden und tranken die Becher auf einen Zug leer. "Immer eine Handbreit Wasser unter dem Kiel!" Sie warfen die Becher hinter sich. Denn es bedeutete Glück, wenn sie zerbrachen. Das war so Sitte bei der Marine.

Im ersten Morgengrauen, bei gutem Wind, nahm die Flotte Kurs nach Norden. Kamino und seine Mannschaft blickten noch lange hinterher, bis sie kaum noch zu sehen war. Dann befahl Uruha Kurs Osten. Alle Segel waren gesetzt. Zwei Tage später, sie waren gut vorangekommen, zeigte sich wieder eine Front schwarzer Sturmwolken am westlichen Horizont, die schnell näherkam. Selbst Uruha blickte besorgt auf die Wetterfront und befahl alles festzuzurren. Und dann erfasste sie ein Sturm, wie ihn selbst Uruha noch nie erlebt hatte.

SABU

Es war ein schrecklicher Albtraum, der Sabu auffahren ließ. Sie setzte sich orientierungslos auf. Was sie geträumt hatte, wusste sie nicht mehr, aber es musste schrecklich gewesen sein. Ihr standen noch immer die Schuppen auf dem Rücken und im Nacken ab. Sie atmete tief durch und versuchte sich durch Meditationsübungen zu beruhigen. Nach und nach gelang es ihr, so dass sie aufstehen konnte, ohne dass ihr die Knie zitterten.

Es war noch dunkel. Sie ging zur Verandatür und schob sie weit auf. Ein heller Streifen am Horizont zeigte, dass es bis zum Sonnenaufgang nicht mehr lang war. Tief atmete sie die frische Morgenluft ein und trat auf die Veranda. Der Garten lag noch im Dunkeln. Sie hörte den künstlichen Bach leise plätschern und das schüchterne Quaken eines Frosches.

Die gestrige Besprechung mit Yukomi und den Heerführern des Südens war anstrengend gewesen. Nur schwer waren Fürst Masaru Ruuyiko und Fürst Ishi Maki zu bremsen, die sich am liebsten sofort mit aller Macht auf den Feind gestürzt hätten. Die Diskussion wogte hin und her, bis Sabu dem ein Ende machte, die bis dahin nur zugehört hatte. "Wir hatten zu Beginn des Feldzuges entschieden, den Feind durch Angriffe von allen Seiten zu schwächen und ihm den Marsch nach Sono zu erschweren, bis genügend Truppen um und vor Sono zusammengezogen sind." Einige Heerführer nickten zustimmend. Die Taktik der Nadelstiche zeigte schon jetzt Erfolg. Der Feind war verwirrt, er handelte unkonzentriert und wusste nie, von welcher Seite er angegriffen wurde. Insbesondere die Nachhut und der Tross, der sich schwerfälliger als eine Schnecke bewegte, waren durch die Angriffe stark geschwächt. Und wenn der schwarze Zauberer versuchte Magie einzusetzen, wurde das durch die Magier der Insel, die immer anwesend waren, verhindert.

"Deshalb habe ich entschieden", sagte Sabu weiter, "dass wir diese Taktik fortsetzen, bis wir nahe genug an Sono herangekommen sind. Dann in Eilmärschen nach Sono! Es muss gelingen, so viele Truppen wie möglich am Feind vorbeizuführen. Vor Sono, so meldete man mir, hat Fürst Hidaro-Higishi Befestigungen angelegt. Nur ist sein Heer allein zu schwach, um dem Ansturm des Feindes standzuhalten." Sie rollte eine winzige Depesche aus und hielt sie in die Höhe. "Mein Sonderbeauftragter Hoboke hat mir gemeldet, dass er und der Sohn des Fürsten Higishi, Akano-Inni, in den Bergen von Yomo und Kusu-Gi mehr als zweitausend Feinde vernichtet hatten. Darunter auch viele Reiter." Sie machte eine Pause, damit die Fürsten die Mitteilung verdauen konnten. "Er zieht sich vor dem Feind Schritt für Schritt zurück. Die letzte Rabenmeldung vor zwei Tagen lautete, dass er die Berge verlassen hatte. Für uns die Gelegenheit, den FEIND zu flankieren und rechts und links vorbeizueilen." Sie stand auf, ging zur Karte und zeigte auf das Gebiet um Kusu-Gi. "Während der Feind das Herego-Gebirge auf dem kürzesten Weg über die Pässe nimmt, marschieren wir an der rechten und linken Flanke an ihm vorbei. Der Weg ist zwar weiter, aber wir kommen schneller voran. Im Norden befinden sich dichte Wälder, die nur unter großen Mühen zu durchqueren sind, doch die Heerführer melden, dass sie gut hindurchkommen. Im Süden geht es um Kogo herum. Angeblich soll der FEIND die Burg und Stadt eingenommen haben. Es soll kein Stein mehr auf dem anderen stehen. Die Bewohner waren schon vorher geflohen. Ich warte noch Hobokes Meldung ab. Auf jeden Fall wird unser Vormarsch durch Hoboke im Süden gedeckt. Unser Vorteil ist, dass wir keinen Riesentross mit uns herumschleppen. Wir können aus der Umgebung leben, denn die Bewohner Minorus unterstützen umfassend unsere Truppen." Sie wandte sich wieder den Fürsten zu. "Admiral Chiyoko teilte mir mit, dass er sich mit der Flotte kurz vor Sono befände. Er habe schon Kontakt zu Fürst Hidaro-Higishi aufnehmen können."

"Das sind doch ermutigende Meldungen, meine Fürstin", sprach Fürst Kohaku Wakimo. Doch Sabu sah den Fürsten nur kurz an und antwortete nicht darauf. Stattdessen wandte sie sich an Yukomi: "Wieviel Mann sind auf dem Marsch, Heerführer?"

"Insgesamt fünfzehntausend einschließlich der inzwischen auf zweitausend angewachsenen Reiter und vierhundert *riyuu-oiyii*! Die zweitausend Krieger des Fürsten Higishi zählen da schon mit. Der Feind verfügt aber über dreißigtausend Krieger. Darunter allein fünftausend Reiter auf Riesengäulen. Da trifft einer der Unsrigen auf mindestens zwei Feinde! Auf der anderen Seite der Yomo-Berge stehen ihm knapp tausendfünfhundert Mann gegenüber, überwiegend zu Fuß, die von Hoboke-oiyii befehligt werden."

Nach dieser Mitteilung schweigen die Fürsten betroffen. Für sie hatte es eine Zeitlang ausgesehen, als verfügten sie über eine Riesenarmee.

"Fürst Hidaro-Higishi kann aus der Umgebung von Sono noch tausend Fußkämpfer aufbieten, vorwiegend Bauern und Fischer. Aus dem Norden nähern sich die Fußtruppen Fürst Nyokos. Immerhin über zwanzigtausend! Seine dreihundert riyuu-oiyii und unsere vierhundert sind schon in Sono. Sie werden permanent den Feind aus der Luft angreifen, wenn er aus dem Gebirge herauskommt. Nyokos Fußtruppen werden im Norden die Grenze nach Minoru erst in den nächsten Tagen erreicht haben. Selbst wenn sie in Eilmärschen nach Sono weiterziehen, wird der FEIND wohl eher vor Sono stehen. Das gilt auch für die Verstärkung aus Shoushima." Yukomi verzog das Gesicht. Er traute den Truppen aus Shoushima nicht über den Weg. Es waren zuviel Verwandte des ehemaligen Fürsten

Asamoto dabei. "Es gilt also", führte Sabu fort, "die gegnerische Spitze so lange wie möglich aufzuhalten und zu hindern, Sono vor unserem Entsatz zu erreichen, um ihn dann, mit der Verstärkung aus Shoushima und Sagoshima einzuschließen."

Sabu hatte Asamoto zu sich bestellt und ihn gefragt, ob er Willens sei, gegen den FEIND zu kämpfen. "Ich möchte, dass Ihr das Heer der Shoushimati befehligt."

Er war, ohne lange nachzudenken, war auf die Knie gefallen und hatte die Stirn auf den Boden gedrückt. "Danke, Fürstin. Ich werde Euch nicht enttäuschen."

Und Sabu hatte kalt geantwortet: „Das werdet ihr *sicher*." Sie hatte sich so unnachahmlich von ihren Kissen erhoben, dass es Asamoto durch und durch ging: "Steht auf. Ihr wisst, wie es bei uns üblich ist." Jetzt stand sie dicht vor ihm. „Ich mache Euch zum Daimio ohne Lehen." Sie hatte hinter sich gegriffen. „Hier. Nehmt diesen Heerführermantel und tut, was Ihr versprochen habt." Yukomi hatte sich dabei seltsam gefühlt und das Mistrauen, dass er dem Daimio Asamoto entgegenbrachte, deutlich durchscheinen lassen.

"Übernehmt den Befehl vom Fürsten Gotubi Katsuo. Er ist informiert. Haltet eure Leute an, schneller zu marschieren. Wer es nicht schafft, marschiert auf eigene Gefahr hinterher. Niemand bleibt zurück! Ich werde es nicht dulden, dass, wer auch immer, bummelt oder sich drückt." Sie ließ sich und Asamoto einen Becher Wein reichen. "Auf den Sieg!" Sie trank den Becher in einem Zug leer und war in ihr Quartier gegangen.

Die Sonne stieg mit einem Blitz über den Horizont. Es wurde Zeit! Sabus Hofstaat versammelte sich um seine Fürstin. Gleich nach dem Frühmahl wollte sie aufbrechen und stracks nach Sono fliegen. Alles war vorbereitet; Dreißig Drachenreiter zu ihrem Schutz, zwölf Kampfdrachen für Sabu und ihre Begleiter und zehn Lastdrachen. Der neue Daimio *Asamoto kun'nashi,* Asamoto ohne Land, sein neuer Name, stand vor dem *Tor des freundlichen Drachen* und beobachtete den Aufmarsch. Sowie die Kavalkade abgeflogen war, sollte auch er aufbrechen. Er hatte die Hände auf den Rücken gelegt und wippte auf den Fersen. *Seltsame Sabu,* dachte er, *seltsame neue Welt. Mussten wir erst überfallen werden, um über uns nachzudenken? Auf welcher Seite stehe ich? Zu wem stehe ich?* "Lasst uns abreisen, Geroshi-oiyii", wandte er sich an seinen Adjutanten, "Wir haben Einiges gut zu machen."

"Wie Ihr befehlt, mein Fürst!" Geroshi zögerte einen winzigen Moment. Was hatte seinen Herrn so verwandelt?

KAMINO

"*Brunok*[7]", jammerte Okko und klammerte sich krampfhaft an der Planke fest, an der Kamino, Brodor, der Zauberer Hogomo, Sekretär Llasha Kasiko, zwei Matrosen und Uruha, der Kapitän hingen. Ein paar Meter weiter trieben, an einem Stück aus der Beplankung geklammert, noch zwei Matrosen und vier Krieger aus Kaminos Gruppe. Von dem Rest der Mannschaft schien keiner den Sturm überlebt zu haben.

Das Meer war ruhig, glatt und eine sanfte Brise ging, als hätte nie ein tödlicher Sturm getobt. Der Himmel war blau und die frühherbstliche Sonne wärmte sie ein wenig. Die Strömung trieb sie auf eine Inselgruppe zu, von der sie hofften, dass sie zu Higashima gehörte. Uruha jedenfalls war fest davon überzeugt.

---

[7] Krullsprache: Kalt

"Der Sturm kam aus dem Westen. Er hat uns auf direktem Weg nach Higashima getrieben, Herr." Die nahen Inseln schienen die Aussage zu bestätigen.

"Was machen wir, wenn wir auf *sarus* stoßen?", fragte der Sekretär.

"Sie auf keinen Fall *sarus* nennen!" Kamino grinste. Seit sie sahen, dass sie trockenes Land erreichen würden, war die Stimmung schon entspannter.

"Warum?"

"In der Sprache der Higashimati und in unserer bedeutet das Wort *saru,* Affe. Wir können davon ausgehen, dass die Higashimati es nicht mögen, Affen genannt zu werden. Sie nennen sich *Menschen*!" Dann schwiegen sie und paddelten mit den Füßen auf eine Insel zu und landeten glücklich an einer flachen, sandigen Stelle.

"Glück gehabt", stellte Brodor fest, nachdem er sich umgesehen hatte und dabei den Sand von der nassen Kleidung klopfte.

„Sucht das Ufer ab, ob brauchbare Dinge von unserem Schiff angetrieben wurden", befahl Uruha den Matrosen. Nach kurzer Zeit kamen sie mit einer Kiste und einem Seesack über den Schultern und verschiedenen kleinen Dingen in den Armen wieder.

Uruha rief freudig: „Oha! Meine Seekiste.

Welch ein Glück."

„Mein Seesack! Ich hatte schon jede Hoffnung aufgegeben, unser Tagebuch fortsetzten zu können" jubelte Llasha Kasiko. Er nahm den Matrosen den Sack ab und öffnete ihn. „Wenig passiert. Alles scheint noch brauchbar", murmelte er. Er zog einen Packen Papier hervor, die neueste Erfindung aus Sini, und hielt ihn triumphierend hoch.

Uruha sah sich um. „Sehen wir nach, wo wir gelandet sind. Steigen wir auf diesen Hügel." Sie halfen sich gegenseitig, den sandigen und immer steiler werdenden Uferstreifen zu erklimmen und erreichten bald ein hochgelegenes, trockenes Plateau, von dem aus sie die ganze Insel übersehen konnten. Uruha zog Okko, der ein wenig gebummelt hatte, auf einen Felsvorsprung. "Nun mach schon!"

Das Eiland war unbewohnt, eine mit Gras und Strauchwerk bewachsene winzige Insel. Möwen umkreisten die Gruppe neugierig. Im Süden nisteten Tölpel und Sturmmöwen und erzeugten einen Riesenlärm. Uruha kniff die Augen zusammen. Er zeigte nach Osten. "Dort drüben liegt das Festland, Higashima. Wir befinden uns dreißig Meilen nördlich von der Dracheninsel. Die liegt dort, im Süden."

Kamino kniff die Augen zusammen. "Ich sehe

ein paar Bergspitzen und Rauch."

"Ja. Die Insel besteht nur aus Vulkanen. Viele sind aktiv, einige haben sich schon lange nicht mehr gerührt."

"Dort kann man nicht leben?"

"Ist mir nicht bekannt, Botschafter."

"Okko friert. Okko *brunok*."

"Na und? Denkst Du, uns ist nicht kalt? Bewege Dich und Dir wird warm." Uruha drehte sich um sich selbst. "Alle oben?" Es war eine rhetorische Frage, denn die kleine Gruppe der Überlebenden war übersichtlich genug. "Gehen wir weiter, zur anderen Seite der Insel."

"Und was machen wir dort?" Der Sekretär sah Uruha zweifelnd an.

"Sehen, ob und wie wir weiterkommen."

"Glaubt Ihr, dass es eine Fähre gibt, Kapitän-oiyii?"

"Witzbold. Aber wer weiß, Sekretär-oiyii."

Sie kamen an einer steilen Klippe zum Stehen. Von hier oben hatten sie eine gute Übersicht. Leider fiel die Klippe mehr als sechzig Schritt senkrecht zum Meer ab. "Gute Aussicht", stellte Kamino trocken fest. "Jetzt müsste man fliegen können."

"Zumindest weiß ich nun genauer, an welcher Stelle wir uns befinden", sagte der Kapitän. "Dort, schräg gegenüber, die Stadt mit dem Hafen. Seht Ihr es?"

Kamino nickte.

"Das ist Suderia. In Wahrheit ein Piratenhafen. Seht Ihr auch die Türme? Sie gehören zum Tempel irgendeines Gottes. Das große rote Gebäude ist ein Lagerhaus. Die Piraten tun so, als wären sie friedliche Fischer oder Händler. Dabei sind sie gefährlich und gewissenlos. Sie handeln mit Sklaven und verhökern die Beute, die sie aus Handelsschiffen rauben, überall in Geadir. Besonders hoch oben im Norden, bei den Nordleuten, sind die „Waren" sehr gefragt. Die Inseln um uns herum gehören zu Suderia, sind aber, den Göttern sei Dank, unbewohnt. Wir sollten also den Seeräubern nicht in die Fänge geraten."

"Und woher wisst Ihr das so genau?"

Uruha grinste breit. "In meinen jungen Jahren war ich bei den Schmugglern von Gariyoki."

"Aha." Kamino hatte keine Ahnung, wer die Schmuggler von Gariyoki waren. Aber er nahm sich vor, sofern sie unbeschadet wieder in Yukokoshima waren, sich mit diesem Thema zu befassen. Offenbar hielten Schmuggler Beziehungen zu Higashima, obwohl es streng verboten war. Interessant! Vielleicht konnte man Uruhas damalige Beziehungen nutzen?

"Vierzig Meilen nach Norden, vor dem Gebirge, liegt die Piratenbucht. Seht Ihr es? Und fünfzig nach Süden, hinter dem Horizont, finden wir die Brigantenbucht und das Brigantenkap", setzte der Kapitän fort. "Auch nicht gerade friedlich. Die Piraten haben verdammt schnelle Langboote. Noch weiter südlich wird es wieder friedlich. In *Le Haven* herrschen die Grafen von Ox. Die Meerenge zwischen der Drakeninsel und dem Festland nennt man die Straße von Ox. Die Seefahrer nennen sie aber *Das Drachenmeer*."

"Und dahinter?"

Uruha hob die Schultern. "Viel Land? Wie man mir versicherte unglaublich viel Land! Geadir ist viel größer als Sini."

"Und, wie sind sie, die – Menschen?", fragte Kasiko.

Uruha sah den Sekretär von oben abschätzend an. "Schmutzig, laut, misstrauisch und immer auf Händel aus."

"Und die Weiber?" Kasiko rückte den Gürtel, an dem eine Ledertasche mit Schreibutensilien hing, zurecht. Kamino sah es und war erstaunt. Er hatte es mit letzter Kraft geschafft, seine beiden kostbaren Schwerter nicht zu verlieren. Und dieser Kasiko besaß noch seine Schreibwerkzeuge. Nun ja, jeder hat so seine Waffen. Und die des Sekretärs waren halt Pinsel und Tusche! Automatisch tastete Kamino seinen Gürtel ab. Gute Götter! Alle Papiere waren noch gut und sicher eingewickelt! Wenigstens konnte er sich als Botschafter ausweisen. Was oder ob es etwas nutzt, wird sich zeigen.

"Vergesst es, Sekretär-oiyii. Auch sie sind schmutzig, stinken und sind laut", brummte Uruha.

Kasiko sah Kamino vorwurfsvoll an. "Und warum haben wir dann die Überfahrt gewagt? Hätten wir die *Menschen* nicht einfach dem Zauberer überlassen können?" Er hieb mit der flachen Hand durch die Luft. "Und weg sind sie."

"Und dann?"

"Wir würden den FEIND vertreiben und Higashima übernehmen. Sozusagen im Handstreich."

Kamino hatte eigentlich keine Lust darauf zu antworten. Doch einfach schweigend darüber hinwegzugehen, war ihm zu einfach. "Ein unbekanntes Land kann man nicht einfach im Handstreich übernehmen." *Was glaubte denn Kasiko?* "Ausserdem bringt der Zauberer die Menschen nicht einfach um, sondern er versklavt sie oder macht sie zu Krulls. Die Gefahr würde nur noch mehr wachsen." Er schnaufte durch die Nase. "Also, wie kommen wir auf's Festland?" Dabei sah er Hogomo streng an.

Der schreckte aus seinen Gedanken. "Äh, ja. Ich kann es versuchen."

"Versuchen?", knurrte Kamino, „Wozu haben wir Dich mitgenommen?"

MARGUR

Zum vierten Mal ließ Margur seine Krulls gegen die Barrikade anrennen. Und zum vierten Mal wurden sie zurückgeschlagen. Sie kämpften bergauf und gegen diesen widerlichen Schneesturm! *Verdammte Dragune!* Es juckte in den Fingern, einen mächtigen Zauber anzuwenden, der die Barrikade einfach davonfegen würde, aber Vater hatte es ihm untersagt. "Wenn Du nicht willst, dass die *Wächter der Sphäre* über uns kommen, lass es sein. Begnüge Dich – vorläufig – mit kleinen Zaubereien." Dennoch! Ein wenig mehr als wenig? Das musste doch funktionieren? Unruhig lief er hin und her und hatte immer ein Auge auf das Kampfgeschehen. Seine Leute wurden müde, das sah er ganz deutlich. Angst stieg in ihm auf, zu versagen. Und damit auch Wut. Auf die Krulls, auf sich selbst und den Feind. Er spürte, wie es in seinen Ohren zu summen begann, seine Arme sich hoben ... Und dann brach es aus ihm heraus; Grellblaue Blitze schossen aus den Fingerspitzen und auf die Barrikade zu. Es krachte und knallte. Durch das Summen in seinen Ohren hörte er Schreie und Befehle und das laute Poltern herabstürzender Felsen und Steine.

Naeg spürte, wie sich der Äther aufblähte. Niemand um ihn herum konnte es spüren, nur er. Sein Körper spannte sich. *Es ist Zeit*, dachte er, *jetzt beginnt der letzte Teil der Schlacht am Pass.* Er spürte die Blitze Margurs, bevor sie die Barrikade erreichten. Schnell, aber nicht schnell genug, zog Naeg Magie zusammen. Mit einer großen Armbewegung von rechts nach links errichtete er eine Wand aus purer Energie, die die Blitze ansaugte und in den Boden leitete. Wer sich auf der anderen Seite befunden hatte, starb an den mächtigen Schlägen aus Margurs Fingern.

Die Krieger sprangen von der Barrikade, als die ersten Blitze einschlugen. Einige starben sofort und gingen in Rauch auf, einige wurden verletzt, doch dann stand Naegs Energieschild, gegen das Margurs Blitze ankämpften und die hunderte ahnungsloser Krulls zu Staub zerrieben.

Eine Weile noch krachten Blitze gegen den Schild, dann war Margurs Kraft verraucht. Auch hatte er begriffen, dass auf der anderen Seite ein Zauberer war, der mindestens so viel Magie beherrschte, wie er – vorläufig!

Er fuhr herum. Wenn auch seine magischen Kräfte momentan geringer waren, so doch seine Wut nur noch mächtiger. Gleich den ersten ahnungslosen Krull, der in der Nähe stand, traf sein Zorn. Mit einer wischenden Handbewegung schleuderte Margur den Krull zur Barrikade. Der Ärmste prallte gegen die Energiemauer und verdampfte in Sekundenschnelle. Margur tat das noch zwei Mal, dann war seine Wut verraucht. Mit großen Augen sah er sich um. Die Wand aus Energie schimmerte leise durch Rauch und Staub. Um ihn herum standen die Krulls und starrten ihn an, als käme er aus einer anderen Welt.

"Was ist? Formiert euch! Macht euch bereit! Kämpft!" Er hob die Hände, um nun endlich diese Mauer zu beseitigen, doch da war sie nicht mehr! Vor ihnen breitete sich ein leerer Pass aus. Nichts zu sehen vom Gegner.

KAMINO

Yakutse Hogomo stand nachdenklich am Rand der Klippe, und beobachtete das Meer. "Das da! Können wir das gebrauchen, Kapitän-oiyii?" Er zeigte auf ein Fischerboot, dass zwischen ihrer und der benachbarten Insel hindurchsegelte.

"Ich denke, wir passen alle hinein, obwohl es verdammt eng wird." Uruha schob abschätzend die Unterlippe vor. "Nehmen wir es." Er blickte Hogomo an. "Sollen wir rufen, ein Feuer machen, oder was?"

Doch da stellten sich bei allen schon die Kopfschuppen auf. Der Zauberer sang einen Spruch, worauf das Schiffchen halste und Kurs auf ihre Insel nahm. "Gehen wir zum Ufer. Dort lang", sagte Hogomo.

Sie erreichten gleichzeitig mit dem Fischerkahn das steinige Ufer im Norden des Inselchens. Uruha und Kamino machten lange Hälse. Vom Fischer war keine Spur zu sehen.

"Was habt Ihr mit dem Fischer gemacht? Ersäuft?"

"Nein, Kapitän-oiyii. Er hockt am Ufer des Festlands und wundert sich." Hogomo lächelte zum ersten Mal an diesem Tag. "Vor allem, dass sein ganzer Fang bei ihm ist, nur nicht sein Schiff." Sie hatten leise gelacht, wie junge

Dragune, wenn sie einen Spaß gemacht hatten.

"Ich bin gespannt, was uns erwartet!", rief Kasiko in die Runde. Niemand antwortete, denn das waren sie alle. Die Nussschale hüpfte über die Wellen, die ein kühler Wind aus West aufwarf. Brodor übergab sich zum wiederholten Male und Okko saß mit hellgrauem Gesicht auf einem Haufen Netze. Fast alle der Mannschaft waren seekrank und litten in unterschiedlichem Maße daran. Nur Uruha, Kamino, die Matrosen und erstaunlicher Weise Kasiko hatten keine Probleme mit der rauen See. Kamino fragte sich nur, welche Geister er beleidigt hatte, dass sie immer wieder das Wasser so aufwühlten und den Wind losließen, wenn er an Bord eines Schiffes war.

"Ich steuere jetzt nach Südwest. Wir landen oberhalb des Brigantenkaps!"

"Warum? Geht es nicht schneller, wenn wir das Kap umfahren?"

"Ich weiß nicht, was uns dort erwartet, Kamino-oiyii."

"Verstehe."

"Ja. Und es ist besser, wenn wir bei Dämmerung anlanden, damit uns niemand sieht. Das Land zwischen den Bergen im Norden und dem Kap ist, soviel ich weiß, unbewohnt."

"Sehr gut. Dennoch brauchen wir einen ortskundigen Führer."

Uruha winkte ab. "Den kriegen wir."

Da bin nun wieder ich gespannt. Kamino klammerte sich mit beiden Händen an der Süll fest, da das Schiffchen eben in ein Wellental tauchte und Anlauf nahm, die nächste Welle zu nehmen.

"In Le Haven finden wir sicher einen Menschen, der für ein wenig Gold für uns arbeiten wird." Mit einem kräftigen Ruck am Ruder brachte Uruha das Schiff wieder auf Kurs.

Wenn sie aus einem Wellental auftauchten, sahen sie, dass das Land immer näherkam. Ihr Ziel war ein Landstrich mit einem scheinbar flachen Ufer. Gleich dahinter erhob sich ein Wald und hinter ihm ein Gebirge mit hohen, spitzen Berggipfeln, das im Dunst des Abends schemenhaft blau schimmerte. Über ihnen zogen schneeweiße Wolken in dieselbe Richtung. *Es kann nicht mehr lange dauern, bis die Sonne untergeht.* Ein wenig hatte Kamino das Zeitgefühl verloren. Es wurde Zeit, dass sie wenigsten eine Nacht durchschlafen konnten, denn auf der winzigen Insel, und schon vorher im Sturm hatten sie kein Auge zutun können.

Er duckte sich unter der Gicht hindurch und wurde trotzdem getroffen. *Nasser, als ich jetzt bin, kann ich kaum noch werden.* Beinahe fieberhaft wünschte er sich jetzt auf festem Land stehen zu dürfen. Richtigem Land, nicht solch ein Steinhäufchen, wie die Insel, die sie kurz nach Sonnenaufgang verlassen hatten!

Das Boot fuhr kratzend und schabend auf den flachen Uferstreifen auf. Die Männer sprangen über die Reling, allen voran Brodor, der mit einem glücklichen Lachen das Ende der schaukeligen Bootstour feierte. "Endlich!" Schon wollte er zum Wald laufen.

"Halt!" Brodor blieb stehen und sah sich um. "Warte. Wir müssen erst feststellen, ob wir hier allein sind." Kamino winkte einen Soldaten zu sich. "Nehmt Euch zwei Mann mit und prüft den Wald."

"Aiya!" Ohne viel Worte zu verlieren, zeigte der Soldat auf zwei seiner Kameraden. "Mir nach."

"Und nun?" Kasiko, der Sekretär, hockte sich auf die Fersen. Er schlang die Arme um den Oberkörper und klapperte mit den Zähnen.

"Wir warten, bis die Soldaten zurück sind. Ist alles still und einsam, machen wir ein Feuer, damit wir endlich trocken werden." Sie hockten im Windschatten des Schiffes. "Überprüft eure Ausrüstung, und was ihr noch an Waffen habt." Er hatte nämlich gesehen, dass einer der Soldaten überhaupt keine Waffen mehr hatte und von den Matrosen nur zwei ihre großen Messer. "Könnt Ihr nicht ein wenig zaubern, Hogomo?"

Hogomo nickte und sang einen Zauberspruch.

"Mist."

"Was? Was ist, Hogomo?"

"Es gibt Gegenden, wo Magie nicht möglich ist. Etwas hindert mich daran, den Äther zu konzentrieren. Ein Phänomen, dass örtlich auftreten kann. Ausgerechnet hier tritt es auf." Er hob die Schultern.

"Wie sieht es mit der Nahrung aus? Brodor?"

"Ja, Herr?" Brodor schien aus dunklen Gedanken aufzuwachen. "Äh, Nahrung?" Er stützte den Kopf auf beide Fäuste. "Im Boot habe ich Brot, jede Menge Fisch und sogar einen Krug Wein gefunden. Das genügt für ein Abendessen."

"Dann müssen wir eben etwas erjagen", stellte Uruha fest. "Geadir ist ein wildreicher Kontinent."

Wieder schwiegen sie und hingen ihren Gedanken nach.

Kamino hatte sich vorgestellt, irgendwo in Higashima in einem Hafen zu landen und sich als Botschafter Yukokoshimas, respektive Sinis vorzustellen. Das hatte der Sturm gründlich verdorben. Jetzt saßen sie nass und hungrig irgendwo im Süden auf einem Sandstrand fest und froren. *Wie Flüchtlinge, ohne Nahrung, ohne Waffen, ohne Kleidung zum Wechseln. Gebadet hatten wir in den vergangenen vier, fünf Tagen zur Genüge, schön und gut, aber das Wasser war salzig und kalt.* Er sah an sich herunter. Sein Kimi hatte unter dem Salzwasser heftig gelitten. Vorsichtig zog er das Katimi aus der Scheide. Rost! Das hat gerade noch gefehlt! Er wickelte den Gürtel auf. Direkt am Körper kam ein Ledergurt, an dem ein wasserfestes Täschchen befestigt war zum Vorschein. *Hoffentlich ist kein Wasser eingedrungen.* In dem Täschchen befanden sich die Legitimation als Botschafter und ein Schreiben Sabus an den unbekannten Herrscher, in Sinisch und Geadirisch, ein paar Goldmünzen und flache Goldbarren. Mit vollem Ernst, fast beleidigt, hatte der Schreiber behauptet, dass er Geadirisch beherrsche. Es sei die Allgemeinsprache, da "drüben". Er müsse es wissen, denn er habe im Tempel des roten Gottes mindestens fünf Sprachen gelernt. Sinisch, Hygrisch, Lagetisch, Mosirisch und eben auch Geadirisch! Kamino kannte keine der Sprachen, außer Sinisch, und war sehr verwundert. Hogomo hatte geschmunzelt, aber nichts dazu gesagt. Kamino war überzeugt davon, dass er besser Geadirisch konnte als der Sekretär. Leider wurde er, bevor er nachfragen konnte, was das alles für

Sprachen seien, und wer sie spreche, zu Sabu gerufen. Nun hoffte Kamino, dass die Menschen dieses Geadirisch auch verstehen würden. Immerhin waren zweitausend Jahre seit der Vertreibung und ihrem jetzigen Hiersein dazwischen. Und auch, wenn Kasiko beleidigt war, zum Glück war Hogomo dabei, der die Sprache der Geadiri wirklich konnte. Den Göttern sei Dank!

Die Soldaten waren zurück. "Weit und breit kein Lebewesen zu sehen, außer ein paar Tieren mit vier Beinen. Ich weiß nicht, ob sie gefährlich sind", meldete der eine und die andern nickten dazu.

"Haben wir einen Jäger untern uns?" Kamino sah sich um. "Nein? Dann geht ihr drei nochmals los und fangt irgendeinen Vierbeiner, der aussieht, wie ein *usago* oder ein *roobai.* Wird schon etwas Genießbares dabei sein."

Eine Stunde später lagen zwei Hasen und ein Reh vor ihnen. "Die hat Kaso mit Schlingen aus Pflanzenfasern gefangen. Es gibt unglaublich viel Wild hier." Die Gefährten bestaunten die Vierbeiner.

"Gut, machen wir ein Feuer und essen. Nur ein wenig. Er wandte sich an Brodor, "Wir wissen nicht, wie lange wir keine Nahrung finden werden."

Brodor nickte. "Das Gebratene hält sich eine Weile. In der Nähe habe ich einen Bach gefunden. Wir können das Fässchen, in dem das Salz war, damit auffüllen."

"Gut so." Kamino stand schwerfällig auf, während sich seine Kameraden um das Essen kümmerten. Er ging zum Waldrand. Die Bäume standen nicht so dicht, wie er erwartet hatte. Dafür bildete das Unterholz ein verfilztes Dickicht, das nach seiner Einschätzung schwer zu durchqueren war.

"Wo geht es dort entlang?", fragte er Uruha, der jetzt neben ihm stand und versuchte mit zusammengekniffenen Augen, das Dickicht zu durchdringen.

"Wenn wir genau nach Osten gehen, kommen wir an einen Fluß, dessen Namen ich nicht kenne. Wir waren auf einer Schmuggelfahrt mit Kanus den Fluss herabgefahren, bis zur Küste. Weit und breit kein Dorf und keine Siedlung." *Das kommt den Schmugglern auf jeden Fall entgegen,* dachte Kamino. *Kann sein, dass es uns noch nützlich sein wird.* "Wie gesagt, wir hielten damals eher Kontakt zu den Schmugglern in Suderia. Das liegt weiter im Norden. Ich denke, es wäre besser, an der Küste weiterzugehen."

"Der Fluß. Wohin fließt der?"

"Es ist ein Nebenarm. Der Hauptarm fließt,

wenn ich mich recht erinnere, durch LeHaven. Auch ein Schmuggler- und Brigantennest, obwohl es den Herren der Stadt Ox gehört. Einem Bündnis reicher Kaufleute von Geadir."

"Auch Schmuggler?"

"Nein. Sie machen nur Geschäfte. Die Kaufherren interessieren sich nur für den Profit."

"Wie die Schmuggler?" Kamino sah Uruha schräg von der Seite an.

Uruha verbeugte sich grinsend. "Genauso ist es, Herr."

Kamino hatte einen Plan. Er war ihm in den Kopf gekommen, ohne lange zu überlegen. "Dann wenden wir uns dorthin. Wir gehen da durch, bis wir den Fluss erreicht haben und versuchen nach LeHaven zu gelangen. Zur Not bauen wir ein Floss und sehen weiter." Sie gingen zurück, denn das Essen duftete schon so stark, dass ihnen das Wasser im Mund zusammenlief.

"Wir bauen einfache Zelte aus dem, was wir hier finden. Morgen marschieren wir ab." Was er sah, waren wenig begeisterte Gesichter. Er hob die Schultern. "Was soll man machen. Irgendwo und wie müssen wir ja anfangen." Er hatte es sich auch anders vorgestellt.

SABU

Sono liegt direkt am Meer. Die Stadt hat einen großen Handelshafen und in der Nähe den Kriegshafen. Sie ist ein einziger Wirrwarr aus Straßen, Sträßchen und Gassen, Häusern, Werkstätten, Lagerhäusern, Tempeln und den Palästen der reichen Sini. Eine mächtige und raffiniert angelegte Doppelmauer, ein so genannter Zwinger, umgibt die Burg. Außerhalb der Burg liegt die Stadt. Die Straßen und Wege und Häuser der Handwerker, Händler, Armen und Baracken für die Sklaven der Ackerbürger reichen bis dicht an die niedrigere Stadtmauer heran. Auf den bewaldeten Hügeln im Westen leuchteten die von Gärten umgebenen Häuser der reichen Bürger. Aus der Vorstadt quoll dicker Rauch auf. Man war dabei, die Häuser und Werkstätten zu schleifen. Flüchtlinge in Gruppen zogen auf den Straßen zu den Toren Sonos, um dort Sicherheit zu finden. Die Burg selbst lag, wie ein Fremdkörper, in der Nähe des Hafens; Ein riesiges Doppelquadrat, das von hohen Türmen bewacht wurde. Mit seiner östlichen Seite lehnte sich die Burg an die Steilküste. Herr der Burg und der

Stadt war Daimio *Kakomi Yamate*.

All das prägte sich Sabu fest ein, als sie die Stadt und die Umgebung ein zweites Mal umkreisten. Immerhin betrachtete sie ein zukünftiges Schlachtfeld. Wie sollen sie diesen Wirrwarr verteidigen?

Bevor sie zur Landung ansetzte, überflog sie den Hafen, vor dem Chiyokos Armada lag. Eine gewaltige Armada aus Kriegsgaleeren, Fregatten, Kreuzern und dicken Truppentransportern lagen auf der Reede. Er hatte es noch rechtzeitig geschafft! Den Göttern sei Dank! Die Matrosen und Krieger winkten der Kavalkade der Drachen und schwenkten Fahnen und Feldzeichen, als sie die Schiffe überflog, und riefen etwas, was sie hier oben nicht verstanden.

Und wie so oft dachte sie an Kamino. Ob er schon in Geadir gelandet war? Ob er überhaupt noch lebte oder schon mit den Higashimati in Verhandlungen stand? Ihr Herz zog sich zusammen und zum wiederholten Male fragte sie sich, warum sie keinen anderen geschickt hatte.

Am Boden erwartete sie Fürst Hidaro-Higishi in seiner festlichsten Rüstung. Eine große Ehrengarde war aufmarschiert, die Flaggen Minorus und Yukokoshimas flatterten in der sanften Brise.

Tsuyoshi kreiste zweimal, dann setzte sie sanft

auf einer freien Fläche in der Nähe der Hauptburg auf. Leicht wölkte Staub auf. Noch mehr Staub wallte auf, als auch Sabus Begleiter landeten. Gardesoldaten waren zur Begrüßung angetreten und schlugen ihre Fäuste gegen die Brust. Es war die Begrüßung, wie sie bei Sabu in Gebrauch war. Sabu musste schmunzeln. *So schnell geht das manchmal.* "Hiigishii, Hiiita!", riefen die Krieger.

Sabu sprang von Tsuyoshis Rücken und ging auf Hidaro-Higishi Mikiri zu, der sie arrogant grinsend vor dem Tor erwartete. "Sabu, Tochter des geehrten Hita Kenshoori, eine große Freude und Ehre!" Er verbeugte sich leicht. Innerlich spürte er, dass sich bei ihm, wie bei vielen anderen, eine Wandlung vollzog. Er breitete die Arme aus, als wolle er sie umarmen.

Das fehlt gerade noch! Sabu verzog das Gesicht. "Ihr habt noch etwas vergessen, Higishi-oiyii."

Mikiri schlug sich vor die Stirn. "Natürlich. *Fürstin* Hita Sabu! Ich bitte um Entschuldigung." Er machte ein große Geste mit dem Arm. "Das alles gehört jetzt Euch. Möge der FEIND hier seine größte Niederlage erfahren. Ihr erlaubt?" Er machte den ersten Schritt. "Gehen wir zur Burg, geehrte Sabu-oiiya. Es gibt, glaube ich, sehr viel zu beraten."

"Das denke ich auch, Higishi-oiyii. Sehr viel!"

Sabus Lächeln war jetzt viel verbindlicher.

Der Palast war sehr, sehr alt und roch auch danach; nach altem Gemäuer, altem Holz, toten Fischen und Salz. Der Wind von See hatte stetig am Mauerwerk geknabbert, den Muschelkalk ausgefressen und morsch gemacht, und der trockene Wind aus dem Osten, aus der Steppe, hatte sich über das Holz hergemacht, es ausgetrocknet, geschwärzt und gehärtet. Sie erklommen die steile, ausgetretene Treppe, bis sie den Holzaufbau erreichten. Hier war es lichter und luftiger. Hidaro-Higishi sah Sabus Blicke und wie sie aufatmete.

"Ich habe ein wenig lüften lassen, Fürstin. Dieser alte Kasten roch schon nach Verwesung. Es wird Zeit, dass der alte Fürst …" Er liess offen, was der alte Fürst sollte und winkte ab. Zwei Wachen rissen eine Schiebetür auf und grüßten. Sabu, Hidaro-Higishi und ihre Entourage betraten die große Halle. Sabu sah sich um. Auf der linken Seite hockten unbeweglich und mit versteinerten Mienen die Höflinge des Fürsten von Sono. Sie spürte die Spannung, die von ihnen ausging. Sabu hatte Verständnis für die reservierte Haltung. Es musste ihnen ja vorkommen, als käme sie als Eroberer. Aber nichts lag ihr ferner. Yamate erwartete sie unbeweglich auf seinem Podest.

Uralt, wie sie jetzt auch erkannte, ablehnend und unnahbar.

"Hinter dem Fürsten stehen sein Sohn Kakomi Yami und der Heerführer des Fürsten, Llasha Osako", flüsterte Hidaro-Higishi.

Sie hatten das Podest erreicht. "Hita Sabu", flüsterte der Fürst mit Greisenstimme zischend. Sein Blick war voller Hass, den er zu verdecken suchte, indem er Sabu nicht ansah. "Ihr müsst nicht glauben, dass Ihr Willkommen seid. Nicht bei mir." Erst jetzt sah er sie an. "Ihr bringt Krieg und Zerstörung über mein Land. Wie könnt Ihr annehmen ..."

Sabus Hand zuckte zu ihren Schwertern. Wenn sie nicht in der Tradition fest verwachsen wäre, das Alter zu achten, hätte sie mit allem Recht des Sinischen Reiches dem Alten den Kopf abschlagen können. Doch sie beherrschte sich. Nur zwei Sekunden Meditation genügten, und sie hatte sich wieder im Griff.

"Es ist Euer gutes Recht, als weiser Greis die Jungen zu belehren und ihnen den richtigen Weg zu zeigen, Yamate. Euer Alter schützt Euch, doch denkt nicht, dass ich mir jede Unhöflichkeit unwidersprochen gefallen lassen werde. Dennoch danke ich Euch für Eure offenen Worte und schlage vor, dass wir uns erst kennenlernen sollten, bevor wir über den anderen urteilen. So

lehrte es mich mein hoher Vater, Hita Kenshoori."
Damit betrat sie das Podium und nahm lächelnd
rechts neben dem Fürsten Platz. "Ich denke, wir
werden einen Weg finden, Yamate-oiyii,"
flüsterte sie lächelnd dem Fürsten zu. Der blickte
geradeaus und schnaufte beleidigt.

Wieder öffnete sich die Tür zur Halle. An der
Spitze seiner Kapitäne trat Chiyoko ein. Er trug
eine leichte Rüstung unter einem Seemantel, dem
man den täglichen Gebrauch ansah. Chiyoko
nickte nur. "Fürst Yamate", sagte er trocken. Mit
der Hand befahl er den Kapitänen sich einen Platz
zu suchen. Vor Sabu verneigte er sich tief (nicht
ohne einen grinsenden Seitenblick zu Yamate).
Sabu bemerkte, dass der Alte nicht besonders
beliebt bei den Seefahrern war. "Fürstin Hita
Sabu-oiiya. Es ist mir eine Freude und Ehre.
Hattet Ihr einen guten Flug?"

Der Fürst räusperte sich ungehalten und
wütend. Er wusste nicht, ob er reagieren sollte.
Immerhin war er der Herr des Hauses und nicht
Sabu! Sein Sohn Yamo stand hinter ihm und sah
breit grinsend auf den Hinterkopf seines Vaters.
Es wird Zeit, den Alten abzulösen.

"Danke der Nachfrage. Ja, es war ein ruhiger
und angenehmer Flug. Wir haben den FEIND
gesehen. Er bewegt sich langsam auf Sono zu.
Und es sind immer noch zu viele." Sie klopfte mit

der Hand auf das Kissen an ihrer rechten Seite. "Wollt Ihr neben mir Platz nehmen? Und ihr", sie wandte sich an Kakomi Yami, "an meiner linken Seite?"

Chiyoko nahm umständlich Platz. Er roch angenehm nach Meer, Teer und Wind. "Übrigens, meine Schwester Akemi ist auch hier. Sie wird sich freuen, Euch sehen zu können, Chiyoko-oiyii." Chiyoko lächelte Sabu dankbar an. "Gerne, Fürstin, sobald es geht."

"Dann bin ich wohl überflüssig?" fragte Yamate giftig.

"Das seid Ihr nicht, ehrenwerter Greis", wandte sich Sabu freundlich an Yamate. "Wir benötigen Euren Rat, ebenso wie den eines Jeden hier im Raum. Ausserdem gehört Euch das Lehen Sono. Wir sind hier zu Gast, wenn auch nicht ganz freiwillig."

Yamate schwieg und starrte stur geradeaus.

Natürlich war es eine grobe Unhöflichkeit, den rechtmäßigen Fürsten des Lehens Sono zu ignorieren, ebenso, wie als Gastgeber seine Gäste, das wussten alle Anwesenden. Und wenn er noch ein junger Dragun gewesen wäre, hätte Yamate vielleicht anders reagiert. Das wusste auch sein Sohn. Und der konnte es kaum erwarten, die Nachfolge des Alten anzutreten. Erst gestern hatte er wieder an die najano-ko gedacht. Er hockte sich

neben Sabu auf die Fersen. "Danke, Sabu-oiiya."
Dann senkte sich Schweigen auf die Gruppe, weil
sarus Tische mit einem Imbiss hereintrugen und
sich dann an den Wänden aufstellten, um den
Fürsten aufzuwarten.

"Nun denn, wo stehen wir, weiser Yamate-
oiyii?", begann Sabu die Beratung, in dem sie sich
direkt an Kakomi Yamate wandte.

"Fragt meinen Sohn Yami", brummte Yamate
weniger ungehalten.

"Die Befestigungsarbeiten sind noch im vollen
Gange", begann Yami. "Alles was zwei Hände hat
und irgendwie krauchen kann, ist vor der
Stadtmauer und arbeitet. Die Vorstadt ist bald
geschliffen, dann haben wir freies Schussfeld."

"Die Truppen befinden sich in bester
Ordnung", meldete Heerführer Shosako von
Sono. "Wir haben immer wieder die Verteidigung
geübt, Euer Gnaden." Er sah zu Llasha Osako, als
brauche er eine Bestätigung.

"Und, habt Ihr sie auch auf einen Gegenangriff
vorbereitet?"

"Äh, nun ja, noch nicht. Wir dachten, wenn es
soweit ist, werden sie schon kämpfen."

Sabu verzog das Gesicht. "Ein weiser
Heerführer plant alle Schritte ein. Verteidigung,
Gegenangriff, Angriff, Vormarsch."

"Ich werde die Centurionen entsprechend

einweisen, Fürstin."

"Das ist gut. Ich bin mir sicher, dass Ihr das alles beherrscht, und nur in der Aufregung der Vorbereitungen noch nicht umfassend bedenken konntet. Und denkt an Reserven." Sie wandte sich dem Hafenkommandanten zu. "Wie sieht es bei Euch aus, Llasho'ito?"

"Unser Heer ist vorbereitet, die Krieger warten sehnsüchtig, sich mit dem FEIND messen zu dürfen. Die Flotte der Nyokos aus Sagoshima liegt auf Reede. Admiral Chiyoko will sie auch draußen lassen, um mehr Beweglichkeit zu garantieren."

"Wie ist der Zustand der Schiffe und der Krieger nach der langen Reise?"

So ging es weiter. Sabu vergaß nicht die kleinste Kleinigkeit und fragte alle Position ab. Und alle ahnten, dass es ein langer Tag und eine lange Nacht werden würde. Und wussten nun, dass sie mit Sabu eine Heerführerin hatten, die keine Kleinigkeit übersah.

KAMINO

Ein leises Rascheln weckte Kamino. Er hob den Kopf und griff zum Kurzschwert. Durch das Geflecht des Astwerks und des Laubes seines Zeltes sah er jemanden stehen. Eine große schlanke und eine kleine dickliche Person. *Wohl Jäger auf der Pirsch.* Der Kleinere hielt eine zweischneidige Axt in der linken Hand, der Große einen Langbogen in der rechten. *Oh, es sind wohl doch Krieger,* vermutete Kamino.

"Hallo?", rief der Kleinere, "Jemand zu Hause?"

Die Stimme war tief und rau, jedoch nicht unfreundlich. Kamino wusste immer noch nicht, was er tun sollte; Einfach hinauskriechen und sich vorstellen? Jetzt bedauerte er, nicht doch Lubomir mitgenommen zu haben. *Was soll's. Einmal muss es ja sein.* Er richtete sich auf, soweit es in dem niedrigen Zelt möglich war. "Ich komme heraus", rief er auf Geadirisch, dass er erst vor Kurzem gelernt hatte. "Wir kommen in Frieden." *Hoffentlich haben die mich verstanden.* Langsam schob er die Zeltplane, die eigentlich sein Seemantel war, beiseite und trat vor. "Macht schon, Hogomo" zischte er. Kaum hatte er den Kopf aus dem Laubzelt gesteckt, sprang der kleine Mensch zurück und hob die Axt über die Schulter "Eine Schlange!", rief er und machte große Augen. „Auf zwei Beinen?" Nur der Große hatte sich keinen Millimeter bewegt.

"Friede sei mit Euch", sagte Kamino mit ruhiger, fester Stimme und hob die rechte Hand. Mit der linken winkte er ungeduldig Hogomo, sich zu beeilen und neben ihn zu treten.

"Was hat die Schlange gesagt?", fragte der Zwerg seinen Partner.

"Er wünscht uns Frieden – auf Altgeadirisch. Schon lange nicht mehr gehört. So sprechen heutzutage noch die Ureinwohner von Jabon."

Ein Elb, stellte Kamino fest, wie Naeg! Und der kleinere musste dann wohl ein Zwerg sein. *Auch irgendwie ein Elb, aber viel, viel kleiner. Solch einer, von denen Lubomir erzählt hatte.* Und auch in dem Buch über Higashima stand etwas über die Kleinen. Sie lebten unter der Erde in Höhlen und bauten Erze ab. Wogegen die Elben abgeschottet in einem dichten Urwald leben sollen. Langsam richtete sich Kamino zu seiner vollen Größe auf. Er war mindestens einen Kopf größer als der Elb und der Zwerg ging ihm nicht einmal bis zur Hüfte.

"Friede sei auch mit Euch, Fremder." Der Elb

sprach mit ruhiger Stimme, als wäre es keine Überraschung, mitten im Wald auf Dragune zu treffen. Währenddessen war der Zwerg wieder zu seinem Begleiter getreten und sah misstrauisch zu Kamino auf. Nach und nach kamen Kaminos Begleiter aus ihren Zelten. Als Brodor dann auftauchte, Okko im Schlepptau, trat der Zwerg wieder einen Schritt zurück. "Was ist das denn?", flüsterte er. Angewidert sah er die Beiden an.

Kamino reagierte nicht darauf. "Ich bin Maru Kamino, Sohn des Maru Llakiri und außerordentlicher Botschafter der Fürstin Hita Sabu, Tochter des hohen Fürsten Hita Kenshoori von Yukokoshima. Ebenso Botschafter des Herrn der Herren und neunundachtzigster Hikoshusham von Sini, Tomi Taichi", liess er von Hogomo, der die moderne Sprache der Geadiri beherrschte, übersetzen. Er verneigte sich so tief, wie es die Höflichkeit gebot, "Wir hatten durch einen Sturm Schiffbruch erlitten. Leider wissen wir nicht genau, wo wir uns befinden, und wollten auf Anraten unseres Kapitäns Le Haven erreichen, um den dortigen Herren des Landes zu sprechen." Er holte tief Luft, und nach einer nochmaligen Verbeugung: "Ich, wir bitten um Hilfe." *Das mit Tomi Taichi ist zwar gelogen, aber manchmal hilft auch eine Notlüge.* Mehr war ihm leider nicht eingefallen. Was sollte er auch zu zwei wildfremden Nichtmenschen sagen. Sie standen mitten in einem Wald, in einem fremden Land, in dem sie sich nicht auskannten und er wusste nicht, mit wem er es zu tun hatte.

Da der Elb immer noch schwieg und gelassen die Begleiter Kaminos betrachtete, trat der Zwerg vor: "Man nennt mich Arobolt, Sohn des Arrokon, König von *Norgon in der Tiefe*", warf er sich in die Brust, „Und neben mir seht ihr Prinz *Curunir*, Sohn der großen *Yavanna Advirith Elluvatàr*, Herrscherin über alle Elbenvölker und Königin von *Gil-Esthel*!" Er vollführte mit seiner Axt eine merkwürdig grüßende Bewegung und steckte sie anschließend in den Köcher auf seinem Rücken.

Mit einem solchen Zusammentreffen hatte Kamino nicht gerechnet. Er musste sich ein, zwei Sekunden fassen. Doch dann sprach er, seiner Meinung nach recht selbstbewusst: "Ich danke Euch, Arobolt, Sohn des Arrokon und Euch Prinz Curunir, Sohn der Königin Yavanna, für die freundliche Begrüßung." Kamino breitete die Arme aus. "Dies sind meine Begleiter: Kapitän Uruha, meine Sekretäre Llasha Kasiko und Yakutse Hogomo. Des Weiteren seht Ihr Brodor, den Krull und Okko, seinen Freund und engen Begleiter, sowie die überlebenden Matrosen unseres Schiffes *Sturmwind*, dass bei der Überfahrt von Sini nach Geadir in einem fürchterlichen Sturm an den Klippen vor der Brigantenbucht zerschellt ist."

Curunir nickte. "Das hatten wir beobachtet, Botschafter Kamino, und gehofft, dass vielleicht ein paar Seefahrer überlebt haben könnten. Uns selbst hatte der Sturm sogar im Wald in große Gefahr gebracht." Curunir schulterte seinen Bogen. „Euer Verlust tut uns leid, Botschafter. Nehmt mein herzlichstes Beileid entgegen."

Oha, dachte Kamino, *die Geadiri sind wohl doch nicht so unzivilisiert, wie behauptet wird.* "Ich danke Euch, Prinz." Kamino verneigte sich.

" Wie ich sehe, seid ihr eine sehr illustre Gemeinschaft. Erlaubt, dass wir Euch zu einem Frühstück einladen. Wie ich mir denken kann, habt Ihr nur Euer nacktes Leben retten können?"

"So ist es."

"Mein Freund Arobolt ist immer gut ausgerüstet, auch wenn man es ihm nicht ansieht. Und außerdem hatten wir gestern einen kapitalen Hirsch erlegen können. Arobolt, bis Du so freundlich?" Der Zwerg sah unzufrieden den Elbenprinzen an. "Eigentlich …" Er winkte ab und verschwand brummend im Wald. Nach kurzer Zeit kehrte er schnaufend zurück. Auf den Schultern trug er einen Hirsch, so groß, dass der Zwerg darunter zu verschwinden drohte. Er warf ihn auf den Boden. "Du da", er zeigte auf Brodor,

"Hast Du schon mal einen Hirsch zerlegt?" Hogomo übersetzte.

"Ich glaube mich zu erinnern, Herr Zwerg. Es ist nämlich so …"

"Könnt ihr mir beim Zerlegen erzählen. Kommt mit. Alle Beide!"

Mit blutbeschmierten Händen, zwei Trinkschläuchen und einem Berg Fleisch waren sie bald wieder zurück. "Zwergenbier!", verkündete Arobolt stolz, "und ein wenig Brot, Speck, Gewürze. Alles was ein Zwerg mitten im Wald gut gebrauchen kann. Dazu ein wunderbares Wildbret! Was will man mehr!"

Nun brieten große Stücken des Fleisches über einen Feuer, um das sie sich versammelt hatten. Jetzt hatte Kamino genügend Zeit, sich seine Gesprächspartner in Ruhe anzusehen. Vor allem faszinierte ihn Arobolt. Das Gesicht dieses kleinen Menschen war kaum zu erkennen vor Haaren, die er nicht nur auf dem Kopf, sondern auch im Gesicht, vor allem um den Mund herum, trug. „Wie nennt Ihr das?", fragte er deshalb und zeigte auf Arobolts Bart.

„Was meint Ihr?"

„Diese Behaarung Eures Gesichts."

Arobolt sah Kamino erst konsterniert an, dann lachte er herzlich. „Verzeiht, dass ich lache. Aber

Ihr habt keine Haare am Körper, nicht wahr?"

„So ist es."

„Man nennt es Bart. Und jeder Zwerg ist stolz auf seinen Bart." Er beugte sich vertraulich vor. „Manche flechten sich Zöpfe in ihre Bärte, andere beschneiden sie kunstvoll und es gibt solche, die den Schnurrbart – das ist das unter der Nase – sogar hochrollen." Er zwirbelte kurz seinen Schnurrbart und winkte ab. „Das sind Gecken! Ich halte nichts davon. Mir genügt es, wenn er zwei Hand lang ist. Es ist ein Ausdruck, der Männlichkeit."

"Und Eure Weiber?"

„Die haben noch längere Bärte …" Arobolt sah gespannt in die Runde. Dann schlug er sich auf die Schenkel. „Nein, das war nur ein Spaß." Er lachte, bis ihm die Tränen kamen und steckte alle damit an. Kamino kannte niemanden in seiner Umgebung, der einen Bart wie Arobolt trug. Nicht einmal die Zauberer der Insel, trugen so viel Haare im Gesicht, wie der Zwerg. „Bart nennt Ihr das also. Wieder etwas über Geadir gelernt."

„Ihr werdet sicher noch mehr Merkwürdigkeiten erfahren, Kamino." Curunir lächelte still. „Noch sehr viel mehr Merkwürdigkeiten, wenn Ihr mit den Menschen zusammentreffen werdet." Er trank einen Schluck aus dem Trinkschlauch und reichte ihn weiter an

Kamino. "Und nun, Botschafter Kamino, sagt mir, warum Ihr aus dem fernen Sini nach Geadir gekommen seid."

"Ich sage es kurz und schmerzlos: Wir alle sind in großer Gefahr. Sini und Higashima, ich meine Geadir. Ein schwarzer Zauberer setzt an, von Sini herüberzukommen, um Geadir zu versklaven oder zu vernichten. Sein Name ist Margorokk." Er hörte das tiefe Schnaufen des Zwerges und sah, wie Curunir erblasste.

HOBOKE

Hoboke beobachtete Akano bei seinen Soldaten und bewunderte den Mut des jungen Dragun. *Ganz der Vater.* Hin und wieder dirigierte Akano einige an besonders gefährdete Stellen oder half beim Bergen von Verwundeten. Manchmal war er in einen Zweikampf verwickelt. Geschickt schwang er sein Schwert und schlug seinen Gegnern den Kopf ab. Dann sprang er zurück und feuerte seine Krieger an.

Naeg stand neben Hoboke und sah dem Kampf zu. "Es wird Zeit", sagte er tonlos.

"Ja, ziehen wir uns in das Tal zurück." Er winkte einem Melder. "Lauf zu Akano. Er soll sich ins Tal zurückziehen!"

"Aiya!"

Hoboke war gespannt, ob es wie abgesprochen Akano gelingen wird, und war bereit einzugreifen. Bisher war der Junge ohne Fehl geblieben. Er hörte einen schrillen Pfiff. Sogleich begannen die Krieger der ersten Reihe, Schritt für Schritt rückwärts zu gehen und weiter den Feind, zu attackieren. Akano hatte Speere herstellen lassen, die neben einer Spitze, ein Querholz hatten. Diese hielt die zweite Reihe und damit der ersten Reihe die Krulls vom Hals. *So sieht ein geordneter Rückzug aus.* Von seiner erhöhten Position sah Hoboke den Kriegern zu, und wie sie versuchten, seinem Befehl zu folgen: Niemand, ob tot oder verwundet, darf zurückgelassen werden! Wenn die zweite Reihe die Speere zurückzog, was sie so schnell wie möglich taten, stolperten viele Krulls direkt in die Schwerter der vorderen Krieger. Es klappte! Wie blind rannten die Krulls in die Falle.

"Gut vorbereitet, Hoboke", sagte Naeg. Man sah ihm die Spannung an, unter der der Zauberer stand.

„Dein Lob gehört Akano, Naeg. Ich werde es ihm sagen, wenn wir in Sicherheit sind." Jeden Moment konnte der FEIND wieder einen Zauber einsetzen, doch bisher war es ausgeblieben. "Das war nämlich Akanos Idee. Er hat das mit seinen Leuten abgesprochen und geübt. Und wie es scheint, funktioniert es wie geplant."

Inzwischen waren Akanos Truppen bis zum Taleingang zurückgegangen. "Zeit, von hier zu verschwinden. Da lang!" Hoboke lief zu dem schmalen Wildpfad, der von der Höhe, auf der er und Naeg gestanden hatten, um die Kämpfe zu beobachten und notfalls einzugreifen, in das Tal führte.

"Warte!"

Hoboke blieb stehen. Er sah zurück. Die Krulls hatten sich von Akano und seinen Leuten getrennt und reihten sich einfach wieder in den Zug des FEINDES ein.

"Sieh doch!", rief Naeg, "Sie ziehen sich zurück und latschen einfach weiter!"

"Glück für uns." Hoboke traute erst der Sache nicht. Aber es schien klar; Der FEIND nahm sie nicht mehr zur Kenntnis. Eigentlich hätte er beleidigt sein können, doch angesichts der Verluste an Toten und Verwundeten, war es ihm lieber so als andersherum. Er kratzte sich am Kopfkamm, denn wieso sie so reagierten oder wer ihnen den Befehl gab, musste er später klären. Wenn sie Zeit hatten, darüber nachzudenken. Am Talanfang erwartete sie ein aufgeregter Akano.

"Wollen wir sie nicht verfolgen?"

"Nein, lieber nicht. Wir erreichen, wenn Deine Schätzung stimmt, sowieso bald die Ebene. Dort können wir uns nicht auf eine offene Schlacht einlassen." Er nahm Akano bei den Schultern. "Gut gekämpft und gut zurückgezogen, mein Freund. Dein Vater wird stolz auf Dich sein."

"Meinst Du das im Ernst?"

"Natürlich. Du hast Dich genau an Deinen und unseren Schlachtplan gehalten." Inzwischen hatten sie den schmalen Weg erreicht. "Wieviel Tote und Verwundete, haben wir zu beklagen?"

"Seit gestern zehn Tote und vierzig Verwundete, die meisten aber nur leicht. Fünf Schwerverwundete liegen auf Tragen. Einer wird es wohl nicht schaffen."

Hoboke schnaufte. Andererseits hatte er schon befürchtet, dass mehr Krieger den Kämpfen an der Barrikade zum Opfer gefallen waren. "Danke." Akano druckste ein wenig. "Ist noch was?"

"Ich wollte zur Vorhut. Jetzt gleich."

"Nein. Du bleibst hier hinten bei Deinen Leuten. Ruht euch eine halbe Stunde aus, begrabt die Toten tief in der Erde und legt Steine auf die Gräber, dann folge uns. Und achte darauf, dass alle durchkommen. Der Befehl, niemanden zurückzulassen, besteht weiterhin. Denk daran, jeder der zurückbleibt ist später vielleicht ein

Feind – oder mehr als nur einer, wenn das Gerücht stimmt."

"Welches Gerücht?"

"Man sagt, dass der schwarze Zauberer aus einem Toten zehn Untote macht."

MARGUR

Der Marsch über das Gebirge, die ständigen Kleinkämpfe an den Flanken und die Überfälle auf den Tross hatten die Krieger erschöpft. Und nicht nur das; Unterwegs fanden sie kaum Wasser und Nahrung. Das wenige was der Tross von Somo mitschleppte, war verbraucht. Er ließ anhalten. Dreißig Meilen hatten sie heute geschafft, nachdem sie das Gebirge endlich verlassen konnten. Gestern und vorgestern waren sie nicht einmal zehn Meilen vorangekommen. Der Heerzug hatte sich gefährlich in die Länge gezogen.

Die Krulls fielen zu Boden wie Kornähren, als hätte sie ein großer Schnitter gefällt. "Gib an die Centurionen weiter, dass sie befestigte Stellungen bauen sollen. Für je zwei Kohorten eine Stellung!

Der Feind greift mit Sicherheit heute Nacht wieder an." *Wie jede Nacht!*

Margur richtete sich auf seinem Reittier auf. Dreißigtausend Krulls und zweitausend Gruuls! Fünftausend Berittene und mehr als Fünftausend Gäule! Ein meilenlanger Zug erschöpfter Kreaturen. Und während die Spitze auf der flachen Ebene zum Stehen kam und begann sich einzurichten, kroch die Nachhut eben aus den Bergen heraus. *Auch Untote brauchen eine Pause*, dachte Margur sarkastisch. *Und wo steckt Vater? Wieder mal auf der Sterbenden Welt? Was treibt er da? Da ist nichts mehr zu holen. Alles was wir dort hatten, schleppen wir mit uns herum.* Er drehte sich um die eigene Achse. Da waren sie: Vier riesige Karren voller Krimskrams, vor jedem sechs mächtige Gäule, die, ohne zu klagen, die Last hinter sich herzogen. Nur durfte man ihnen nicht zu nahekommen, denn die Viecher bissen und traten nach Jeden, den sie nicht kannten oder der sich ihnen unaufmerksam näherte. Bessere Wachen fand man nirgendwo!

"Das Zelt ist aufgebaut, Herr!", meldete sein Adjutant. Einer der wenigen Eigeborenen mit ein wenig Verstand. Margur sprang ab und übergab seinen Gaul einem Gruul, der ihm persönlich diente; Schweigsame Kreaturen, denn der Schwarze hatte sie ohne Zunge gezüchtet.

Hauptsache, die hören und gehorchen, war auch Margurs Ansicht. Im Zelt war alles so hergerichtet, wie er es seit dem Abmarsch von Somo vorzufinden wünschte. Eine Zeltbahn trennte das Zelt in zwei Kammern: Einem Arbeits- und einen Ruheraum. Der war sein Ziel. Aus dem Augenwinkel überprüfte er, dass alles richtig stand und lag, dann setzte er sich auf das Feldbett und stützte müde den Kopf in die Hände. Gegen den Kopfschmerz half keine Magie, nur Medizin! Er griff in eine Truhe und suchte eine bestimmte Phiole. Mit kleinen Schlucken trank er ein wenig von der bitteren Flüssigkeit, und ließ sich zurücksinken. Jetzt konnte er kurz schlafen. Spätestens zur Dämmerung kamen die Mücken, wie er den Feind nannte, und würden sie wieder piesacken. Wenn er doch wüsste, an welcher Stelle seines langen Zuges!

Man musste ihn nicht wecken. Kurz vor Sonnenuntergang wurde er munter. Es war verdächtig ruhig. Durch die dicken Zeltwände hörte er zwar die Geräusche des Lagers, doch es klang nicht alarmiert. Klappern und leise Gespräche konnte er hören, und Schnarchen. *Hatte ich etwas von Schlafen gesagt?* Er richtete sich auf und reckte die Glieder. Er war gewachsen, hatte breite Schultern bekommen und ein feiner Bart spross auf der Oberlippe. Ja, er war *erwachsen* geworden, in den wenigen Jahren, die er beim Schwarzen verbracht hatte. Der Alte hatte nicht gelogen. Es ging ihm gut. Sehr gut sogar! Nie hatte der Meister, Vater, ihn geschlagen. Nie hatte er ihn beleidigt, nie ungerecht getadelt. Fehler durfte er machen und er lernte daraus. Meist lachte Vater über seine Fehlversuche und erklärte ihm geduldig, was falsch gewesen war. Und er lernte. Heute genügte ein Gedanke, um Magie zu wirken. Doch er musste vorsichtig sein, es kostete Kraft und er war nach einem Zauber meist ausgelaugt.

Als er den Vorraum betrat, stand sein Adjutant Horoar bereit. "Es ist alles zum Abendessen vorbereitet, Herr", meldete er.

"Und, was meinst Du? Haben wir *heute* Ruhe?"

"Es sieht so aus, Herr. Wir lagern auf offenem Feld und können schon über eine weite Strecke sehen, ob sich wer nähert."

"Hm." Margur setzte sich. Heute war der blaue Mond als Vollmond zu erwarten. Eine Stunde nach Sonnenuntergang sollte er aufgehen. Dann wurde es heller, auch wenn das blaue Leuchten nicht so grell war, wie das des gelben Mondes. Dennoch, Margur hatte kein gutes Gefühl im Bauch. Der Feind war unberechenbar. Er trank einen Schluck Wein, denn Wasser gab es nicht mehr. "Übergib den Meldern die Nachricht, dass sich die Truppen auf einen Überfall kurz vor oder nach dem Mondaufgang einrichten sollen." Dann wandte er sich dem Essen zu. Die Zutaten zauberte er für sich selbst und seinen engsten Kreis sowie den Führern der Centurien herbei. Es brauchte nur noch zubereitet werden. Das war wiederum Aufgabe mehrerer Gruuls, die verdächtig wohlgenährt aussahen. Für fünfunddreißigtausend Krieger aber konnte selbst er nicht genug herbeizaubern. *Da müssen sie durch. Der Hunger ist ein strengerer Befehlshaber als ein Centurio und Ansporn für die Krieger, morgen weiterzumarschieren. Die Aussicht auf das Blut vieler Dragune, ist eine starke Motivation!*

"Nach dem Essen rufst Du den Meister der Quartiere. Ich möchte Erstens, einen Rundgang machen und sehen, wie es unseren Krulls geht. Zweitens habe ich die Absicht, den Tross zu besichtigen. Unangemeldet! Ist das klar?"

Horoar fiel auf die Knie. "Wird sofort erledigt, Herr. Ich lasse Euren Gaul holen."

"Nein. Nicht den. Soll er sich erholen. Lass einen aufzäumen, der keine Lasten getragen hatte."

"Sehr wohl, Herr!"

Sehr wohl, Herr! Wenn ihm damals jemand

gesagt hätte, dass er einmal dreißigtausend Krieger befehligen, dass jemand ihn *Herr* nennen würde, hätte er gelacht. Ganz zu schweigen, dass aus ihm ein großer Magier geworden ist. Margur riss mit den Zähnen Fleisch von einem Hühnerschenkel und kaute das weiße Fleisch langsam und nachdenklich durch.

Er dachte an die keifende Alte, die sich Stiefmutter nannte, und den besoffenen Vater – oder war er auch *nur* der Stiefvater gewesen? - der ihn mit seinem Leibriemen verprügelte, egal ob er was ausgefressen hatte oder nicht. An die Nachbarn, die ihn so von oben herab angesehen hatten. Dabei waren sie genauso arm wie er aber ungebildeter, denn *er* konnte lesen, schreiben und rechnen. Nicht, dass ihm das seine Stiefmutter oder der Mann dieses Weibes beigebracht hätten! Das war vorher gewesen, bevor man ihn aus dem *Tempel der verlorenen Kami* zu dieser Familie in dieses unmögliche Stadtviertel brachte. Was hatten sich die Mönche nur dabei gedacht? Er dachte an die Männer im Gasthaus, in dem er manchmal aushalf, wenn Not am Mann war oder er Geld brauchte, um wenigsten einmal in der Woche etwas anständiges zum Essen zu haben. Die ihm unanständige Angebote machten und ihn trotz seiner Ablehnung zwangen, sie auf alle Arten zu befriedigen. Als wenn es nicht genug

Huren in der Stadt gäbe! Dann warfen sie ihm eine Kupfermünze zu. Ein halbes Brot war sie wert. Er erinnerte sich an die Kerle, denen er Pferdeäpfel hinterhergeworfen hatte und musste lächeln. Und die Prügeleien, die Übergriffe der Stadtwachen, die schreckliche Armut allenthalben in dieser Drecksstadt, deren Namen er nicht einmal wusste!

Dieses Brot roch gut! Er strich dick Butter darauf, streute eine Prise Salz drüber und biss herzhaft ab. Doch dann kaute er lustlos auf dem Bissen herum.

So richtig hatte er dem Schwarzen nicht getraut. Aber er sah damals auch keinen anderen Ausweg. *Nur weg*, hatte er gedacht, *nur weg von hier! Schlimmer kann es nicht mehr werden.* Heute bereut er den Schritt in die unsichere Zukunft nicht im Geringsten. Margur atmete tief ein. Ja, es war der richtige Schritt! Aber warum glaubte er tief in seinem Innern, dass etwas falsch ist? Und so richtig Hunger hatte er auch nicht mehr! Er war ihm vergangen! Er betrachtete das angebissenes Stück Brot, drehte es unentschlossen in der Hand, dann legte er es auf den Teller zurück. Margur stand auf, reckte sich zum zweiten Mal. *Dann wollen wir mal.* Ohne hinzusehen, griff er nach dem Schwertgürtel und legte ihn an. Das Schwert war eine Trophäe, die ihm ein Krull überbracht hatte. "Seht, Herr", hatte er gegrunzt und ihm das Schwert hingehalten. Margur hatte es genommen und sich nicht einmal bedankt. Wer weiß, ob der Krull überhaupt noch - lebte? Vom Kleiderständer nahm er die schwarze Robe mit den Silberborten und der Riesenkapuze. Er legte sie sich um, verschloss sie mit einer goldenen Fibel in Form einer Spinne und zog die Kapuze über den Kopf.

Vor dem Zelt wartete Horoar mit einem Pferd am Zügel. "Du kommst mit", bestimmte er. Dabei sah er den enttäuschen Blick seines Adjutanten, der damit gerechnet hatte, sich an den Resten von Margurs Abendmahl laben zu dürfen.

"Die Reste kannst Du essen, wenn wir zurück sind."

Horoar atmete auf. Margurs Essen war wirklich exquisit. Es hätte ihm wahrhaftig in der Seele leidgetan, wenn man es weggeworfen hätte. Schnell rannte er ins Zelt, deckte die Teller und Schüsseln mit einem Tuch ab und folgte seinem Herrn.

Der Tross hinkte mehr als vier Meilen hinter dem Heer hinterher. Dazwischen war eine gefährliche Lücke entstanden. Nicht nur der Versorgung wegen, sondern auch, weil hier der Gegner eindringen und nach zwei Seiten angreifen konnte. Die schweren Wagen und die Menge des Gepäcks, die ausgetretenen Straßen und der Mangel an Nahrung hatte die wenigen Krulls und die Masse der Gruuls ausgelaugt. Hinzu kam die Angst vor den Überfällen der Drachenwesen. Ihm folgte ein kleiner, von den ständigen Nadelstichen dezimierter Teil des Fußvolkes, Kranke, Verwundete und die Nachhut, die sich ängstlich zusammenballte und dauernd in Alarmbereitschaft war. All das erkannte Margur in dem Moment, als er auf die Spitze des Haufens stieß. Der Führer des Trosses, warf sich Margur zu Füssen.

"Steh auf! Da unten nutzt Du mir nichts. Ich werde mich nicht zu Dir legen!" Und als der Krull stramm vor ihm stand: "Berichte!"

Es war eine lange Liste von Beschwerlichkeiten, Verlusten, Bitten und Unmöglichkeiten, dass es Margur in den Ohren klingelte. So recht Lust, weiter zuzuhören hatte er nicht. Seine Gedanken glitten ab, sowie sein Blick über den unordentlichen Haufen schweifte. *Soll er sich drum kümmern! Wozu ist er der Trossführer?* Er unterbrach dessen Redeschwall. "Schreib mir alles auf und übergib es meinem Adjutanten. Ich werde Deine Hinweise und Bitten berücksichtigen." *Welche denn? Das kommt davon, wenn man nicht zuhört.* Margur wedelte unbestimmt mit der Hand. "Das ganze Heer wird heute und morgen ruhen. Stell jedoch zuerst den

Anschluss her, dann befestigt euch. Solange das nicht geschehen ist, habt ihr keine Ruhe. Ich schicke Euch noch eine Kohorte Schwertträger, die euch beschützen soll." Margur war erst gar nicht vom Pferd gestiegen. Er drückte dem Gaul die Hacken in die Seite. Mit einem Sprung setzte sich das Pferd in Bewegung und galoppierte weiter nach hinten, wo sich eben die Nachhut versammelte. *Zu dicht am Tross*, dachte Margur und sah zum westlichen Horizont. *Da, im Wald an den Ausläufern des Gebirges, schwarz vor dem sich langsam rot färbenden Himmel, da stecken sie drin und lauern auf den richtigen Moment.* Er bekam eine Gänsehaut und ihm wurde unbehaglich. Die Ebene zwischen ihm und dem Feind war eine traurige, staubige Steppe mit trockenem Gras und wenigen Sträuchern und Bäumen. Und immer noch schleppten sich Fußkranke über die Steppe und versuchten ihre Einheiten zu erreichen. Der abendliche warme Wind ließ Staubteufel aufsteigen. Im Osten war der Himmel schon dunkelblau. *Zeit zurückzureiten!* Was sollte er auch der Nachhut bestellen? Das es übermorgen weitergeht! Das können auch die Adjutanten oder Melder. Er kniff die Augen zusammen. *Tatsächlich! Er sah, wie der Gegner offen aus der Schlucht marschierte, die sie vor wenigen Stunden erst verlassen hatten.*

Sie wagen es! Und ich kann nichts dagegen tun!

Er wendete das Pferd. "Zurück", befahl er Horoar.

Der Überfall auf die Vorhut und die vorderen Kohorten des Heeres kam diesmal aus der Luft! Damit hatte keiner gerechnet: Der Feind setzte zum erstem Mal geballt seine Drachen ein. Sie waren so schnell im Tiefflug aus dem Westen, direkt aus der untergehenden Sonne über sie gekommen, dass kaum einer seiner Leute zur Verteidigung bereit war! Es waren alle Typen darunter: Einfache Kampfdrachen, Feuerspeier und riesige Tiere mit Krallenfüßen, die so groß waren, dass sie mühelos vier, fünf Krulls gleichzeitig erfassten und in der Luft zerrissen. Es gab Drachen, die geritten wurden und solche ohne Reiter – die waren die schlimmsten! Und die Feuerspeier!

Seine Drachenjäger schoben und drehten ihre Drachentöter und Skorpionen so schnell sie konnten. Zielten, schossen, fluchten und brüllten - und erwischten nicht einen einzigen. Die Eisenpfeile flogen in die Luft und wenn sie herunterstürzten, töteten sie auch noch Margurs Schwertkämpfer. Dann war der Spuk vorbei. Er hatte nur ein paar Minuten gedauert – für sie schienen es Stunden gewesen zu sein! Eben noch war die Luft vom Geschrei der Drachen und dem Gejammer der Verletzten erfüllt, da waren sie wieder verschwunden.

Margur stand unter einer Blase aus Magie. Er und seine persönliche Garde war sicher vor den Angriffen der Drachen geschützt. Verbissen beobachtete er die Flugwesen und dachte darüber nach, was er gegen die Viecher, verdammt noch eins, unternehmen könne. Noch hatte er keine Strategie, ausgenommen, dass er einen mächtigen Zauber dagegensetzen kann. Doch der war verboten! Oder nicht? Nicht mehr? Sollte er vielleicht?

"Lass ihnen die Freude, Sohn", sprach der Schwarze gelassen, bevor er wieder zur untergehenden Welt verschwunden war. "Wir haben genug Reserven. Was zählen da ein paar Verluste." Naja, immerhin fehlten ihm zurzeit an die Viertausend Krulls. Vielleicht sogar mehr! Und mit jedem Überfall erhöhte sich die Zahl der Verluste. Und vermehrten sich die Klagen der Centurionen.

Der Spuk war verschwunden, irgendwohin in die Steppe, in den Osten. Nur die Staubwolke kündete von dem Überfall und die langsam zu Staub zerfallenden Krulls. Er atmete auf und löste den Zauber. "Meldungen?" Er sah Horoar an, der immer noch ein Hühnerbein vom Abendmahl in der Hand hatte. "Nun macht schon! Erkundige Dich und melde mir unverzüglich!" Er sah den Hühnerknochen in Horoars Hand. "Nimm, verdammt noch Mal, ein Schwert statt des Hühnerbeins in die Hand!" *Und wo bleiben die Truppen, die ich nach Kogo gesandt hatte?*, dachte er zusammenhanglos. "Du findest mich im Zelt."

ASAMOTO

Asamoto beobachtete, wie die letzten Krieger des feindlichen Heeres in der Ferne verschwanden. Es war einer der "Nadelstiche", ein Angriff, gegen die Flanke des feindlichen Heerzuges. Er grinste breit und zufrieden, denn vor ihm lagen tote Krulls und die Aschehäufchen der ‚Anderen'. Die ‚Anderen'! So nannte er sie, weil sie zu Staub zerfielen, wenn ihnen der Kopf abgeschlagen wurde. Seine Krieger gingen über das Schlachtfeld und suchten die eigenen Leute, die verwundet waren und die Toten. Es waren nicht viele. Den Feinden, darunter auch den Verwundeten, schlug man die Köpfe ab, um sie anschließend zu verbrennen. Sie gönnten ihnen kein Begräbnis in der Erde. Zu Staub sollten sie werden, wie ihre Mitkämpfer! Vielleicht taugten sie als Dünger für die Felder?

Die Anderen; Sie fielen und wenig später waren sie Staub! Was unterschied die einen von den anderen? Sie hätten sich einen "aufheben" sollen, um ihn zu verhören.

"Herr?" Hitabe Geroshi stand jetzt neben Asamoto.

"Sieht gut aus, oder?"

"Wir hätten noch mehr erwischt." Geroshi legte Daumen- und Zeigefingerspitzen aufeinander. "So knapp!"

"Man kann nicht alles auf einmal bekommen, Geroshi-oiyii. Unsere Krieger waren müde. Die lange Reise per Schiff, der Gewaltmarsch und der Kampf auf der Ebene - Wir haben den FEIND gezeigt, dass er keine Ruhe vor uns haben wird." Er schmunzelte leise, dann wurde er ernst. Das hatte Asamoto ziemlich schmerzlich erfahren dürfen; Er wollte Yukokoshima und hatte alles verloren: Sein Land *und* Yukokoshima. Jedes Mal spürte er diesen Stich ins Herz, wenn er an die Verhandlung gegen ihn dachte. Und sollte wütend auf Sabu sein. Doch das war er nicht. *Nicht mehr!* Obwohl ihm seine Verwandten deutlich zu verstehen gaben, dass es besser wäre, *etwas* zu tun. *Etwas? Was? Sabu stürzen, von ihrem hohen Thron? Bin ich verrückt!?*

Sicher, die Truppen, die er jetzt führte, standen hinter ihm, wie ein Mann. Vom einfachen Schwertkämpfer bis zum letzten Offizier. Aber nur, weil er ihr Befehlshaber war. Ansonsten kämpften sie für Sini. Nicht für ihn, nicht für Sabu. Das hatte sie ihnen kurz vor dem Abmarsch zu verstehen gegeben. "Ihr kämpft diesmal nicht für mich, nicht für eure Herren, nicht für ein Fürstenhaus!", rief sie den Kriegern zu, "Ihr kämpft für euch, für eure Familien, eure Mütter und Väter, eure Weiber und Kinder. Ihr zieht in den Kampf für unser wunderschönes Land! Ihr setzt euer Leben nicht für uns, die Fürsten, ein; Ihr kämpft um unsere Heimat, unser aller Leben, unsere Freiheit! Das es nie mehr von einem FEIND verheert werden darf!"

Asamoto hatte die Gesichter gesehen, als Sabu anschließend durch die Reihen ging. Er hatte gesehen, wie die Krieger sich aufrichteten und stolz grüßten. Wie die Augen leuchteten. Manche waren sogar aus alter Gewohnheit niedergekniet. Und Sabu hatte sie aufgerichtet und etwas gesagt, das Asamoto nicht verstanden hatte, so leise sagte sie es.

"Vorwärts, Freunde, Landsleute! Vorwärts! Lasst nicht zu, dass die Angst von euch Besitz ergreift. Seid mutig! Denkt an eure Familien! Jetzt ist die Zeit der Schwerter! Kämpft, kämpft, bis der FEIND vernichtet ist!" Und jeder im Heer hatte eingestimmt und gerufen, wie die Unsterblichen: "Uuuuraa!" Dreimal, wie *ein* Mann!

Asamoto wandte sein Pferd. Für heute war Ruhe angesagt. Er freute sich schon auf das bequeme Feldbett. Im Vorbeireiten sah er die müden Gesichter seiner Krieger. Er war genauso müde und nickte ihnen gequält zu. *Gut gekämpft.* "Wieviel Verluste, Geroshi?"

"An die fünfhundert. Verwundete und Tote, Herr."

Asamoto grunzte unzufrieden. Zuviel! Sie hatten sich wie blind in den Kampf gestürzt. Zu ihrem Glück war auch der Feind müde. Die Gegenwehr war matt, die meisten flohen vor ihnen her. Asamoto glaubte, noch rechtzeitig den Angriff abgeblasen zu haben.

Asamoto erklomm den flachen Hang eines Hügels. Sein Zelt war inzwischen aufgerichtet worden. Es stand oben auf der Kuppe mit einer fantastisch weiten Rundumsicht. Er blieb stehen und blickte sich um. Im Norden sah er *Yubigo*, gar nicht so weit. Dazwischen lag ein mächtiger, dunkler Wald, dessen Namen er nicht wusste und vor ihm die letzten Ausläufer der Herego-Berge. Weiter im Süden konnte er Kogo nur erahnen.

Zuviel Dunst lag dazwischen. Gen Osten stieg die mächtige Staubwolke des feindlichen Heeres auf. *Morgen werden auch wir nach Osten einschwenken und mit Gewaltmärschen über Grasland und Steppen nach Sono marschieren, am FEIND vorbei. Und seine Flanke attackieren!*

Als Asamoto zu seinem Zelt ging, stöhnte er innerlich auf. Neben dem Zelt, auf einem Hocker, saß *Sami Edu,* ein weitläufiger Vetter aus dem Norden. Seine linke Schulter war dick verbunden und geschient. Das Ergebnis der gestrigen Auseinandersetzung mit dem Alten. Zwei Wachen standen neben Edu und achteten auf jede Bewegung.

Edu war gestern angereist. Mitten im Kampf kreiste er mit seinem Drachen und der ganzen Begleitung über dem Schlachtfeld und landete anschließend am Fuße des Hügels. Das hatte Asamoto gerade noch gefehlt! Alles was er nicht gebrauchen konnte, waren Besuche seiner Verwandten! Edu war ein alter Dragun aus einer Nebenlinie der Hikokus, den Hikoku-Sami, die Vasallen des Hauses Hikoku Esoderu waren. In seinem Schlepp reisten zwei Jungen mit, die den Alten den Berg hochasteten, auf dem Asamoto seinen Gefechtsstand hatte. Ehrfürchtig und verschüchtert sahen sie den ehemaligen Fürsten Hikoku Asamoto an.

Edu sah zu Asamoto auf. "Nun, Hikoku Asamoto-oiyii?"

Er soll warten, verdammt! "Geht in Euer Zelt und wartet, bis ich Euch rufen lasse, Edu-oiyii." Der Satz war ihm schwergefallen. Am liebsten hätte er Edu samt seinen Jungen davongescheucht.

Gestern, nach der Schlacht, nach den üblichen Zeremonien, Verneigungen und Höflichkeiten, kam der Alte zur Sache: Asamoto empfing ihn sitzend vor seinem Zelt und ließ Edu stehen, was Edu als Beleidigung empfand. "Wie lebt es sich denn, als Vasall dieser Sabu, dieser Usurpatorin?", zischte er giftig. Und reichte ihm dabei eine Schriftrolle, die er vorher aus dem Ärmel seines Kimi gezogen hatte. "Und wie lange wollt Ihr diese Schmach noch erdulden?"

Asamoto kochte innerlich vor Wut, nahm trotzdem schweigend die Schriftrolle entgegen und prüfte die Siegel. Aha! Da waren sie also, die Hikoku-Sami, Hikoku-Tsuro und die Hikoku-Ama. Die dritte Reihe! Allesamt Vasallen seiner Vettern und Brüder! Vorgeschickt von den Daimios, wie die Hikoku-chibi Amasú aus Domokaori, Daimio Hikoku-chibi Nezzomi aus Tani-kiiroi im Osten. Und ganz sicher auch von

Daimio Hikoku Esoderu von Fumouku, seinem Bruder. Ihm unterstanden auch die Tsuros und die Amas. Wusste er von dieser Reise des Alten? Sicher! Asamoto hielt diese Verwandtschaft eh nicht für sehr zuverlässig und hatte sie im Verdacht, schon seit langem gegen ihn zu handeln und nicht nur die Zungen, sondern auch die Schwerter zu wetzen.

"Ihr habt mir noch nicht Eure Begleiter vorgestellt", sagte Asamoto äußerlich gelassen und klopfte mit der Schriftrolle auf seinem Knie einen unruhigen Rhythmus. Er ließ jede Höflichkeit, die man dem Alter entgegenzubringen hatte, außer Acht.

"Das sind Sami Konobi, der Jüngere und Sami Konobi, der Ältere. Meine beiden Söhne. Sie sind zu meinem Schutz mitgereist …"

Asamoto schob die Augenwülste zusammen und knurrte: "Schon gut, Alter, schon gut." *Was treiben sich diese jungen Kerle mit dem Alten herum, statt in meinem Heer zu dienen? Darauf kommen wir noch zu sprechen.* Er entrollte das Schreiben, strich es umständlich auf den Knien glatt und begann zu lesen:

"*Hochedler Fürst, Hikoku Asamoto,* (hier folgten die erwartete Aufzählung seiner ehemaligen Titel und Ränge, die Asamoto überging) *es schreiben Dir Deine untertänigsten*

Daimios und Fürsten, Grüße!" Sie nannten ihn immer noch Fürst? Was haben sie vor?

"Euer Gnaden! In großer Sorge wenden wir uns an Euch, unserem wahren Lehnsherren." Aha, sie haben Angst selbst zu handeln! *"Die Herrschaft des Gotubi Katsuo ist nicht mehr haltbar! Daher wenden wir uns untertänigst an Euer Gnaden, dem Schaffen dieses Usurpators ein Ende zu bereiten. Er zwingt uns höhere Abgaben zu entrichten",* Nun ja, wir haben Krieg, *"Er fordert uns auf, unsere Jugend in den Kampf zu schicken",* Was denkt ihr denn, was ich – Aha – daher weht der Wind! *"und er droht mit harten Strafen, wenn wir das nicht tun."*

So ging es weiter, eine ganze Seite Pergament in schöner, winziger Schrift voller Vorwürfe und Gejammer. Es gipfelte in der Aufforderung, die Macht in Shoushima wieder zu übernehmen, mit dem Versprechen, dass er alle Unterstützung erhalten werde, die er brauche und fordere. *Nun, die Sache hat einen gewissen Reiz*, dachte er launig. *Jedoch habe ich einen heiligen Schwur geleistet. Im Beisein aller Götter Sinis. Auf alle kami meiner Familie und die Hita Sabus! Die Priester hatten jeden Schwur mit Gesang und Heidenlärm bestätigt!* Ihm klangen die Schellen, Becken und Glöckchen immer noch in den Ohren. *Das haben die Götter ganz sicher gehört. Und die kamis der Vorfahren erst recht.* Er hatte weder Lust noch den Ansporn diese Schwüre, die für sein Schicksal und seine Zukunft entscheidend waren, zu brechen! Das Rad des Lebens ist wichtiger! Die Aussicht auf ewige Folter in der Unterwelt nicht erstrebenswert! Asamoto, wenn auch ein kalter und überlegender Dragun, der wenig an die großen Götter glaubte, war ein Mann, der die Erzählungen der Priester und Weisen über das Leben nach dem Tode mit einer gewissen Gläubigkeit ernst nahm.

Er kannte und achtete Katsuo. Ein ehrenhafter, gerechter und wirklicher Drac! Nicht umsonst hatte er ihn zum Präfekten von Sago-shima gemacht, nachdem die dortige Familie sich selbst in Nachfolgekämpfen ausgelöscht hatte. Katsuo nahm die überlebenden Abkömmlinge, ohne Diskussion in seine Familie auf und erzog sie, wie seine eigenen. Außerdem war er ihm immer noch zutiefst ergeben, beinahe freundschaftlich, wenn es das in seinen Kreisen überhaupt gibt. Asamoto lebte jetzt wesentlich ruhiger und durch den Krieg sogar besser. Und vergessen wir nicht den Hintergedanken seine „Verwandten": Sollte er gegen Sabu putschen, hätten sie alles Recht, ihn deswegen anzuklagen, abzusetzen und hinzurichten. Damit wäre die Stelle frei für einen neuen Fürsten der Familie Hikoku. Ganz sicher für seinen Bruder, Hikoku Esoderu, der schon immer Machtgelüste hatte. Nein, nein, Freunde! Nicht mit mir!

Daimio Hikoku Esoderu! Asamotos Bruder war der Wächter des Nordens von Shoushima. War er beteiligt? Hatte er den Pinsel geführt, mit dem die kleinen Fürsten und Vasallen ihn aufforderten, zu putschen? Er fragte den Alten direkt danach. Der aber schwieg dazu und hob nur die Schultern.

"Nun denn Sami Edu. Bis morgen seid Ihr mein Gast. Ich werde Euch einen Brief an Eure Verwandten mitgeben, in dem meine Antwort stehen wird. Und nun, danke für Euren Besuch. Wie ich sehe, steht ein Zelt für Euch bereit."

Der Alte wollte ihn schon verlassen, als Asamoto rief: "Deine Begleiter bleiben hier!" Brummend blieb Edu stehen und wartete auf das Weitere, doch Asamoto kümmerte sich scheinbar nicht mehr um ihn.

"Geroshi!"

"Herr?"

"Bestimmt einen zuverlässigen Truppführer! Gebt ihm dreihundert Mann. Er möge sich beim Fürsten von Shoushima melden, einen Brief übergeben und danach", jetzt sah er den Alten, der immer noch wartete, mit zusammengekniffenen Augen an, "lasst Ihr ihn die Häuser dieser Leute hier", er hob das Schreiben seiner Verwandten hoch und zeigte auf die lange Liste von Namen, "durchsuchen. Und alle Söhne, Neffen, Cousins und sonstigen kriegsfähigen Jungen ausheben! Bringt diese Kerle hierher, die sich drücken wollen und reiht sie in unsere Kohorten ein! Verteilt sie gut, damit sie sich nicht absprechen können. Wer Widerstand leistet, wird sofort geköpft! Öffentlich! Vor aller Augen!"

Der Alte machte einen Schritt auf Asamoto zu, die Hände an den Griffen seiner Schwerter. "Asamoto! Das könnt Ihr nicht …"

"Was kann ich nicht?" Asamoto erhob sich langsam, stellte sich breitbeinig vor dem Alten auf. "Ich kann das", zischte er. "Und mit Euch werde ich anfangen, Verräter!"

Doch Sami Edu zog seine Schwerter. "Hände weg!", rief er den Wachen zu, die eingreifen wollten. "Das werdet Ihr nicht, Asamoto!", rief er laut und nahm Grundstellung ein. Und seine beiden Begleiter zogen ebenfalls die Schwerter.

Asamoto trat zurück. *Na großartig! Kann ich mich nicht zusammennehmen und im Hintergrund handeln, wie mein Bruder?,* dachte er, *Immer derselbe Fehler.* Mit einer herrischen Handbewegung gebot er seinem Adjutanten und den Wachen, zurückzutreten und sich nicht einzumischen. "Wenn Ihr es nicht anders wollt."

Es klang gelangweilt. Und genauso gelangweilt zog er das Katimi aus der Scheide und hob es in Grundstellung über den Kopf, wie zu einem Schlag. Dann wartete er.

Der Alte war schnell und griff Asamoto von vorn an. Seine beiden Schwerter zischten und blitzten und kamen Asamoto gefährlich nahe. Er parierte, wehrte ab und ging vorsichtig rückwärts. Wieder zischte Edus Schwert knapp an seiner Schulter vorbei. Aus dem Augenwinkel sah er, dass die jungen Begleiter Edus entwaffnet waren. Gut so! Zisch! Den Schlag hatte er kommen sehen. Funken sprühten, als die Schwerter aufeinandertrafen. Immer noch griff Edu an. Asamoto beobachtete den Alten. Sein Mund öffnete sich und Schweißtropfen traten zwischen den Schuppen hervor. *Dem wird bald die Luft ausgehen.* Immer noch ging er rückwärts und griff nicht an. Edus Attacken wurden langsamer, nicht mehr so aggressiv. Die Schläge, die Asamotos Schwert trafen, waren nicht mehr so hart. *Zeit, dem Alten eine Lektion zu erteilen.*

"Genug!" Er machte einen Schritt zur Seite, drehte das Schwert in der Hand und schlug mit der stumpfen Seite zu. Er hörte, wie die Schulterknochen des Alten brachen, sah dessen Schwert auf den Boden fallen und beobachtete, wie Edu auf die Knie ging.

"Dann schlagt schon zu!", fauchte Edu, in der Erwartung, von Asamoto geköpft zu werden. Doch diesmal war er schlauer.

"Ruft einen Arzt! Er möge sich um Edu kümmern. Schafft ihn in sein Zelt und bewacht es scharf. Wenn er entkommt … Ihr wisst schon." Dann wandte er sich an die jungen Dragune. "Und ihr, ihr meldet euch zur dritten Kohorte." Er sah dabei Geroshi an und grinste diabolisch. "Das ist doch die, mit den größten Verlusten, nicht wahr?"

Geroshi nickte. Tatsächlich hatte die dritte Kohorte die größten Verluste erlitten. Ihr junger Kommandeur war ein Hitzkopf und hatte sich blind mit seinen Leuten in das dickste Kampfgewühl gestürzt, bis ihm Asamoto befahl, sich aus der drohenden Umklammerung zurückzuziehen. Anschließend hatte Asamoto sich den Kommandeur vorgenommen. Er hatte ihn getadelt, weil er seinen Befehl missachtet hatte und anschließend gelobt, dass er seinen Leuten ein Beispiel an Mut und Tapferkeit gewesen war. Vor allem, nachdem sie sich aus einer beinahe hoffnungslosen Einschließung befreien konnten.

"Von jetzt an seid ihr Krieger und an der richtigen Stelle. Das wolltet ihr doch schon immer sein, oder?"

Die jungen Dragune nickten ergeben. "Ja,

Herr", sagten sie mit zitternden Stimmen und wie im Chor.

"Gut. Ich werde euch im Auge behalten. Persönlich." Asamoto setzte sich. "Geroshi?"

"Herr?"

"Ich möchte, dass Ihr auf sie achtet."

"Gerne, Herr!" Geroshi grüßte.

"Gut. Dann bringt Schreibzeug und ruft noch ein paar Schreiber. Ich habe meinen Verwandten einige dringende Briefe zu schreiben." *Und zuerst an Hikoku Esoderu, meinem ältesten Bruder.*

MARGOROKK

Die sterbende Welt; Die Sonnen waren dichter aufgerückt und begannen, sich gegenseitig aufzufressen. So sah es jedenfalls aus. Und auch der Mond schien näher. Die Flut war mächtiger als sonst, wenn er vorbeigezogen war. Fast schien es, als wenn er alles Wasser aufsaugen wolle. Dann lag der Meeresgrund meilenweit trocken. Die Meeresbewohner, die die Ebbe verpasst hatten, erstickten qualvoll. *Sie werden sowieso bald sterben. Schneller als sie es sich denken können!* Dann naht die Flut. Unterhalb des Steilhanges, wo Margorokks Schloss stand, rauschte eine Welle von zwanzig, dreißig Fuß Höhe über das Marschland und schlug gewaltig an das steile Ufer. *Jedes Mal ein Naturschauspiel allererster Ordnung*, bewunderte es Margorokk.

Das Schloss war leergeräumt. Alles, was er jemals besessen hatte, war auf einer anderen Welt sichergestellt. Er schmunzelte. Nicht einmal sein Sohn wusste wo! Sollte er auch nicht wissen! Er glaubte alles befände sich in den Wagen, die er im Heerzug mitschleppte. *Mitnichten! Wer weiß, was der Junge damit anstellt, wenn er darauf zugreifen kann? Sehr gefährliches Zeug, dass der Knabe noch nicht kennt! Dabei glaubt er, dass er mir ebenbürtig ist! Das ich nicht lache!*

Natürlich hatte Margorokk bemerkt welche Kräfte dem Jungen zur Verfügung standen, dass er mit Leichtigkeit Magie formte – nur mit seinem Willen. Aber er wusste dennoch nur wenig. Er kannte den leichten Teil der schwarzen Magie. Nie hatte er richtig losgelassen und alles um sich herum in seiner ursprünglichsten Form gefühlt, geschweige, es begriffen. Diese pure, reine Energie, die in unendlichen Weiten wogte und zu leben schien. Schwingungen, so gewaltig, dass man davon Schmerzen bekam und solche, die so winzig waren, dass man sie gerade so erfühlen, spüren, nicht aber sehen konnte. All das hatte auch Margorokk über Jahrzehnte unter Schmerzen erlernt und Niederlagen hinnehmen müssen. Denn das wusste Margorokk! Margur spürte die Magie, er konnte sie formen, aber er konnte nicht so über sie bestimmen, wie er, Margorokk!

Die Sphäre der Welten, die Türen und Tore zu unzähligen bewohnten und toten Welten kannte Margur nicht. Nie war er auf einem Planeten gewesen, der von Dämonen bewohnt war. Margorokk schon! Er hatte mit viel Glück überlebt und konnte in letzter Sekunde das Portal schließen. Nie hatte Margur eine Welt gesehen, die nur aus Magie bestand. Die sich ständig umformte. Nie war der Junge in einer Welt gewesen, die weiter entwickelt war als alle Welten sonst. So weit, dass die Lebewesen nur noch aus Geist bestanden. Sie hatten es zu weit getrieben; Keine Bedürfnisse, keinen Appetit, keinen Sex, nur Träume! Nur pure Existenz ohne Sinn und Ziel! Er hatte es gespürt und war geflohen, wie vor den Dämonen. Es gab Welten, so heiß, dass alles nur Glut war und solche aus Eis. Andere waren Wüsten und wieder andere nur Wasser. Viele schienen aus Wald zu bestehen und andere nur Steppe zu sein, mit dummen Wiederkäuern darauf und raubgierigen Beutegreifern. Doch auch dort lebten intelligente Lebewesen! Gastfreundliche, wie die Wasserbewohner von *Furyu* und *Koomanda*. Und feindliche, wie die Glühenden von *Hag'Osh*. Die *Durchsichtigen* auf *Higasi*, und die Insektenhaften ganz weit am Rand, die ihn freundlich aufnahmen. Leider schlichen überall die *Wächter der Sphäre der Welten* herum und lauerten auf solche wie ihn.

Es tat sich was! Fasziniert sah der Schwarze zu, wie die violetten Spiralen ionisierter Gase um die Doppelsonnen kreisten. Für sein Gefühl hatte sich die Geschwindigkeit erhöht. Er hoffte, dass er sich irrte, denn das bedeutet, dass -

Es passiert! Jetzt! Verdammt! Er hatte nicht geglaubt, dass es so schnell gehen kann. Margorokk lief aus dem Saal, den langen Flur entlang, aus dem Schloss. Davor stand ein Gefährt ohne Räder, das sanft in der Luft schwebte und leise summte. Margorokk drückte einen Knopf an der Außenseite, wodurch sich eine Klappe öffnete. Schnell sprang er in das Gefährt. Hinter ihm schloss sich die Klappe und das Gerät hob ab, wurde immer schneller und schneller und war bald weit weg vom Planeten auf eine Umlaufbahn eingeschwenkt.

Der Magier saß in einem bequemen Sessel vor einer verdunkelten Glasscheibe. Er konnte nun aus sicherer Entfernung beobachten, wie die Sonnen langsam, dann immer schneller zu einer verschmolzen. *Hochinteressant!*, dachte er, als er sah, wie ein Strom heißer Gase von der größeren Sonne aus der kleineren gesaugt wurden, und sich auf der gleißenden Oberfläche wie ein Wasserfall ergoss. Die kleine Sonne zog sich mehr und mehr in die Länge, wurde zu einem Ei mit der Spitze der großen Sonne zugewandt. Sie drehte sich wie irrsinnig um die eigene Achse und wurde immer länger. Fast berührte sie die Schwestersonne, die immer mehr aus ihr heraussaugte. Aus den Rissen der Oberfläche schossen Protuberanzen in alle Richtungen und griffen mit langen lanzenartigen Ausläufern ins Weltall. Wie schnell sie sich bewegten! Ganze Stücke brachen aus der Sonne heraus, drifteten als brüllende und gleißende Minimonde ab und wurden doch wieder eingefangen. Und dann griffen die Protuberanzen nach dem Planeten und verbrannten seine Oberfläche. Und sie griffen auch nach seinem Fahrzeug. Doch es war gut gesichert! Die glühenden Fäden liefen über die Außenhaut des Zauberdings und konnten ihm nichts tun.

Obwohl außerhalb alles völlig geräuschlos ablief, ein gespenstisches Bild, spürte der Zauberer die übermächtigen Kräfte, die dort wirkten. Sie rüttelten an der Maschine, als wollten sie ihn aus den Orbit reißen. Und dann, erst wie in extremer Zeitlupe, dann immer schneller näherte sich die kleine Sonne der größeren, zog sich immer mehr in die Länge und zersprang zuletzt in Milliarden Bruchstücke, wie ein Kürbis, der aufs Pflaster schlägt. Plasma floss als ein dicker Brei aus den Einschlagkratern, umkreist, von wie wahnsinnig brennenden Streifen, Brocken und Millionen Grad heißen Gaswolken! Und dann ging es schnell. Wie Schleim verteilte sich das Plasma auf die große Sonne und dann stürzte der feste, noch heißere Kern der alten, kleineren durch deren Oberfläche in den Kern der nunmehr neuen großen Sonne. Ein Zittern durchlief Margorokks Fahrzeug, denn dann explodierte das ganze Gebilde mit einem einzigen wilden und mächtigen, unhörbaren Knall. Margorokks Gefährt wurde durchgeschüttelt und von der gewaltigen Druckwelle aus Materie aus der Bahn geworfen. Den Zauberer hatte die Kraft aus dem Sessel geschleudert. Er lag völlig hilflos an die Wand gedrückt und konnte kein Glied bewegen. Die Scheibe, durch die er das Sterben der Doppelsonne oder die Geburt einer neuen Sonne beobachten wollte, hatte er nun im Rücken.

Als der Druck nachließ, gelang es ihm, sich mühsam aufzurichten. Aber das Gefühl, mit wahnsinniger Geschwindigkeit durch das All zu rasen, blieb. Er zog sich an der Kante des Tisches hoch. Ein Blick genügte, um ihm das Blut in den

Adern gefrieren zu lassen; Das Gemisch aus zwei ehemaligen Sonnen blähte sich auf, wirbelte um sich selbst und wurde immer größer. Mit Schaudern erkannte er, wie es die Umgebung auffraß und Planeten und Monde in sich aufsog. Und obwohl er sich weiter von der Katastrophe entfernte, reichte seine Geschwindigkeit nicht aus.

Die gleißenden Gase griffen mit gierigen Armen nach seinem Fahrzeug. Er sah, wie die Außenhaut Blasen schlug und sich auflöste. Nun wusste er, dass er einen schrecklichen Fehler begangen hatte. Und in den letzten Sekunden seines Daseins versuchte er, sich mit Margur zu verbinden.

KAMINO

Mit weit ausholenden Schritten lief Kamino neben dem Elb her. Der Wald war jetzt lichter. Er sah den blauen Himmel und in der Ferne, zwischen den Stämmen mächtiger Bäume durchscheinend, ein Gebirge, dass sich bis über die Baumgrenze erhob.

"Wohin gehen wir, Curunir?"

"Zu meinen Leuten, die nicht weit von hier am Waldrand rasten und auf mich und Arobolt warten."

"Geht Ihr immer allein auf die Jagd?"

"So scheint es uns effektiver. Wenn wir mit der ganzen Meute durch den Wald trampeln, finden wir nicht ein Stück Wild. Aber zu zweit sind wir heimlicher, unauffälliger, leiser." Er drehte sich im Laufen nach hinten. Kaminos Leute schleppten die Beute des Tages, und das war nicht wenig. "Seht Ihr, Kamino? Das ist der Beweis."

Kamino lachte. Auch er hatte Erfolg gehabt, sogar mit dem ungewohnten Langbogen des Elben. Auch wenn es nur ein kleines Schweinchen gewesen war, dass er mit großem Glück erlegt hatte.

"Noch ein paar Schritte, und wir haben unser Lager erreicht!", rief Curunir nach hinten. Deutlich war das erleichterte Seufzen der Träger zu hören. Er wandte sich wieder Kamino zu. "Wir ruhen ein, zwei Tage. Dann bringe ich Euch auf sicheren Wegen nach *Oxox*. Das scheint mir sicherer als in dieses Wespennest LeHaven zu geraten."

"Wieso?"

"LeHaven gehört zu Ox, einem Fürstentum, dass dem Herzog von Suderland gehört. In

Wahrheit herrscht aber über Oxox eine Händlergilde mit viel Macht. Sie haben dem Grafen von Oxox und auch dem Herzog von Suderland viel Geld und Gold geliehen. Die beiden stehen tief in der Schuld der Händler. Die Hauptstadt ist *Winserwold*. Dort ist auch die Residenz des Herzogs."

"Und weshalb vertreibt der Herzog nicht einfach die Händler?"

Curunir lachte herzlich. "Macht man das so bei Euch?" Er sah Kamino dabei interessiert an, der die Schulter hob.

"Möglich?"

"Nun, die Händler sind nicht nur reich, sie sind auch mächtig und haben ein großes stehendes Heer. Ausserdem sind alle jungen Männer, ob nun Handwerker, Lehrlinge, Handlungsgehilfen oder Bettler, verpflichtet, im Falle eines Überfalls die Stadt und Umgebung von Oxox zu verteidigen. Und es fällt ihnen leicht, sich Söldner zu kaufen. Dazu sind sie einfach zu reich."

"Interessant. Bei uns bedeuten Händler nicht sehr viel. Sie können nicht reich werden."

"So?"

"Die Steuern …" Kamino ließ offen, was genau er meinte, aber Curunir grinste breit, weil er verstanden hatte.

"Wie ist es bei Euch, den Elben oder

Zwergen?"

„Wohl wie bei euch. Aber, warum gehen wir nicht gleich zum Herzog?"

„Der ist ein schwieriger Mann. Er hasst alles, was nicht menschlich ist. Also Elben, Zwerge", Curunir sah sich um, „Und damit auch Euch. Wir müssen uns ihm sehr vorsichtig nähern. Dazu benutzen wir den einflussreichen Grafen von Oxox."

„Verstehe. Manchmal ist es bei uns auch so. Nicht immer führt der direkte Weg zum Ziel."

"Wir haben gleich unser Lager erreicht. Ich rieche schon das Feuer für unsere Braten."

Als sie auf die Lichtung traten, blieben sie wie angewurzelt stehen. "Was zum Teufel …", brachte Arobolt hervor.

HOBOKE

Als sie Kogo erreichten, war die Stadt schon von allen Zivilisten geräumt. Nur eine kleine Gruppe Soldaten hielt die Burg und beobachtete misstrauisch von der Mauer, wie Hoboke und seine Krieger auf die Festung zumarschierten.

"Öffnet das Tor!", forderte Hoboke.

Doch die Torwächter dachten nicht daran. "Nichts da! Wir wissen nicht, wer Ihr seid!"

"Aber wer *ich* bin, das wisst Ihr?", mischte sich Akano-Ini ein. "Ich bin Akano-Ini, der Sohn des Fürsten Hidaro-Higishi Mikiri!" Oben auf dem Torturm begann eine heftige Diskussion.

"Akano-Ini? Ihr könntet es sein, Herr", rief ein besonders auffällig gerüsteter Krieger. "Ich bin mir nicht sicher. Unser Heerführer, der ehrenwerte Fürst Yokoma Usugaki, hat befohlen, niemandem das Tor zu öffnen."

"Yokoma Usugaki ist der Vogt der Burg Kono", erklärte Akano Hoboke. "Er vertritt meinen Vater, wenn der nicht anwesend ist."

"Verstehe."

Akano rief nach oben: "Dann holt den Fürsten. Er kennt mich!"

"Der Fürst ist mit den Zivilisten und einigen Soldaten nach Süden gezogen. Zur Grenze nach Hoga."

"Wann ist er …?"

"Vor drei Tagen! Und nun verschwindet. Ich sehe da noch einen Heerhaufen anrücken."

"Das ist der wirkliche FEIND!" *Jedenfalls ein Teil davon*, knurrte Hoboke leise. "Die fragen euch nicht, ob ihr das Tor öffnen wollt, sie rennen es einfach ein!"

"Seid Ihr wirklich Akano-Ini?"

"Ich schwöre bei allen guten Göttern Sinis!"

Schwerfällig öffnete sich das Tor. "Wie viele seid Ihr?"

"Etwas mehr als tausend Krieger. Und drei riyuu-oiyii. Die kreisen über dem FEIND und beobachten ihn. Und wer seid Ihr?", fragte Hoboke.

"Hamamoto Kawasi. Der Hauptmann der Verteidigung."

"Ich bin Koromaru Hoboke. Heerführer im Auftrage der Fürstin Sabu von Yukokoshima und Fürst Hidaro-Higishi." Hamamoto wollte niederknien, doch Hoboke verbat es ihm mit einer Handbewegung. "Ich befehlige diese Truppe und dies ist Higishi Akano-Ini, mein Stellvertreter."

"Jetzt erkenne ich Euch, Akano-Ini-oiyii. Verzeiht, aber Ihr seht ganz anders aus, als ich Euch in Erinnerung habe." Er verneigte sich tief.

"Ja, der Krieg macht aus Jünglingen Männer", bemerkte Hoboke lächelnd. "Dürfen wir nun in die Burg? Der FEIND ist nicht mehr weit, fürchte ich."

"Natürlich, selbstverständlich."

"Wir werden gemeinsam den FEIND vernichten – diesen Teil, der jetzt anmarschiert.

Um den kläglichen Rest kümmern wir uns danach."

Hamamoto sah Hoboke irritiert an, während dieser verfolgte, wie sich seine Leute auf Befehl der Unterführer auf die Burg verteilten. "Wie meint Ihr das? Unser Herr, der Fürst, sprach von hunderttausend Feinden?"

"Keine Angst, Hamamoto. Was da auf uns zukommt ist nur eine Kohorte von tausend Mann. Oder zweitausend?" Er sah fragend zu Akano, der über das ganze Gesicht strahlte.

"Zweitausend!", bestätigte Akano, "Ein Klacks."

"Wie auch immer. Hamamoto, wie lautete der Befehl Eures Fürsten?"

"Den Feind aufhalten, und wenn es gelingen sollte zu fliehen, sich dem Fürsten anschließen."

"Wo?"

Der Hauptmann hob die Schultern. "In Hoga?"

"Der Befehl ist hiermit aufgehoben. Wir vernichten den FEIND hier an Ort und Stelle. Schickt sofort einen Melder zu Eurem Fürsten, der feige vor der Verantwortung geflohen ist. Er soll sich unverzüglich mit seinen Kriegern nach Sono begeben und dort dem Fürsten Higishi unterstellen. Sollte er das nicht tun – nun, Ihr wisst schon."

"Wer sagt das?"

"Ich! Im Namen der Oberbefehlshaberin der vereinigten Heere von Yukokoshima, Shoushima und Sagoshima, Fürstin Hita Sabu!"

Hamamoto verneigte sich tief. "Ich gehorche."

"Im vereinigten Heer, heißt es: Aiya! Und wir verneigen uns nicht, sondern sehen unserem Befehlshaber direkt in die Augen." Hoboke lächelte verbindlich. "Glaubt mir, auch ich musste mich erst daran gewöhnen."

"Aiya!" Hamamoto dachte einen Moment nach. "Wenn Ihr mich fragt, es gefällt mir."

"Eben, Hamamoto-oiyii. Uns allen." Er nahm den Vogt bei der Schulter. "Kommt, sehen wir uns an, was da auf uns zukommt."

Was sie sahen, war eine mächtige Staubwolke in der sie hin und wieder ein paar dunkle Gestalten erkennen konnten. „Es wird nicht mehr lange dauern, bis die feindlichen Krieger vor der Stadt stehen werden. Sorgt dafür, dass sich niemand von unseren Truppen auf den Mauern blicken lässt", befahl Hoboke. "Es muss scheinen, als seien alle geflohen und nur die übliche Besatzung sei noch hier."

"Aiya!", riefen die Unterführer und liefen los, den Befehl weiterzugeben.

"Und wir?"

"Tut das, was Ihr tun solltet, Hamamoto." *Was*

immer das auch war. "Ist Akano bereit?"

"Er meldete eben, dass er nur noch auf den Befehl wartet", meldete Kasimo, ein Adjutant.

"Gut."

Der Feind griff direkt aus dem Marsch heraus an. Kaum waren die Krulls auf hundert Schritt bis an die Mauern vorgerückt, entfalteten sie sich. Über den Köpfen der Krieger erschienen lange Leitern, die nach vorn gereicht wurden. Gleichzeitig begannen Bogenschützen und Steinschleuderer auf die Mauern zu feuern. Hoboke schob anerkennend die Unterlippe vor. *Alle Achtung. Sie haben auf dem Marsch keine Zeit verloren.* "Warten", sagte er. "Lasst sie näherkommen." Er lugte über die Brustwehr. Noch zwanzig Schritte. Dann hob er die Hand und zählte bis drei. "Jetzt!" Ein Steinhagel ergoss sich über die Feinde unter der Mauer. Drachenfeuer wurde aus irdenen Töpfen über sie gegossen und heißes Öl. Dennoch erreichten die ersten Krulls die Mauerkrone. "Schlagt ihnen die Köpfe ab oder reißt ihnen das Herz heraus!", rief Hoboke und zeigte den Kriegern von Kogo wie.

Immer mehr Feinde erreichten die Mauerkrone. Speere und Pfeile waren nutzlos. Jemand fand ein Beil, dass ein Krull fallen gelassen hatte und schlug damit um sich. "Ja!", rief er. "Das ist das richtige Werkzeug!" Und zerteilte einen Krull in zwei Teile. Der eine Teil stürzte zu Boden, der andere, der mit dem Herz, taumelte und hüpfte auf einem Bein und wollte sich nicht ergeben. "So nicht, Freund, so nicht!", rief der Krieger und schwang das Krullbeil. Der Kopf flog meterweit über den Burghof.

"Kasimo!"

"Aiya?"

"Sagt Akano Bescheid. Es ist soweit!"

"Aiya!"

Kasimo drehte sich suchend um die eigene Achse. Für den Moment wusste er nicht, was „soweit" wäre. Dann fiel es ihm ein: Er nestelte das Horn von seinem Gürtel, leckte die Lippen und blies kräftig hinein. „Truuuuut. Truuuuut". Dann rannte er die steile Treppe hinab auf den Hof. Hektisch sah er sich um. *Wo steckt dieser Akano?* „Aaaakanoo!"

„Was brüllst Du so herum? Ich stehe doch direkt neben Dir!"

„Ha, hast Du mich erschreckt."

„Gut. Und was ist jetzt?"

„Ich soll Dir bestellen, es ist ‚soweit'!"

„Verstehe. Lauf zur Hauptburg. Dort wartet eine Truppe ‚Spezialisten'. Sage ihnen dasselbe."

„Was?"

„Dass es soweit ist!" Akano klopfte Kasimo auf die Schulter. „Nun mach schon!"

Die ,Spezialisten' sahen abenteuerlich aus. Sie trugen seltsame Rüstungen, die sie von Kopf bis Fuss bedeckten. Auf dem Rücken trugen sie Fässer und in den Händen kurze Rohre, die mit einem Schlauch mit den Fässern verbunden waren.

„Seid ihr die Spezialisten?" Kasimo hatte gleich den Erstbesten der Wartenden angesprochen.

„So ist es, Krieger."

„Dann soll ich Euch bestellen, dass es ,soweit' ist. Ihr versteht doch, oder?"

„Natürlich, Freund." Der Krieger in der seltsamen Rüstung drehte sich zu seinen Leuten. „Es geht los. Seid ihr fertig?"

Allgemeines Gemurmel durch die Gesichtsmasken sollte wohl die Bestätigung sein.

„Dann auf." Der Krieger wandte sich an Kasimo. „Wo ist der Durchbruch?"

Kasimo beschrieb den Weg dorthin. Und da er neugierig war, was diese Krieger bewerkstelligen sollten, sagte er, dass er sie hinbringen werde.

Der Kampf war zu Ende. Entweder waren die Krulls zu Staub zerfallen oder lagen verbrannt vor und auf der Mauer der Burg. Es roch unangenehm nach verbranntem Fleisch und Hitze.

Kasimo wischte sich den Schweiß von der Stirn. So etwas hatte er noch nie gesehen. Die seltsam gerüsteten Krieger hatten sich auf dem Hof verteilt und gingen langsam in einer Reihe auf die Mauer zu. Die Kämpfer, die noch mit dem Feinden im Handgemenge waren, lösten sich vom Feind und liefen blitzschnell durch die Reihe. Kasimo erkannte, dass es die Kämpfer waren, die Hoboke mitgebracht hatte. Also mussten sie wissen, was jetzt vor sich geht. Und so war es! Die Krulls, die merkten, dass kein Widerstand mehr war, jubelten mit ihren kratzigen Stimmen und folgten den Kriegern, die scheinbar flohen. Doch dann trafen sie auf eine Wand aus Flammen, die aus den Rohren der ‚Spezialisten' sprühten. Schreiend versuchten die Krulls, die klebrige, brennende Masse von ihren Körpern zu wischen, doch es nutzte nichts. Sie verbrannten allesamt in wenigen Sekunden. Die einen zerfielen zu Asche, die anderen zu verkrümmten Feuerleichen.

Die Reihe der Feuerspeier rückte vor und vernichtete die nachfolgenden Krulls, bis keiner mehr nachrückte. Das Tor öffnete sich. Die Feuerspeier marschierten hindurch und verrichteten ihr schreckliches Werk vor den Toren der Stadt, bis kein Krull mehr zu sehen war.

SABU

"Er ist da, Fürstin-oiiya", meldete die Wache.

Sabu sah sich um. Es war alles bereit; In den Lampions brannten Kerzen und spendeten ein warmes sanftes Licht. Die Sitzgruppe war nach den Erkenntnissen und Ratschlägen des Weisen Hagata Ori angeordnet, um vollständige Harmonie und Ausgeglichenheit zu erreichen. Ein winziges Holztischen stand in der Mitte, auf dem eine Schale mit kunstvoll angeordneten Blumen stand. Und die Wände schmückten Rollbilder mit Kalligraphien und weisen Sprüchen.

„Dann herein mit ihm. Unauffällig." Hinter dem Dragun in der dunkelbraunen einfachen Robe mit der riesigen Kapuze schlossen sich leise die Türen.

"Sind wir unter uns?", fragte die Gestalt.

"Nur Ihr, mein Leibspion und ich." Sabu saß unbeweglich auf dem Podest. Heute trug sie einen grauen Kimi ohne Schmuck. Bequeme Kissen stützten ihren Rücken. Drei Schritt weiter links hinter ihr hockte Ken mit einer Maske vor dem Gesicht. Nur seine Augen waren zu sehen. Die Gestalt schlug die Kapuze zurück, öffnete die

Robe und warf sie auf einen Hocker neben der Tür.

"Puh!" Taichi grinste über das ganze Gesicht. "Was für ein Abenteuer!" Wenige Schritte vor Sabu blieb er stehen und verneigte sich mit der gebührenden Höflichkeit. "Sabu-oiiya."

Taichi ist eine wirklich mächtige Erscheinung, dachte Sabu bewundernd, *Groß, muskulös und kein Gramm Fett zuviel.* Sie konzentrierte sich. Schließlich waren sie kein Liebespaar auf einem heimlichen Treff. "Wenn wir die Zeit dazu haben, könnt Ihr mir davon erzählen, Taichi. Doch zuerst sollten wir reden", sagte Sabu kalt.

"Oh, oh. Sabu-oiiya." Er sah sich mit weit aufgerissenen Augen um. "Keinen Wein, keinen Imbiss? Ich hatte eine lange und gefährliche Anreise, wisst Ihr?"

"Wein könnt Ihr bekommen, Taichi. Einen Imbiss hatte ich vorgesehen, wenn wir hier fertig sind."

Taichi verneigte sich spöttisch. "Ihr seid unnachahmlich, Teuerste. Und um ehrlich zu sein, bewundere ich Euch dafür."

Sabu schwieg. Was auch immer Taichi von ihr wollte, er sollte schnell damit herausrücken, sonst verlor sie die Geduld. Nein, sie durfte die Geduld *nicht* verlieren! Sabu konzentrierte sich. Sie bediente einen kleinen Gong. Zwei Diener erschienen und stellten auf das niedrige Tischchen zwischen Sabu und Taichi, der inzwischen auf den für ihn bereitgelegten Kissen hockte, kostbare Weinpokale aus Glas und gossen den Fürsten ein. Dann verschwanden sie geräuschlos.

Taichi griff nach dem Glas, hob es an und nahm einen großen Schluck. "Ah!" Er lächelte schuldbewusst. "Verzeiht, Sabu, aber ich hatte wirklich Durst." Er stellte den Pokal sacht auf das Tischchen zurück.

"Ihr habt mir einen Vorschlag zu machen, Taichi?"

"Das hatte ich Euch geschrieben." Taichi ärgerte sich. Sabu ließ jede Form der Höflichkeit außer Acht. Nicht einmal den traditionellen Small-Talk ließ sie zu, sondern ging einfach zur Sache über.

"Und?" *Immer noch dieselbe Arroganz*, dachte Sabu.

Taichi sah Sabu lange an, wohl in der Hoffnung, sie zu verunsichern. Doch alles was er sah, war ein unbewegliches Gesicht und kalte Augen.

"Nun denn." Er gab auf, holte tief Luft: "Ich komme als Abgesandter der higashi-ono-imiya." Er hätte auch als Hikoshu-Sham auftreten können, dann hätte man ihn empfangen müssen, wie es ihm zustand. Stattdessen kam er angeschlichen, wie ein Verschwörer. Nun ja, irgendwie ist es ja so, dachte er. Taichi griff in den Ärmel seines Kimi und zog eine Schriftrolle hervor. "Meine Legitimation." Er reichte sie Sabu. Die Fürstin erbrach das Siegel, las den kurzen Text und sah ihn an.

Noch immer keine Reaktion! "Man bittet Euch mir zuzuhören und mir Eure Antwort so schnell wie möglich mitzuteilen. Mündlich!"

"Ich höre." Sabu hatte sich nicht bewegt. Sie ahnte, was kommen wird. Schließlich kannte Ken sämtliche Spione des Hikoshu-sham und wusste auch, dass er neuerdings den "Wiederbringern Higashimas" beigetreten war, die er vorher vehement verfolgt hatte.

"Darf ich sicher sein, dass von unserer Unterredung kein Wort nach außen dringt?"

Sabu nickte.

Taichi zeigte mit dem Kopf auf Ken.

"Es wird *kein* Wort von dem, was hier besprochen wird, nach außen dringen. Mein Wort darauf!", sagte Sabu ärgerlich. "Also?"

"Meine, äh, Auftraggeber ersuchen Euch, den Titel einer Tenni anzunehmen. Sie wünschen die Auflösung des *Hikoshimats* und die Wiedereinführung des Kaisertums. Sie haben die Macht Euch diese Ehre zu verschaffen und Euch sicher zu etablieren." Taichi sah Sabu lauernd an.

"Hinzuzufügen wäre noch, dass meine Auftraggeber versichern, Euch, im Falle Eurer Zusage, gegen den FEIND allumfassend zu unterstützen."

Doch die Fürstin saß wie der *ruhender Bogo* auf ihren Kissen. *Das fehlte noch!*, dachte sie. *Tenni von Taichis und seiner Anhängerschaft Gnaden! Wenn sie schon die Macht haben, einen Tenno einzuführen, warum nehmen sie nicht Taichi? Vielleicht, weil es, wenn es schief geht, nicht ihn trifft, sondern mich? Eine bequeme Art, um mich loszuwerden! Zwei Fliegen mit einer Klappe! Taichi wird Tenno und mir hacken sie wegen Hochverrats den Kopf ab. Vielleicht ist das das Ziel? Oder glauben seine Leute, dass sie es leichter mit mir haben als mit einem anderen?* Sie blickte auf die gegenüberliegende Wand. Je länger sie auf die weiße Fläche sah, desto mehr Farben flimmerten vor ihren Augen. *Nun versuchen sie mich zu verlocken, indem sie versprechen, mich beim Kampf gegen den FEIND unterstützen zu wollen. Was nutzt mir ein Versprechen? Nichts! Und ist es nicht so, dass man mir stets vorwerfen wird, lanciert worden zu sein? Was soll ich antworten? Ein schroffes Nein, ein Jain oder Ja? Wie werden sie reagieren, wenn ich ihnen mitteilen lasse, dass ich kein Interesse habe? Also nein!* "Was verlangen sie dafür?"

"Nichts."

"Unsinn. Nichts wird gegeben ohne eine Gegenleistung, Taichi. Also?"

"Freie Hand, denke ich."

"Freie Hand wofür? Ihr meint die Rückeroberung Higashimas?"

Taichi hob die Schultern, lehnte sich in den Kissen zurück und sah sie lauernd an. Seine Miene drückte genau das aus, was Sabu ahnte. *Also doch! Sie suchen eine Dumme, die sich mit den Wächtern der Sphäre anlegt. Und egal, was passiert, ich wäre immer die Schuldige!*

"Lasst mir bis morgen Zeit, Taichi", sagte sie, ohne den Hikoshu-sham anzusehen.

"Wir wollen Euch nicht bedrängen, Sabu", sagte Taichi mit sanfter Stimme. "Ihr könnt mich jederzeit rufen. Auch mitten in der Nacht." Er erhob sich, hüllte sich in die Robe. „Ich nehme an, dass damit unsere Unterredung beendet ist?" Er verneigte sich tief und verließ gruß- und geräuschlos das Zimmer.

Jetzt bedauerte Sabu, dass Kamino nicht bei ihr war. Was würde er raten? Sie dachte an die Versammlung der Herren der Familien in Tomichi, wo sie Taichi verkündete, dass seine Herrschaft vorüber sei. Was hatte sie sich dabei gedacht? Nichts! Sie war einfach wütend gewesen. Auf Taichi, die Familienoberhäupter, die sofort bereit waren, das Fell, das Yukokoshima hieß, unter sich zu verteilen. Hatten sie Kamino nicht zugehört? Die Gefahr unterschätzt? Oder nur gedacht, was geht uns das an? Soll diese Sabu doch machen was sie will! Soll sie überleben oder sterben. Gut ist beides! Überlebt sie, bleibt alles beim Alten. Stirbt sie, verteilen wir Yukokoshima unter uns! *Nun, ich lebe! Und gedenke alt zu werden, meine Herren! Morgen habt ihr alle meine Antwort – und es wird euch nicht unbedingt erfreuen!*

Ken war gleich nach Taichi gegangen. Er besaß das Talent, zu verschwinden, ohne dass man es merkte. Sabu sah sich um. Nein, er war wirklich nicht mehr im Zimmer. Sabu stand auf und trat an die Verandatür. Durch die Bespannung hörte sie gedämpft die Geräusche der Burg, und die vom Kriegshafen heraufdrangen. Hier, in der tiefsten Provinz Minorus, gab es noch keine Glasscheiben. Immer noch waren die Fenster mit gegerbten Tierhäuten oder gefettetem Papier bespannt. Sie schob die Tür zur Seite. Tief atmete sie die frische Luft ein, die heute von einer sanften Brise vom Meer zur Burg hoch geweht wurde. Es duftete nach Salzwasser, Fisch und Teer. Die Burg lag oberhalb des Militärhafens von Sono auf einem Hügel. Sie konnte direkt auf das bunte Treiben im, und vor dem Hafen blicken. Die

Sonne begann im Westen ihren Weg zum Horizont und war schon tieforange. Eine dunkle Wolkenwand dräute über dem Meer im Osten, dass spiegelglatt und dunkelblau war. Sofort dachte Sabu an Kamino. *Er wird bestimmt schon in Verhandlungen stehen oder kurz davor. Leider ist immer noch kein Rabe gekommen.* So konnte sie nur hoffen, dass alles glatt gegangen war und Kamino noch lebte. Ihr Herz zog sich zusammen vor Sehnsucht nach ihrem Geliebten.

Chiyokos Armada lag auf Reede. Zwischen dem Hafen und auf den Schiffen herrschte reger Betrieb. Im Militärhafen selbst lagen schwere minoruische Galeeren an den Kais. Matrosen, Ruderer und Krieger waren zum Abendappell angetreten. Ein Offizier hielt eine Rede, dann marschierten Fahnenträger auf. Es klopfte.

Sabu drehte sich um. "Ja?"

Durch den Spalt in der Tür steckte Chiyoko den Kopf ins Zimmer. "Darf ich, Sabu-oiiya?"

"Tretet näher."

"Ihr hattet Besuch?", fragte er und verneigte sich dabei.

"Nichts Wichtiges, Chiyoko. Nehmt Platz." Sabu war sich sicher, dass Chiyoko wusste, dass sie Taichi empfangen hatte. In seinem Gesicht konnte sie nicht lesen, was genau *er* wusste. Aber *sie* wusste, dass Chiyokos Spione hier am Hofe von Yamate herumschlichen. Ken'ichi kannte sie alle und einige arbeiteten sogar für ihn.

Chiyoko setzte sich umständlich. "Ich danke Euch, dass Ihr Akemi mitgenommen hattet. Es war ein herzerweichender Besuch bei meiner – Eurer – Schwester, Sabu."

"Das freut mich. Akemi hatte mir von Eurem Besuch erzählt. Aber Akemi *wollte*, dass sie mich begleitet. Ich habe sie nicht *mitgenommen*."

"Oh, das tut mir leid. Ich meinte nur …""

"Sie liebt Euch sehr, Chiyoko. Es hatte ihr gut getan, von Euch nicht als Fremde oder Aussätzige behandelt zu werden."

Chiyoko schwieg und nickte abgelenkt. *Er hat ganz andere Sorgen*, dachte Sabu.

"Ein offenes Wort, Sabu?"

"Bitte."

"Ich hörte, dass sich der Hikoshu-sham in Sono herumtreiben soll – inkognito."

Ihr habt fleißige Spione, Chiyoko! "Ja?"

"Nun, äh, war er bei Euch?"

Was weiß er? Sabu dachte nach. Wenn sie ihm sagte, dass Taichi eben noch hier gewesen war, wie würden Chiyoko und sein Vater reagieren? Oder würde sie Chiyokos Vertrauen dann verspielen? Konnte sie Chiyoko vertrauen? *Ich werde es ihm sagen*, entschied sie kurzerhand. *Irgendwann erfährt er es ja doch.*

"Er war hier. Eben noch."

"Warum inkognito, Sabu-oiiya?" Er sah ihr direkt in die Augen. "Wollt Ihr mir sagen, was er von Euch wollte?"

Sabu nickte. "Ich hatte zugesagt, dass kein Wort über unser Gespräch diesen Raum verlässt. Wenn es so bleiben soll, dann ja."

Chiyoko musste lächeln wegen dieser Spitzfindigkeit. „Geht klar, Sabu-oiiya, kein einziges Wort."

„Auch nicht zu Eurem hohen Vater und auch nicht zu Eurer Lieblings-Joseyji."

„Zu niemanden, Sabu-oiiya."

Chiyoko war hellblau geworden. Wie versteinert hockte er auf den Kissen und schwieg, nachdem Sabu geendet hatte. Die Stille lastete schwer im Raum.

"Wie habt Ihr Euch entschieden?"

"Was glaubt Ihr, Chiyoko?"

"Ihr habt also nicht zugesagt?"

"Was meint Ihr?"

Chiyoko dachte angestrengt nach. "Ihr habt ihm noch keine Antwort gegeben. Aber wollt Ihr im Ernst …?"

"Nein, Chiyoko-oiyii. Ein Fürst muss ebenso unabhängig sein, wie der hikoshu-sham. Wenn er auch nur von einer Person abhängig ist, kann er nicht regieren. Nein, ich werde ablehnen."

Chiyoko atmete auf. "Aber Ihr wollt dennoch Tenni werden, unabhängig von Taichi und seiner Gefolgschaft, richtig?"

Eine lange Pause trat ein, denn Sabu musste nachdenken. "Was soll es nutzen – und wem?", fragte sie Chiyoko, „In der Geschichte Sinis und auch davor in der Dragungesellschaft in Higashima hatte es Tenni gegeben. Der erste wahre Herrscher über die Dragune war eine Tenni gewesen. Es gibt heute noch Familien, die sich auf die direkte Nachfolge dieser Ur-Tenni berufen. Dazu gehören die Tomi und auch Euer Vater. Diese Perioden haben nur eine Zeitlang gehalten, bis jemand kam und sie vom Thron gestürzt hatte. Immer war dieser Vorgang blutig und endete in einem Bürgerkrieg. Und so wird es wieder sein." Sabu klingelte nach einer Zofe. "Bringt bitte Wein und den Imbiss, den mein vorheriger Besucher vor lauter Eile verschmäht hatte." Sie wandte sich wieder an Chiyoko. "Ein Weiser hatte einmal gesagt: Es gibt keine Gegenwart und keine Zukunft. Immer nur die Vergangenheit, die sich ständig wiederholt. Ist es nicht so?"

"Mag sein." Chiyoko runzelte die Stirn. "Aber jede Zeit hat auch ihre Eigenheiten und besonderen Züge. Manchmal herrscht lange Zeit Friede, alle sind zufrieden, das Leben dümpelt so vor sich hin. Und doch entwickelt sich nach und nach Unzufriedenheit. Was auch immer in gewesener Zeit der Auslöser für einen Wechsel gewesen sein mag; Krieg, Unruhen, Machtgelüste, Neid, Geiz, dumme Gesetze, Unterdrückung der Schwachen, irgendwie verlangen dann alle nach einer Änderung und hoffen, dass eine andere Herrschaft die Lösung bringt. Wir beide scheinen zu glauben, dass es nichts ändert. Aber heute befinden wir uns in oder vor einem Umbruch. Unsere Gesellschaft steckt mit beiden Beinen in der Tradition fest. Wir treten auf der Stelle – oder bewegen uns, wenn schon, im Kreis. Der Hikoshu-sham mag vor zweitausend Jahren die Lösung gewesen sein. Jedoch, das *Hikoshimat* hat sich überlebt. Es achtet nur noch peinlich auf die Einhaltung der Tradition und dass die fünf Axiome eingehalten werden. Aber dass wir uns nicht weiterentwickeln, will es nicht sehen. Sein Vorschlag zielt genau darauf hin, was Ihr dachtet: Er sucht einen Schuldigen, um seine Macht wiederzuerlangen."

"Was soll ich tun? Was schlagt Ihr vor?"

"Tut, was immer Ihr für richtig haltet. Wenn es sein muss, lasst Euch zur Tenni ausrufen. Oder bleibt was Ihr jetzt seid. Was auch immer. Meine Unterstützung habt Ihr. Warum? Nicht nur, weil

Ihr meine Schwester gerettet habt, dafür danke ich Euch. Doch das ist nicht der Grund. Ich weiß, es geht Euch nicht um Macht, es geht Euch um Sini als Ganzes. Das habt Ihr noch nicht in seiner ganzen Konsequenz erfasst, Sabu-oiiya. Oder besser, Ihr schiebt dieses Wissen vor Euch her, weil Ihr Euch nicht sicher seid." Er zwinkerte mit den Augen. "Aber innerlich", Chiyoko schlug sich vor die Brust, "tief in Euerm Innersten wisst Ihr es bereits: Es gibt keine andere Lösung."

Ich möchte, dass wir den FEIND besiegen. Vorher brauchen wir weder über eine Tenni noch über einen Hikoshu-sham nachdenken! Sabu beugte sich vor und nahm Chiyokos Hand in die ihre und sah ihn eindringlich an. "Ich spiele nicht, Chiyoko. Ich will, dass zuerst der FEIND vernichtet wird! Vollständig, mit all seinen Scheußlichkeiten, die ihm dienen!" Sie drückte seine Finger. "Ich will endlich in Frieden leben und meinem Volk dienen, versteht Ihr? Mehr nicht. Aber auch nicht weniger!"

Sie kostete von dem Imbiss. "Seht Euch um, Chiyoko! Überall sind Kämpfe ausgebrochen: Die kleinen Daimios scheinen nur darauf gewartet zu haben, ihre Länder zu vergrößern, um ihre Macht zu stärken oder alte Rechnungen zu begleichen. Und was tut Taichi? Unten im Süden, in

Daikishima, sind die Eridanis dabei, sich selbst auszulöschen. Sie führen Krieg mit-, unter- und gegeneinander! Suna Yukata belagert die Burg Yasuro. Er hat sich mit Kokgo zusammengeschlossen. In Kasumi sind es die Moris, die von Kaminaro Uzo angegriffen wurden - oder umgekehrt? Wie sich Kawasake Hige dazu verhält, weiß noch niemand. Und oben im Norden? Tamoris Truppen sind aufmarschiert und bedrohen die Dame Harada. Er nutzt aus, dass sich Yabon und Suzuki bei den Köpfen haben. Das ganze Land Nishi-shima ist in Aufruhr!" Sie schob ein paar Blätter aus Papier zusammen und lehnte sich in den Kissen zurück. "In einigen Ländern stehen die *sarus* auf! Sie greifen zu den Waffen und schließen sich mit den armen Bauern und den ehrlosen Ronin zusammen."

"Richtig! Im Hafen von Tsubashi arbeiten die Hafenarbeiter nicht mehr. Sie wollen mehr Geld", ergänzte Chiyoko. "Wie sich Vater dazu verhält?" Er hob die Schultern. "Soll er ihnen das verdammte Geld geben." Chiyoko winkte heftig ab. "Neuerdings soll es Seeräuber geben, die vom Fjordland aus agieren. Ich hatte auf unserer Fahrt ein paar Langschiffe gesehen, sie aber für harmlos gehalten. Nun berichtete man mir, dass es Seeräuber gewesen sein sollen, die harmlose Händler überfallen haben und sie als Sklaven verkaufen. Ich habe meinem Vater eine Krähe geschickt."

"An der Grenze zu Shoushima, in der Provinz Joumishima treiben Räuberbanden ihr Unwesen", ergänzte Sabu, "Es sind ehemalige Krieger aus Asamotos Heer, die keine Anstellung mehr haben, weil ihre Herren im Krieg gegen mich gefallen waren." Sabu seufzte. "Ich habe Fürst Hikoku Gotubi Katsuo gebeten, den Ronin ein Angebot zu unterbreiten."

"Und das wäre?"

"Er soll sie in die Armee aufnehmen und mit Asamoto hierher schaffen. Ganz einfach."

"Aber es sind doch Ehrlose, die nur zu feige waren, *Sembuke-Ki* zu begehen!"

"Es sind Krieger, Chiyoko. Jeder Krieger, dessen Leben durch Selbstmord ausgelöscht wurde oder wird, ist ein sinnloser Tod. Er nutzt lediglich dem Feind und schwächt unsere Kampfkraft. Wenn sie in unseren Armeen dienen, kommen sie wieder zu Ehren und nützen uns allemal mehr, denn als Leichen."

"Verstehe, Sabu-oiiya ..."

"Eine erste Gruppe von Hundertzwanzig Kriegern ist schon hier. Sie sind über dem Seeweg gekommen. Weitere dreihundert Ronin aus der Schlacht um die Burg *higoshi* sind hierher unterwegs. Hier schwören sie auf den Geist des

Seligen Drachen. Zum Zeichen ihrer wiederhergestellten Ehre tragen sie ein weißes Stirnband mit der aufgehenden Sonne. Ich habe hier drei Priester beziehungsweise Mönche, die die Zeremonie gern übernehmen."

"Sehr weise, Fürstin. Und wieder ein Bruch mit der Tradition." Chiyoko grinste breit. "Ihr scheint das gerne zu machen."

"Danke. Wenn es nutzt."

Chiyoko sah sich um. "Wo steckt eigentlich Kamino? Habt Ihr Neuigkeiten?"

"Nein. Nichts. Ich gedachte schon, mit einem Drachen hinterher zu reisen. Aber das ist natürlich Unsinn. Ich werde hier in Sono gebraucht. Doch irgendwie muss ich eine Verbindung herstellen."

"Ich könnte doch jemanden schicken, Fürstin."

"Und wohin, teurer Chiyoko?"

"Stimmt. Wir können nur annehmen, dass sie zwischen Brigantenkap und LeHaven gelandet sind."

"Ihr kennt Euch gut aus."

Chiyoko zog die Augenbrauen hoch und lächelte schlau. "Um ehrlich zu sein, hatte sich mein Vater mit dem Gedanken befasst jemanden nach Higashima zu entsenden. Und ich glaube, dass er dabei an mich dachte. Deshalb habe ich alles, was man über Higashima wissen muss, gelesen, mir Karten beschafft und Informationen zur Kultur der Higashimati besorgt." Es schien, als habe er einen Einfall. "Und wenn Ihr einen Eurer Zauberer hinterherschickt?"

"Kamino hat einen eigenen Zauberer dabei. Auf ihn setze ich. Kann sein, dass sie Probleme hatten. Sie können in einen Sturm geraten sein und haben die Raben verloren. Oder sie können sich nicht melden, weil sie feststecken. Oder noch keine Gelegenheit hatten, sich mit uns in Verbindung zu setzen. Warten wir noch drei, vier Tage und entscheiden dann."

Es klopfte. Eine Wache steckte den Kopf ins Zimmer. "Ein Melder, meine Fürstin."

Sabu winkte, ihn einzulassen.

"Nun, was gibt es?"

"Ich soll melden, dass der Feind naht."

Chiyoko sah Sabu groß an. "Schon?"

Sabu nickte nur. "Er wird seine Krieger getrieben haben, bis sie bluten.‟

"Dann sind sie schwach. Ob man sofort angreifen sollte?"

Sabu war aufgestanden. Da der Melder immer noch wartete, fragte sie: "Was gibt es noch?"

"Noch eine Nachricht, Herrin."

"Nun sag schon!"

"Der Zauberer Lubomir hat mich beauftragt Euch folgendes mitzuteilen: *Yakutse Hogomo spricht. Wir sind in Higashima gelandet. Durch* einen Sturm sind wir in Seenot geraten und hatten viele Verluste, doch uns geht es gut." Er reichte einen Zettel mit Namen an Sabu weiter, die ihn schnell mit den Augen überflog und aufatmete.

"*Wir haben Vertreter der Geadiri getroffen und sind auf dem Weg zu einem wichtigen Fürsten. Die Götter sind mit uns*", las sie vor. "Das ist alles?"

"Ja, meine Fürstin."

"Danke, dann geh."

Nachdem der Melder verschwunden war, drehte sich Sabu zu Chiyoko um. "Und wir? Wir kümmern uns um den Krieg und die Schlacht, die bevorsteht, Chiyoko. Mögen uns *hier* die Götter beistehen."

Chiyoko stand auf, verneigte sich tief. "Genau. Ich lasse Euch jetzt allein, Sabu-oiiya. Ihr müsst viel mit Euch selber ausmachen. Aber vielleicht habe ich Euch ein wenig helfen können?"

Nein, das habt Ihr nicht so richtig. Sie sah Chiyoko hinterher, bis er die Tür hinter sich zugezogen hatte. *Das habt Ihr nicht. Aber Ihr habt mir gut getan.*

Sabu erhob sich leise seufzend aus ihren Kissen. *Ich muss noch ...* Da hörte sie vom Hauptturm und dann von allen Mauern Kriegshörner blasen. Truuuuu, truuuu, truutruuuu!

Der FEIND, er ist da!

* * *

Demnächst: Drakenland 5, Der Preis der Macht

ANHANG

Die Fürstentümer und Provinzen (Daimirate) von Sini

Kaitoshima – Land am Meer – Schlange auf gelbem
Grund
Hauptstadt: Kaitori
Fürst Amaya Tamori

Präfektur Kaitori	- Fürst und Präfekt Amaya Mori
Provinz Amamati	- Daimio Yago Ini
Provinz Nibu	- Daimio Llayi Yagi

Nishi-Shima – Land im Westen – Fisch auf hellblauen
Grund
Hauptstadt: Norokami (Guter Geist)
Fürstin Norikami Harada

Präfektur Norokami – Fürst Ngoto
Provinz Ashaiy (Aufgehende Sonne)
- Daimio Itsuko

Provinz Ryo	- Daimio Fugishi
Provinz Hiroki	- Daimio Hirohito
Provinz Hiru	- Daimio Yabon
Provinz Suzukyii	- Daimio Suzuki
Provinz Hikoku	- Yumiko Onemichi

Sagoshima – Das große Land – Schwarze Muschel auf
grauen Grund

Hauptstadt: Nyoko-hishi
Fürst Nyoko Aiki

Präfektur Nyoko-Sagoshima: Nyoko Chiyoko

Präfektur Sadmikami: Nyoko Suzume	
Provinz Saka-tooi	- Daimio Anagumo
Provinz Tenshishima	- Daimio Nyoko-Yataka (Vetter) (Land der Vorfahren)[8]
Provinz Shimouki	- Daimio Dmomo
Provinz Sadmikami	- Daimio Chika-Ra
Präfektur Matobo[9]	- Fürst Za
Präfektur Hebiyi[10]	- Fürst Jakobe

Ryoshima – Das kühle Land – Ying/Yang auf rotem Grund
Hauptstadt: Tomi, Sitz des Hikoshu-Sham
Fürst Tomi Taichi

Provinz Ude (Arm)	- Daimio Tomi Hato
Provinz Tomichi	- Daimio Tomi Kanizo
Provinz Ebi (Topfbucht)	- Daimio Tomi Tyo

Shoushima-Sini – Hochland von Sini – Käfer auf goldenem Grund

Hauptstadt u. Präfektur: Hikoku
Fürst Hikoku Gotubi Katsuo
Hikoku Asamoto, ehemals Fürst von S., von Sabu verbannt

Provinz Domokaori	- Daimio Hikoku-chibi Amasú
Provinz Sago-shima	- Präfekt Gotubi Katsuo

---

[8] Tenshishima soll der Ort gewesen sein, an dem die ‚Alten' Sini vor Tausenden von Jahren aus der ‚Anderen Welt' landeten)

[9] Matobo, auch Matobo-sani. Hier befindet sich der Bushidi-Tempel (Siehe Anhang)

[10] Direkt auf der Grenze zu Nishi-Shima steht der Tempel der *Siebenhundert Schlangen*. Neutrales Gebiet (ca. 20 ha), das als sakrosankt gilt.

Provinz Tani-kiiroi   - Daimio Hikoku-chibi Nezzomi
Provinz Fumokou   - Daimio Hikoku Esoderu

Yukokoshima – Eisdrache – Silberdrachen auf grünem Grund

Hauptstadt: Hita (vor der Zerstörung)
                Hita-Shikij – Neu Hita
Fürstin Hita Sabu, Tochter des Kenshoori

Provinz Hita   - Daimio Erigano Yolo
Provinz Fuko   - Daimio Rakio Shaboke ✝
                      (Nachfolger noch offen)
Provinz Somo   - Daimio Kooku Hagoshi
Provinz Kuta   - Daimio Kamasu Higishi
Provinz Kushu-Gi   - Daimio Masaru Ruuyiko
Provinz Kajabe   - Fürst Ishi Maki
Provinz Shoshu   - Daimio Ryoichi Lokimou
Provinz Kimshak   - Kohaku Wakimo
Provinz Skibetsu   - Daimio Watabe Dakimoshi
        ⤵ *Yanging* - Fürst Higoru Mokushi

Minoru – Furcht   - Drei Sterne (Sternbild Dämon)
Silber auf schwarz

Hauptstadt: Kobo
Fürst Hidaro-Higishi Mikiri, gerufen Higishi
Heerführer des Fürsten, Llasha Osako

Provinz Fünf-Finger-Land
                -Die Unsterblichen[11]

---

[11] Higishi musste auf Befehl der letzten Kaiserin das Fünf-Finger-Land an die ‚*Unsterblichen* abgeben'. Der damalige Daimio Uhura

Provinz Kobo	- Daimio Kayabi
Provinz Sono	- Daimio Kakomi Yamate
	- Kakomi Yamo (Erster Sohn)

- Heerführer Shosako von Sono

| *Provinz Minami* | - Daimio Naoki |
| *Provinz Kita* | - Daimio Katashi |

Akaya – Regenland – Spinnennetz aus weißem Grund

Hauptstadt: Akaya-Sari
Fürst Akaya Sari III.

Keine Provinzen, keine Daimios
Senzo-rai-Tempel

Kasumi – Grüner Drache – Goldenes Blatt auf grünem Grund

Hauptstadt: Tsubasa-aku
Fürst Kasumi Yomotabe

Provinz Kita-kasu	- Daimio Tsakusi Mori
	Erbe: Sohn Tsakusi Morikori
Provinz Natsuki	- Daimio Kawasake Hige (Der Bärtige)
Provinz Negisha'o'narna	– Daimio Kaminaro Uzo
Provinz Kai	- Daimio Nebuka Soro

Nantou-Sini – Südosten – Aufgehende Sonne auf weißem Grund

Hagamoto beging daraufhin mit seiner gesamten Familie Selbstmord. Die Bewohner des Fünf-Finger-Landes (etwa zehntausend Dragune) verteilten sich auf das restlichen Minoru und wurde teilweise entschädigt.

Hauptstadt: Lhagotshi
Fürst Lhagotshi Masakura

Provinz keine
Shitashima – Das Land unten - Gelber Mond auf
schwarzem Grund

Hauptstadt: Nanto-otu
Fürst Nantou Herochi

Keine Provinzen
Daikishima – Das leuchtende Land – Silberstern auf
dunkelgrünem Grund

Hauptstadt: Daiki
Fürst Daiki Otuu

Provinz Hono	- Daimio Zumizi
Eridani	
Provinz Okà	- Daimio Kawa Eridani
Provinz Fumo	- Fürst Sango Kokgo
Provinz Arashi	- Daimio Suna Yukata
Provinz Nagatami	- Daimio Eda Yasuo

Namen, Begriffe

Burg Niki	- Burg der Stadt Somo,
Chikai-daito	- Handkämpfer, waffenlose Kampftechnik
Drac	- Ritter, berittener Krieger,
Gruul	- Eine nekromante Züchtung des HERRN aus Krull, Dragun und Mensch
Hikoshi-oiyii	- Die ehrenwerten Gerechten. Gemeint sind die Herren der zwölf Familien in Sini,

hikoshi-ogoku	- Rat des Hikoshu-sham
-igoki	- Familie, z.B. Hita-igoki,
Hikoshimat	- Herrschaft eines Hikoshu-shams
Hita-shikij	- Neu-Hita (auch Hita-shiroi)
nii-onee-shama	- die zweite Priorin des Klosters, nii-onee-sham
	– Zweiter Prior,
mayoo	- Weise Frau, Zauberin
mino-ruii	- Furchtlose
Hido-ko	- Pfau,
Higashima	- Land im Osten, Land der Glatthäutigen,
gemeint ist Geadir	

higashi-ono-imiya - Higashima heimholen, Heimholer

Higashimas (Higashima – [Iga'shim'á]) Geheimbund der Söhne/Töchter verschiedener Familien

Hikokugebirge	-Grenzgebirge zwischen Yukokoshima und Shoushima,
Inou	- sechsbeinige Ziege,
Joseyji	- Dame der Weidenruten – Unterhalterin, manchmal auch Prostituierte,
Kano-i'iyo	- Heilige Stele oder Gegenstand. Hort der Seelen der Vorfahren und guten Geister,
Kasumoyi-Berg	-Tafelberg, Hort des Wassergottes. So genannt, wegen eines dreihundert Schritte hohen Wasserfalles,
Ogi-Giita	- die viersaitige Laute
Katani	- Langschwert,
Katimi	- Kurzschwert, Dolch
Kimi	- Alltags- und Festkleidung der Dragune und Dragunas, getragen wie ein Kimono, jedoch mit schmalem Gürtel,
Mayoo	- Hexe
meharr	- Unwürdige, so bezeichnet der schwarze Magier die Sini,
mino-ruii	- Furchtlos, Kriegerinnen des Sonnentempels,
nyoki-daiki	- Sonnengöttin,
on'nanno o'nyoko-dayki	
	- Dame/Schwester der Sonnengöttin
Reii-onee-shama	Priorin eines Klosters, Reii-onee-shamo – Prior,

Ryuu-ooi oder ryuu-oiyi	- Drachenreiter,
ryuu-meirii	- Führer einer Gruppe von vier bis zehn Drachenreitern,
Romoror	- Kommunikationsgerät,
roobai	- sechsbeiniger Hirsch
shoki	- niedriges Schränkchen,
Shiroi-hita	- Neu Hita
Sini	- Mensch, das Volk - in der Ursprache der
Sini-i	-Die starken Sini, Das starke Volk, so nannten sich die ersten Dragune, nach der Vertreibung,
Sembuke-ki	- ritueller Selbstmord mit dem Kurzschwert,
Tempel der siebenhundert Schlangen	- Urtempel der Dragune, Begräbnisstätte der Ur-Sini,
Uziadoo (sinisch)	- Zauberer
Yukokoshima	- Land in der Mitte, beherrscht von der Familie Hita,

Wichtige Orte

Kap Akayama-kiboo	- südwestlichste Ausbuchtung des Kontinents Sini
Nagatami	- wichtigster Hafen von Daikishima

KARTE VON SINI